遺跡発掘師は笑わない

災払鬼の爪

桑原水菜

角川文庫
23630

遺跡発掘師は笑わない

災払鬼の爪

The claw of Saibarai-oni

主な登場人物

西原無量　天才的な「宝物発掘師《トレジャー・ディガー》」。亀石発掘派遣事務所に所属。
相良忍　亀石発掘派遣事務所で働く、無量の幼なじみ。元文化庁の職員。
永倉萌絵　忍の同僚。特技は中国語とカンフー。
屋敷洋介　豊後大学考古学研究室の准教授。今回の発掘調査の中心人物。
田端希美　屋敷の後輩。大分県国東市出身で、東京の私立大学で助教を務める才媛。
井上斗織　豊後大学の学生。成績優秀で、金髪にピアスという派手な格好。
井上康二郎　斗織の祖父。別府湾にあったという幻の島「瓜生島」について研究していた。
竹本恭太郎　大御所推理作家。執筆のため、別府温泉に長逗留している。
財前剛流　斗織の知人。柄が悪い。
矢薙柊太　希美の幼なじみ。地元の神楽保存会で活動している。
降旗拓実　宮内庁書陵部図書課の職員。手には白手袋をはめている。

序章

今夜も熱帯夜になりそうだ。

亀石《かめいし》発掘派遣事務所（通称「カメケン」）に勤める永倉萌絵《ながくらもえ》は、ようやく残業を終えたところだった。窓の外から太鼓の音とともに景気よく流れてきたのは「炭坑節」だ。

「おー。近くで盆踊りやってるんだっけ」

商店街には赤い提灯《ちょうちん》が並んでいた。「月が出た出た月が出た」と口ずさみながら「夕飯は屋台の焼きそばかな」などと考えていると、こんな時間に来客があった。

「西原《さいばら》くん！　今日は休みじゃなかったの？」

扉の前に立っていたのは、カメケン所属のエース発掘員《ディガー》——西原無量《むりょう》だった。

「なんか祭やってたから見に来たついでに、ほいこれ」

無量が渡したレジ袋には屋台メシがたくさん入っている。焼きそばにたこやきに焼きイカ、お好み焼き、チョコバナナにすもも飴《あめ》まである。萌絵は胸が震えた。

「私のために買ってきてくれたの？　感激」

「いや別に。こういうのって独りで喰《く》ってもつまんないから」

萌絵は単に「ご相伴に与《あずか》れる」だけらしい。肩を落とした。

「つか忍《しのぶ》のヤツ、帰り遅いみたいでさ。出張？」

「今日は龍禅寺《りゅうぜんじ》美術館で笙子《しょうこ》様と企画展の打ち合わせだそうです」

「こき使われてんなあ。ミゲルたちは？」

ミゲルとさくらは帰省中だ。どこの現場も多くはお盆休みに入っていた。

無量は、といえば、このところ、元気いっぱいだ。右手の不調を乗り越えて、今までになく発掘を楽しんでいる。初心を取り戻した、と無量は言っていたが、自分から積極的に空いている日程も発掘で埋めるくらいにはやる気に溢《あふ》れている。

現場監督の柳生篤志《やぎゅうあつし》も、人が変わったように前のめりで作業に取り組む無量を見て、気味悪がっている。こんがりと日焼けした無量は、夢中で化石を掘っていた子供の頃の気持ちを取り戻したのか、現場での笑顔も増えて毎日充実しているようだ。

缶酎《ちゅう》ハイを飲みながら、屋台メシパーティーをしているうちに、花火まで上がり始めた。部屋を暗くして花火に見入ると、いつもの職場が非日常の雰囲気になった。

「……中学生の頃思い出すなあ。みんなで浴衣《ゆかた》着て盆踊りに行ったの。綿あめ食べて金魚すくったり。いつも制服姿しか見てないから妙に新鮮だったり」

「桜間《さくらま》氏とのデートの思い出？　やめてくんない。ノロケとか」

「ちょちょ、リョーマ《りょうま》とじゃない。みんなで行ったんだよ」

高知の学芸員・桜間涼磨は萌絵の中学時代の同級生だ。話題にするたび無量が不機嫌になるので、やきもちでは？　と萌絵も（期待をこめて）勘ぐるのだが、理由を訊《き》いても「あのあと飲みに連れ回されてヒドい目にあった」としか無量は言わない。土佐人《とさ》は酒豪が多いのだ。

　花火が打ち上がる度、パ、と部屋が明るくなって赤や黄に照らされる。ぱらぱら、と柳のように散って落ちていくのを目で追う無量の横顔を、萌絵は眺めている。少し前まで、右手の不調に混乱して弱音を吐いていた無量が、ようやく穏やかな表情を取り戻していた。

　そんな無量が、ふとこんなことを訊《たず》ねてきた。

「……ねえ。いま俺が引き受けてる派遣依頼って、何ヶ月先まで入ってる？」

　萌絵はパソコンの前に戻り、マウスを握った。

「えー……と、年内は埋まってる。来年ももうすでにぽこぽこ入ってるし、再来年の八月には海外での恐竜発掘が入ってるけど……」

「再来年かあ……。ずいぶん先だな」

　どうしたの？　と萌絵が気になって問いかけた。

「なんで、何ヶ月先まで入ってるか知りたいの？」

　無量は言葉を濁した。萌絵は「もしかして」と心配そうな顔になり、

「別の発掘事務所に移籍するの？」

　図星を指された無量は、露骨にびっくりした。

「……なんで知ってんの？」

萌絵も衝撃を受けた。やっぱりそうだったんだ、と。

――無量のやつ、海外の派遣発掘会社からスカウトを受けているらしい。

忍の言葉は本当だったのだ。動揺する萌絵に、無量は「あー忍かあ」と頭をかいた。

「なんかバレてる気配してたんだよな。あいつ勘が鋭いから」

無量に声をかけてきたのは、マクダネル発掘調査事務所という発掘専門会社だ。話を持ってきたのは宮内庁の降旗拓実《ふるはたたくみ》で、降旗もそちらに転職するという。先方も無量の噂は以前から聞いており、ぜひ我が社に所属を、と前のめりで誘いをかけてきたのだ。

「それでどうするの？　西原くん、その話受けるの？」

打ち上がる花火を眺めて、無量は酎ハイを一口飲んだ。

「……受けてみようかと思う」

萌絵は目を瞠《みは》った。

「ここ数年、国内で発掘してきて、自分でも想像してた以上に勉強させてもらったと思ってる。前は、日本から逃げ出すために海外に出てったとこもあったけど、今度は自分にどんだけの実力があるか知りたいっつーか、挑戦してみたいんだわ」

無量の言葉に、萌絵は激しくうろたえた。なかなか声が出なくて、言葉にならなかった。やっとのことで、

「そ……そっか。もうずっと日本にいたもんね」

「じーさんのことやこの右手のこともあって、意固地になってたとこもあるけどさ、いま、気持ちがすごく乗ってるっていうか、いろんな場所を掘ってみたいってすごい思ってる。日本だけじゃなくて世界中を」

無量の目が輝いているのは、花火のせいだけではなかったのだ。

萌絵は花火があがっても顔をあげられなかった。

「……それって、うちに所属したままじゃ駄目なのかな？　海外の案件なら、うちでとってくることもできると思うんだけど」

無量が言いにくそうにしているのは、破格のギャラの件もあるだろうが、やはりカメケンでは案件の数に限界があるからだろう。それは萌絵にもわかっていた。

「亀石サンにはずっと世話になってたし、すごく言いにくいんだけど」

「う……ううん。正直に話してくれてありがとう。そうだよね、西原くんにはやっぱり海外のフィールドが似合うもん。私もいつかそういう日が来るような気してたんだ」

萌絵は半笑いして取り繕った。

「でも一応、契約更新まで一年半あるから、まだ少し先の話だよね」

無量は返事をしない。萌絵の脈が速くなる。もしかして契約期間満了前に移籍するつもりだろうか。相手は資本力もありそうな海外の会社だ。カメケンの違約金くらいサッと出してしまうかもしれない。

「亀石サンにはあらためて、近々話すことにするわ」

そう言い残して無量は帰っていった。花火も終わって「東京音頭」だけが虚《むな》しく響いている。取り残された萌絵は部屋を片付けるのも忘れて、立ち尽くしている。

大変なことになった。

西原くんが本気で海外に移籍しようとしている……！

＊

「無量のやつ、やっぱりそのつもりだったか……」

翌日、出勤してきた相良《さがら》忍に昨日の話をしたところ、こんな答えが返ってきた。むしろ、忍が全く聞かされていなかったことに萌絵は驚いた。兄貴分のような忍には真っ先に相談すると思っていたからだ。

「少し前に気持ちが固まったようなことをほのめかしてたが、僕がピリピリしてるから、言い出せなかったんだろうな。あいつ勘が鋭いところがあるから」

警戒が裏目に出た、と忍は思った。言えば反対されるような空気を作ってしまった自分が悪い。やはり降旗が動いていたのだ。海外移籍の話を持ちかけたのは無量を海外に連れだすためだ。

調べてみたところ、移籍先の「マクダネル発掘調査事務所」は実在しており、それ自体は幽霊会社の類《たぐい》ではなかった。が、ＧＲＭと繋《つな》がっている可能性は大だ。とはいえ、このことは萌絵にも言えない。

「近々所長に話すって言ってました。期限の話は出なかったけど、再来年まで待つのは厳しいようなニュアンスでした。たぶん……本気なんだと思います」

表情が冴《さ》えない萌絵を見て、忍が問いかけた。

「永倉さんはどう思うの？　無量の移籍」

水を向けられた萌絵はうろたえた。

「わ……わたしは、そりゃカメケンの一員としてはエース発掘員《ディガー》にやめられてしまうのは困ります。うちの看板ですから。そりゃ引き留めたいですけど……」

あれだけのスキルを持っているのだ。安い報酬で無理に引き留めるのは気が咎《とが》める。海外に出れば引く手あまただろうし、高い報酬を出してでも無量に依頼したい現場はいくらでもあるだろう。

「何より、西原くんが掘りたいと思う現場で思う存分発掘をさせてあげたいですから」

「ほんとうに？　ほんとうにそう思うのかい？」

強く迫られて萌絵は「うっ」となってしまった。確かに、本音はちがう。でもそれを言えばカメケンの職員としてではなく、萌絵個人の気持ちになってしまう。

「わかってるよ、永倉さん。本当は無量と離れればなれになりたくないんだろ？」

萌絵は図星を指されてしまった。

「そんな直球な動機では」

「隠さないでいいんだよ。君の気持ちを無量に正直にぶつけてくれ。それが一番無量にはこたえるはずなんだ」

そんなことを言われてしまうと期待してしまいそうになるが、自分ごときの気持ちをぶつけたところで無量が揺らぐとも思えないし、自分ひとりのわがままで無量を引き留めるなんて、そこまで厚かましくはなれない。

だが忍にはそんな萌絵の複雑な気持ちは見えていないようだ。

「この移籍話には裏がある。巧《うま》い話には……ってやつだ」

「裏とは？」

具体的なことを忍は語らない。

「とにかく降旗の言いなりにはさせない。無量を海外には出させない」

忍はいつになく焦っている。降旗をやけに敵視しているのは、萌絵にもなんとなく伝わっていたが、単に気が合わないとかそういうのとも違う。看板発掘員を取られることへの焦りとも出所が違うように萌絵の目には映った。

「この移籍話は潰《つぶ》す。力を貸してくれるね、永倉さん」

こうなると忍には逆らえない。否と言わせない押しの強さがある。

板挟みになりつつも、萌絵は無量の移籍を阻止するため、忍と共同戦線を張ることになってしまった。

＊

引き受けはしたものの、萌絵は頭を抱えている。どうしたらいいものか。

キャサリンは夏休みで海外旅行中、さくらは帰省中なので、気軽に飲みに誘えないのがつらい。悶々《もんもん》としている萌絵のもとに、連絡をくれた人物がいる。

鶴谷《つるや》暁実《あけみ》だった。

フリージャーナリストをしている女性で萌絵たちもよく世話になっている。たまたま別件でメールのやりとりをしたのだが、萌絵はここぞとばかりにすがりついた。

「無量が海外に移籍？」

萌絵が呼び出されたのは、鶴谷の自宅近所で行きつけだというイタリア料理店だ。気さくなオーナーシェフがいる家庭的な店で、鶴谷はいつも「食堂」として使っているという。ショートボブにメガネがトレードマークの鶴谷は、いつもの黒パンツスーツではなく柄物の半袖《はんそで》シャツを着ている。普段着の鶴谷に会うのは萌絵も初めてだ。

いきさつをあらかた打ち明けて、鶴谷に助言を求めた。

「もう私、どうしたらいいのか……」

萌絵の転職話のほうはとりあえず筋道をつけた。亀石にも話して一年後に発掘コーディネーター試験を受けさせてもらい、そこで合格できなければ、ふんぎりをつけると決めた。それまでは全力でコーディネーターを目指すと腹を括《くく》り、やっと気持ちが定まった。迷いが消えたところで、今度は無量の移籍話だ。

「考えてみれば、私も一年後にはもうカメケンにいないかもしれないのに、自分の私情で西原くんを引き留めたりするのは筋が通らないですよね」

「それならひとつ、シンプルな解決法があるぞ」

鶴谷は白ワインを飲みながら言った。

「永倉さんも一緒に無量の移籍先に転職すればいいんじゃないか？」

萌絵は飲んでいたワインを危うく吹き出すところだった。

「なに言ってるんですか。海外ですよ！　無理に決まってます」

「多少英語力はいると思うが、君がそこに転職してしまえば、少なくとも君の葛藤《かっとう》は解消できる。これからも無量の仕事に関われるし、なんならキャリアアップもできる。良いこと尽《ず》くめじゃないか」

相談した相手を間違えた。萌絵は頭を抱えた。

「カメのもとでコーディネーターを目指すのとそう変わらないどころか、君自身ももっと大きな案件に関われると思うが？」

「所長にはなんて言うんです？　西原くんが移籍するから私も移籍します、なんて口が裂けても言えません」

「そうか？　カメは『立派になったな』と泣いて喜ぶと思うけどな」

鶴谷の助言はありがたいが、忍のようなハイスペックな人間ならともかく、ろくに英会話もできない自分にアメリカの会社はハードルが高すぎる。

「そんなのは覚悟次第だよ。無量のマネージャーでいたいんだろ?」

「努力だけではどうにもならないこともあるわけで」

「カメケンのコーディネーター試験に合格するレベルを目指すのなら、十分可能だと思うけどね」

萌絵は涙目だ。せっかく転職話に一区切りつけたのに、また自分から選択肢を増やしてしまうとは。

「どちらにせよ、コーディネーターになれなければ、永倉さんは拳法《けんぽう》の道に進むつもりだったんだろ? そうなったら無量とは別々の道をいくことになる」

「はい……」

そうは決めたが、そのことだけがずっと心残りになるのもわかっていた。だからこそ、だ。無量と同じものを見ていたいという強い気持ちがあったからこそ、それがモチベーションになり、一年後の試験に向けて全身全霊で挑むつもりでいたのだ。情けない話だが、その無量がいなくなってしまうと思ったら、何を心の支えにすればいいのか。でも無量の気持ちも痛いほどわかるから、忍のように「移籍話をぶっ潰す」と威勢の良いことは、萌絵には言えない。

「まあ、タレント事務所が所属タレントを取り合うのもよくあることだから、堂々と引き留めてもいいと思うけどね。決めるのは無量なんだし」

「年俸で競られたら、うちは完敗です」

「それよりも気になるのは相良《さがら》の言葉だな」

移籍話に裏がある、とは何を根拠に言っているのか。

しかも降旗《ふるはた》という男に対して、忍はなぜそんなに警戒するのか。

「そのことなんですけど、私たち、ちょっと前から相良さんの言動にひっかかるものを感じてまして……」

萌絵は忍の「副業疑惑」について話した。忍に届いたメールのことも、「JK」という謎の人物のことも、不審な言動の数々も。無量の移籍話にあんなに焦るのも、それらと無関係ではないのではないか、というのが萌絵の見立てだった。

――〈革手袋《レザーグラブ》〉から目を離すな。

僕は僕の意志でこの状況に身を置いている。そのことに一片の嘘もない。

鶴谷は読み解こうとして集中した。

「〈革手袋〉イコール無量で、無量の監視を何者かから指示されている、か。〝この状況〟とは指示を受けている立場のことを指しているなら、相良は自分からあえて監視を引き受けたことになるね」

「はい。なんのための監視かはわからないけど」

「無量の〈鬼の手《オーガ・ハンド》〉を怪しんでるんじゃないか？　あまりに当たりが多いのを不自然に

思って、不正ではないかと監視してたのかも。おじいさんのこともあるし」

無量の祖父は高名な考古学教授だったが、遺跡発掘で研究室ぐるみの捏造《ねつぞう》工作を行って学会から追放された過去がある。無量の発見の数々があまりに人間離れしているので、祖父の影を重ねて捏造を疑っている者がいるのかもしれない。

「つまり、マクダネルが今回のスカウトのために、ですか？」

「不正でないと証明しないと、雇うに雇えないだろうしね」

「でも相良さんはスカウトを妨害する気満々でしたよ」

「もしかしたら相良はそのスカウトが望ましくないものだと初めから気づいてたんじゃないのか？　だから〝あえて〟協力したふりをしてたのかもしれないぞ」

「ふり、ですか」

「てっとり早く妨害するなら、無量の不正をでっちあげればいいところだが、それでは無量の名誉が傷つく。だから〝監視〟を続けるフリをしていたんだろう。相良はマクダネルに何か弱みでも握られているのか、もしくは第三者に任せるくらいなら自分が、と思ったのか。宮内庁の降旗とやらが気になるな」

鶴谷は嗅《か》ぎつけるのも早い。

「どんな男だ？」

「一口に言うと、切れ者、でしょうか。歴史や文化財のことよく知ってて〝歩く事典〟て感じです。武術の心得もあって何回か西原くんを助けたりも。この間は警察に連れてかれた相良さんをわざわざ東京から群馬まで助けにきたりして」

「助けた？　なんで宮内庁が？」

「アリバイの証言でもしてくれたんでしょうか。私はあのふたりスペックも似てるし、いいコンビだと思うんだけど、相良さんは妙に敵視してて」

同族嫌悪かな？　と萌絵は白アスパラガスに嚙《か》みついた。

鶴谷は真鯛《まだい》のマリネを口に運んで、ふむ、とうなった。

「相良とは何か因縁があるようだな。宮内庁か……。私のほうでも少しアンテナを張っておくよ」

「心強いです。頼りにしてますぅ、鶴谷さあん」

萌絵はしくしくと泣き真似しながら、ワインをがぶ飲みした。

「……しかし、そんなにべらぼうな年俸を提示されたのか？」

「そこまでは聞いてないのでわからないですけど……、西原くんには年俸はあまり関係ないんじゃないかと思います」

ただ純粋に掘りたいだけ。

榛名山麓《はるなさんろく》で取り戻した「初心」に突き動かされて、無量は新たな道を選んだのに違いないのだと萌絵にはわかる。

「……今になって、西原くんが私の背中を押してくれた気持ちがわかります」

無量に転職の相談をした時のことだ。萌絵は引き留めてもらえなかったので少なからず落胆したが、いま、逆の立場になってみて、わかる。

本音は海外に行って欲しくなくても、本人の選択は尊重したい。そう思うのは相手の人生を思いやるからだ。自分のことなどかまわず、進みたい道を歩いて欲しいからだ。人生の岐路に立つ大切な人の、障害にはなりたくない。忍も無量の本音をそう読み解いていたが、萌絵は今その気持ちを身に沁《し》みて実感している。

「……もっとも西原くんは私ほど引き留めたいとは思わなかったかもだけど」

しょげ返ってしまう萌絵のグラスに、鶴谷がワインを注いでやった。

「まあ、これが夫婦や家族とかだったら事情も違ってくるんだろうが」

「西原くんは優しいんです。私は自信がない。土壇場で『行かないで』って泣いて引き留めてしまいそう」

現に忍が「移籍話を潰《つぶ》す」と言い切った時、内心は諸手《もろて》をあげて賛成していた。

そんな自分が後ろめたくて仕方ない。

「だから、いっしょに移籍すればいいじゃないか。マクダネルに」

「簡単に言わないでくださいよ」

とはいえ、無量のいないカメケンでは、コーディネーターを目指すにしてもモチベーションが保てず、心が折れてしまいかねない。何せ試験に受かるためにはあの忍に勝たなければならないのだ。

「西原くんが海外に移籍しちゃうなら、私も拳法の師匠のとこに行こうかなあ……」

酔って投げやりになる萌絵に、鶴谷も困った顔をしている。

萌絵は頬杖《ほおづえ》をつきながら、溜息《ためいき》をついてしまった。

＊

「無量、ちょっといい？」

忍が声をかけると、自分の部屋にいた無量が返事をした。無量は部屋いっぱいに発掘道具を並べて、熱心に手入れの最中だった。

手ガリの刃先を磨いている。鎌首の角度を少しずつ変えたサイズのちがう道具を並べて、悦に入っている。ついでに爪も研いでいる。意外に几帳面《きちょうめん》なのだ。

「だいぶ使い込んだから明日十兵衛《あしたじゅうべえ》さんちでグラインダー借りて削ってみようかと」

鼻歌まじりで楽しそうに作業する。群馬から帰ってきてからこっち、無量は機嫌が良い。次の派遣まで柳生の現場を手伝っているのだが、それはもう生き生きとしていて、柳生が「別人か」と驚いたくらいだ。鬱《うつ》からの反動としか思えない。

「次の現場はどこなんだ？」

「大分だって。別府《べっぷ》のあたり」

「別府？　温泉地じゃないか」

「そ。宿泊先も温泉旅館らしいよ」

遠足前の子供のように楽しみにしているのがわかる。忍は隣にあぐらをかき、「手伝うよ」と言って手ガリの刃を磨き始めた。無量も作業の続きをしながら、

「別府温泉って行ったことないけど入浴剤でよく見るやつでしょ。登別《のぼりべつ》とか草津《くさつ》とか箱《はこ》根《ね》とか色々あったけど、ガキの頃、別府が一番好きだったわ」

温泉で「真の温泉卵」を作る話などをして喜んでいる無量は、一時期ふさぎこんでいたのが嘘のようだ。何か吹っ切れたような明るい顔を見るのは、忍も嬉《うれ》しかったが……。

「……無量。マクダネルはやめとけ」

突然の一言に、無量の笑顔が固まった。

忍は道具を磨く手を止めずに、

「あまりいい噂を聞かない。破格の年俸には裏がある。受けないほうがいい」

「なんで知ってんの？」

発掘会社の名前は萌絵にも言っていない。

「……もしかして、パンフレット、見た？」

無量はすぐに隠したつもりだったが、まさかあの日帰宅してすぐに忍に気づかれたなどとは知る由もない。忍は多くを語らなかったが、

「宮内庁の降旗から声をかけられたんだろ？」

「降旗さんから聞いたの？」

「あのひとは信用しないほうがいい。人の好《よ》さそうなフリをしてるが、ゴリゴリの策士

だよ。大方、おまえの紹介料を先方からふんだくってるんじゃないかな」

無量は作業する手を止めて、忍を見た。

「俺を引き留めろって、亀石サンから言われたの？」

「そうじゃないよ。ただこの話はよくない。こんな話に飛びつかなくても、おまえなら、カメケンにいたままでも海外の現場からいくらでも誘いが来るよ」

「よくないって、なんで？　悪い噂って具体的に何？」

珍しく突っ込んでくる。忍は一度、肩で息をして、

「おまえは利用されようとしてる」

利用？　と無量は顔をしかめた。

「マクダネルが求めてるのは化石ハンターだ。稀少《きしょう》な恐竜化石を掘り当ててくれる優秀なハンターを求めてる。彼らは発掘と復元を一手に請け負い、できあがった恐竜化石標本を莫大《ばくだい》な値段で売って利益を得ようとしてるんだ」

恐竜化石は人気が高く、昨今は博物館などだけでなく富裕層も手に入れようとして、オークションでも値段がどんどん吊《つ》り上がり、市場が過熱している。人気の恐竜化石は数十億で売れることもざらだった。これに目をつけて優秀な化石ハンターを雇おうとする動きがあることは、無量も知っている。古生物学者の中には苦々しい思いをしている者も多い。

「おまえは破格の年俸を提示されたんだろうが、それだけの金が出せるのは、恐竜化石

が高額で売れるからだ。金にならない学術調査のためなんかじゃない」

「でも……今までの恐竜発掘でもそういうのはあったし、化石が博物館とかに売れるから、次の発掘や保存にお金を回せるわけで」

「問題は、その売上金の行き先だ」

忍は冷静な顔つきで説いた。

「おまえの言う通り、保存や研究に回してるならいい。だがマクダネルはちがう。その売上金は民間軍事会社の収益になって戦場で使われる。軍備のための資金になるんだ」

無量には思いもよらないことだった。

「……民間……軍事会社……」

「マクダネルに出資してる財団には、グランドリスク・マネジメント（ＧＲＭ）社という民間軍事会社がいる。学術の発展を支援する、というのは表の顔だ。本当の目的は金だ。おまえに化石ハンターやトレジャーハンターと同じことをさせようとしてるんだ」

「そんな……。でも降旗さんはそんなの一言も」

「言えるわけがない。降旗はＧＲＭの手先だからな」

吐き捨てるように忍は言った。

「おまえが掘った恐竜化石が対戦車ミサイルの砲弾になる。降旗がおまえにさせようとしてるのは、そういうことなんだ」

無量は黙り込んでしまった。

手も止まっている。

「なんでそんなことまで知ってるの？」

いつのまにか、無量の目が疑いの色を帯びている。

「降旗さんと仲悪いよね。おまえが一方的に嫌ってる。なんで？」

「本性を知ってるからだよ」

「そんな悪いひとには見えなかったけど？」

「人畜無害なふりをしてるだけだよ。詐欺師によくあるタイプだ」

「なんでそこまで言い切れるの？　そんなのどこで調べてきたの？」

無量はまだ納得していない。忍は「とにかく」と言い、

「海外での大きい現場に就きたいなら、俺がちゃんとした仕事をとってきてやる。どこで何を掘りたいか、言ってくれれば、俺がいくらでもとってくる。だからカメケンにいろ。報酬が不満なら、俺が派遣先と交渉するよ。そのためのマネージャーだろ？」

「忍ちゃん」

「カメケンにいろよ。永倉さんもそうして欲しいって思ってる。口にはしないだろうけど」

無量の表情が変わった。

心が揺れている。そんな顔をしている。

忍は磨き上げた手ガリを置いて、立ち上がった。

「おまえに必要なのは安心して発掘ができる環境だよ。カメケンは全力でおまえを守る。そのために体張れる人間が揃ってる。俺たちをもっと信頼してくれないか」

「してないわけじゃないよ。ありがたいって、いつも思ってる」

「ならいいが。……けど、こんなに毎回毎回事件に巻き込まれてるようじゃ、いまいち説得力はないかも」

　忍がおどけて肩をすくめたおかげで、無量もちょっと緊張がほぐれ、やっと苦笑いを浮かべた。……とはいえ、あれだけ事件が続いても無事こうしていられるのは、忍の台詞《せりふ》が正しかった証拠でもある。萌絵や忍が体を張ってくれているおかげだ。

　自室に戻りかけた忍を無量が呼び止めた。

「……思ったんだけど、忍も一緒に海外に出るっていう選択肢は、ない？」

　これには忍も驚いた。

　そういう選択肢は考えてもみなかった。

　しばらく考えを巡らせて「やめとくよ」と答えた。

「俺はカメケンでコーディネーターになるって決めてあるからね」

「……忍ちゃん」

　忍は自分の部屋に戻っていった。無量は後ろにひっくり返って、天井を見上げた。

　ひどく真顔になって、考え込んでいる。

第一章　湯けむりの国から

別府は日本一の湯量を誇る温泉街だ。

有数の観光地として名を馳《は》せる大分県別府市は、県庁所在地でもある大分市から電車で十分ほどの距離にあり、実はベッドタウンとしても人気で、県内では大分市についで二番目に人口が多い。駅前には高層マンションも林立し、商店や飲食店、宿泊施設、民家もひしめいていて、県内一の交通量がある国道沿いには大型店も並んでいる。ひなびた温泉地を想像していた無量《むりょう》は、ちょっと面食らった。

「ふつうに都会だわ」

駅東側の北浜《きたはま》と呼ばれる賑《にぎ》やかな界隈《かいわい》にはシンボルの別府タワーがそそり立ち、昭和の温泉ブームの名残がある。その先に広がるのは別府湾だ。湾岸にはパームツリーが並んで観光港やビーチもある。観光地とベッドタウンのふたつの顔を持つ街だ。

坂の街でもある。

後ろを振り返れば、存在感のある扇山《おうぎやま》が鎮座する。別府のシンボルで、毎年野焼きを行い、斜面が草原になっているので、まるで奈良の若草山《わかくさやま》のようだ。その奥にそびえたつ大きな山が鶴見岳《つるみ》。標高千三百メートルの火山だ。

街は鶴見岳の稜線《りょうせん》にそって広がっており、無量を乗せたバスは延々と長い坂道をあがっていく。街に坂があるというより、坂に街がある。そんな印象だ。

別府は火山の恩恵を受けて繁栄してきた街だった。

温泉湧出量はアメリカのイエローストーン国立公園についで世界第二位、人が入浴する規模としては世界第一位だ。「別府八湯《はっとう》」と呼ばれる八つの温泉郷があり、「別府温泉」「浜脇《はまわき》温泉」「観海寺《かんかいじ》温泉」「堀田《ほりた》温泉」「明礬《みょうばん》温泉」「鉄輪《かんなわ》温泉」「柴石《しばせき》温泉」「亀川《かめがわ》温泉」だ。世界には十一種類の泉質があるというが、そのうちの十が別府にある。

無量が世話になる宿泊先は「鉄輪温泉」にある。

バスを降りると、そこはもう温泉街だ。

巨大温泉旅館がひしめく地区からは少し離れていて、一帯は古き良き温泉街の情緒を残している。観光客もそぞろ歩く石畳の坂道をおりていくと、あちらこちらから湯気が沸き立つ。旅館ごとにある噴出口パイプから勢いよく吹き出す湯気と足下の溝から沸きあがる湯気、どこからかボコボコと湯が沸き立つ音もして、あちらこちらにある昔ながらの共同浴場からは入浴客の少しエコーがかかった話し声が聞こえてくる。

坂をおりていくと少し古びた建て構えの小さな旅館が増えてきた。無量が探しあてたのは「ふたば荘」なる旅館だ。

「これはまた……」

一見して昭和の建物だ。狭い路地に面した二階建ての建物は、築五十年ほどは経っているだろうか。早くついてしまったため、玄関はまだ暗くフロントにも人影がない。どうしたものか、とうろうろしていると、湯気の立つ井戸のようなものを見つけた。みかんの網のようなものに卵が入って温泉に浸《つ》かっている。

「おお、正しく温泉卵」

「こらこら。勝手にとっちゃだめだぞー」

後ろから声をかけられて振り返ると、ランニングシャツにハーフパンツの男が食材の入った段ボール箱を抱えて、裏口から出てきたところだった。

「いや、見てただけです。食べるつもりは」

「うちのお客さん？」

「今日から世話になる西原《さいばら》です」

名乗ると、ハーパン男は「君か！」と目を丸くして、

「カメケンのエースディガー西原無量か！　明日《あした》からうちの現場に入る」

「うちの？　ってことは、あなたが今度の発掘現場の？」

「屋敷洋介《やしきようすけ》だ。豊後《ぶんご》大学の考古学研究室で准教授をやってる」

年齢は三十代後半あたりか。無量と背丈はそう変わらず、ツーブロックの黒髪とすっきりした顔立ちは、高校の部活でサッカーでも教えているのが似合いそうだ。

「期待してるよ。よろしくな！」

「あれ？　じゃ〝うちのお客さん〟ってことは」

「ここ、うちの旅館なんだわ。嫁さんの実家なの。湯治で長逗留《とうりゅう》するお客さん向けの。自炊もできるよ」

「メシは出ないんすか？」

「一応食堂もあるから安心して。けど自炊も楽しいぞ。温泉使って茹《ゆ》でたり蒸したりできる。食材はうちでも用意してるから」

　先ほどから湯気が立っている井戸のようなものは自炊用だったのだ。温泉を利用した自炊を愉《たの》しめるのも旅館の売りだという。屋敷の指導のもと、さっそく茹で卵に挑戦してみた無量は、あまりのうまさに目を瞠《みは》った。

「うんま！　めっちゃぷりっぷりでとろーり」

「こっちの煉瓦《れんが》積みは地獄蒸し用。野菜や肉や魚、なんでも温泉の蒸気で蒸す」

「すご。せいろになってんだ」

「大浴場の掃除を手伝ってくれれば、今日の夕飯代はただにしてやるよ。やる？」

　そう言われたらやるしかない。無量は来て早々、旅館働きに精を出すことになってしまった。

＊

今回の発掘は、学生たちによる発掘調査だ。

毎年夏休みに地元の豊後大学と大分県の埋蔵文化財センターが共同で企画しているもので、名目は「屋敷研究室による学術発掘」だが、高校生も参加できる。

将来の人材育成を兼ねていて、参加する学生たちはあくまで「実習」なのでバイト料などは出ないが、本物の遺跡を発掘できるというので人気を博しているという。

もちろん、正式な調査だから報告書にも名前が載るし、専門家による懇切丁寧な指導付きだ。発掘の基礎知識からテクニックまで一から学べる。今年の指導役に招かれたのが、無量というわけだった。

今回は、古墳時代後期と見られる遺構を調査するという。

その夜、無量は食堂で地獄蒸しを堪能《たんのう》しながら、屋敷からレクチャーを受けた。

「日出《ひじ》町の豊岡《とよおか》にある円墳だ。今は神社の境内になっている。石室自体は社殿の下にあると伝わってて、付近からは土器も出ている。今回は周縁部の調査になるが、学生の実習にはちょうどいい規模だ。君には学生たちの指導をお願いしたい。うちの学生たちもいずれ海外で発掘する機会があるかもしれない。経験豊富な西原くんはうってつけだ」

指導が苦手な無量は気が重いのをまぎらわすように、地獄蒸しの豚バラをポン酢につけた。

「このへんは古墳多いんすか？」

「少ないほうかな。『鬼《おに》ノ岩屋《いわや》古墳』という円墳はあるが、比較的多いのは大分市内か、宇佐《うさ》のあたりだ。宇佐神宮のある」

大分の北部、周防灘《すおうなだ》に面した宇佐市にある大きな古社だ。

「聞いたことあるかも」

「十年に一度、天皇の使いが来ることで知られてる。日本史的には道鏡《どうきょう》事件で有名だな。『弓削《ゆげの》道鏡を皇位に据えよ』という宇佐神宮の神託を、和気清麻呂《わけのきよまろ》が同じ宇佐神宮の神託で阻止したという。清麻呂は称徳《しょうとく》天皇と道鏡の怒りを買って流刑になったんだが」

「じゃなくて、あれっすよ。USAの看板」

宇佐は英語表記するとUSAなので、JR宇佐駅の駅名標にアメリカ合衆国の星条旗になぞらえた謎のマークが入っている。

「ウッサーて感じで浮かれてていいっすよね」

「はは……。そのウッサーで代表的なのは三世紀後半の赤塚《あかつか》古墳。他にも前方後円墳が集まってて川部《かわべ》高森《たかもり》古墳群と呼ばれてる」

「三世紀っていうと奈良の箸墓《はしはか》くらいか。邪馬台国《やまたいこく》の頃じゃないすか」

「なかなかしびれるだろ」

「屋敷サンも専門は古墳時代なんすか？」

「いや、専門は石造物だ。主に国東《くにさき》半島の石塔について研究してる」

石塔と聞いて福井の埋文《まいぶん》の職員・細谷《ほそや》を思い出した。すると細谷とも交流があるという。この業界は広いようで狭く、研究仲間には横のつながりがある。同じ分野を研究している者同士はライバルというよりも仲間だ。

「あとは、とある島のことについても調べてる」

「とある島、とは」

「瓜生島《うりゅう》を知ってるか？　昔、この別府湾にあったと伝わる幻の島だ。一五九六年の慶《けい》長《ちょう》豊後地震で一夜にして沈んだと言われてることから、日本のアトランティスだなんて呼ばれてる」

民話にも伝えられている。昔、豊漁の神様として瓜生島に祀《まつ》られていた恵比寿《えびす》像があり、「恵比寿様が赤くなると島が沈む」との言い伝えがあった。それを疑った若者がある日、恵比寿像にベンガラを塗ると、その翌日、島はぐらぐらと揺れて島の人もろとも海の底へ沈んでしまったという。無量は興味津々、前のめりになって、

「恵比寿様の祟《たた》りで沈んだんすか」

「言い伝えではね」

「しかし地震で島ひとつ沈むなんて、本当にあるんすかね」

「そこが謎なんだ。別府湾岸が津波に襲われて、大きな被害が出たことはわかっているんだが、記録が少なくて詳細が見えない。寛文年間に出た『豊陽古事談』なる書には、別府湾の真ん中に大きな島が描かれている。それが瓜生島だ」

スマホで画像検索して見せてくれた。確かにでかい。別府湾を覆い尽くすほどの大きさだ。無量は昼間バスの窓から見た別府湾を重ねて、想像した。

「そんなでかい島があの湾で沈んだんですか？　しかも一晩で」

　よほど巨大な地殻変動でもない限り、ありえない。そんなことになったら周りもただでは済まないはずだが。

「痕跡《こんせき》はあるんすか？」

「水中調査もしたが、湾の真ん中にそれらしき島の痕跡は見当たらなかった。もっとも、この地図自体、地震の七十年後に描かれたものだし、どこまであてになるか。メディアが発達した今と違って江戸時代なんてほぼ口伝だろ？　長生きの祖父母から聞けたかどうかってくらいの時間的距離感だし、当時の七十年前なんて今の百年以上前も同然だからな。たぶん言い伝えを聞いた作者がちょっと大袈裟《おおげさ》に想像図を描いたんだろうな」

　ただ全くのでたらめかといえば、そうとも言えない。大分川の河口付近は昔、土砂が積もった砂州になっていた。当時は「沖の浜」と呼ばれて貿易の拠点にもなっていたのだが、その付近に大きな地崩れがあった痕跡が見つかっているという。

「瓜生島というのはその一帯のことを指してるんじゃないか、との説が最近では有力だ。大地震で液状化現象が起きて、一気に砂の地盤が崩れて沈んだんじゃないかと」

「なるほど、それならアリかも」

　島ではなく半島だったという見方もあるから、そういう説明なら納得がいく。

「その地崩れがあったあたりからは、なんか出てるんすか？　水中発掘調査とかは？」

「やってみたいねえ」

「腕の良い水中発掘師知ってますよ。紹介しましょうか」

いまの無量はやる気に満ちている。ねだるように身をよじらせ、

「やりましょうよう、瓜生島発掘。日本のアトランティス見つけましょ。ね？」

「はは、予算さえつけばすぐにでもやるよ。そんときゃ頼むよ」

それよりも目先の発掘だ。参考までに「鬼ノ岩屋古墳」の画像を見せてもらった。六世紀末から七世紀頭に造られたと見られる円墳で、横穴式石室の壁は赤く塗られて、黒く邪視文などが描かれた装飾古墳だ。

「こんな大きな石室は鬼でなければ造れない、と言われたことから『鬼ノ岩屋古墳』とついたそうだ」

無量は「鬼といえば」と言い、

「別府には地獄があるってほんとっすか」

「あるよ。地獄めぐり」

「不穏っすね」

温泉が湧く七つの池のことだ。青い「海地獄」、赤い「血の池地獄」、泥にぽこぽこ泡ができる「鬼石坊主地獄」などがある。別府を代表する観光名所だ。

「別府には地獄があるから、鬼がいてもおかしくない」

鬼は鬼でも、地獄の鬼とは。

「そういえば、右手にずっと手袋はめてるけど、どうしたの？」

屋敷に問われ、無量は「ああ、これは」とひらひらとふってみせた。

「〈鬼の手〉っす」

は？　と目を丸くされた。屋敷は〈鬼の手〉の噂は知らなかったらしい。ヤケドの痕《あと》を隠しているという と納得してくれた。無量は右手を見て、

「こいつもやっと復活してきたみたいなんで、扱《こ》き使ってやろうかと」

屋敷は不思議そうな顔をした。そこへ屋敷の妻・千里《ちさと》が現れた。千里は若女将《おかみ》でカフェも経営している。ふくよかで笑顔が明るい女性だった。仲良し夫婦らしく、郷土料理のおすすめ話で盛り上がった。

「夏場やけん自炊場が暑いかもしれんけど、温泉自炊でわからんことがあったら常連さんもおるけん、気軽に聞いてみてくださいね」

汗だくになる発掘作業のあとに入る温泉は格別だということを無量は知っている。

御世話になります、と頭を下げた。

＊

お盆を過ぎていくらか猛暑がなりをひそめ、朝晩が涼しくなったのはありがたかった。日中はまだまだ暑いが、三十五度を超える酷暑でないだけ天国だ。

翌日からさっそく作業は始まった。

現場は古墳がある神社の名前から「三島《みしま》遺跡」と名付けられている。場所は別府市と日出町の境、豊岡地区というところにある。別府湾を間近に望む風光明媚《ふうこうめいび》な場所で、眼下には日豊《にっぽう》線の線路が見下ろせる。神社はこんもりと盛り上がったところにあり、半分ほどはすでに江戸時代には壊されていた。

開始前にはちょっとしたセレモニーも行われ、企画した豊後大の小野田保《おのだたもつ》教授もやってきて、学生たちを激励した。

「——土に触れるのは考古学の第一歩です。未来を担う皆さんにぜひ発掘の面白さを知っていただき、過去を発見する喜びを存分に味わっていただきたいと思います」

発掘に参加するのは大学生八名、高校生三名。ほぼ全員本格的な発掘は初めてという。一応レクチャーは受けてきたが、本物の遺跡を前にして緊張している様子が初々しい。アルバイトとは違って学習の一環だ。ただ「掘る」だけに止《とど》まらず、土層や遺物の知識を学ぶ。考古学好きとあって皆、学習意欲も旺盛《おうせい》だ。

作業はトレンチを設定するための測量から始まった。

「西原先生ー。なんで神社の中でなく、周りを掘るんですか」

先生はやめて、と内心思いながら、無量は答えた。

「そりゃ墳丘の規模と形を確認するためでしょ。円墳に見えるけど、前方後円墳だった可能性もないではないし」

学生たちがどよめいた。前方後円墳は古墳界のスターだ。円墳より時代が古く、格があがる感じがするのだろう。俄然《がぜん》、はりきり始めた。

「みんなー、差し入れもってきたよー」

軽トラックで現れたのは、田端《たばた》希美《のぞみ》という、もうひとりの指導役だ。屋敷の後輩で、今は東京の私立大学で助教を務めていて、今回の発掘実習では調査副責任者を務める。その両手には大きな箱をぶらさげている。

「おお！　これは」

鶏の唐揚げがぎっしり詰まっている。

「我が家のおすすめ、もり山食堂のからあげ。たくさんあるからいっぱい食べて」

テントのおやつコーナーには菓子ではなく唐揚げがドンと置かれた。ちょうど休憩の時間だった。学生たちが殺到し、無量の目の前で唐揚げの山がどんどん減っていく。

「差し入れで山盛りの唐揚げが来たのは初めてっす……」

無量は田端とはこれが初対面だ。田端は目を輝かせ、

「あなたが〝宝物発掘師《トレジャー・ディガー》〟の西原無量？　わ、すごい！　本物だ！」

大はしゃぎし始めたので、屋敷も目を丸くして、

「なんだ。西原くんを知ってたのか？」

「西原くんは恐竜も遺跡も発掘してる凄腕《すごうで》なんですよ。お宝をばしばし掘り当てるもんだから〈鬼の手《オーガ・ハンド》〉なんて呼ばれてるんです。日本のムリョウ・サイバラは海外でも有名で、この業界ではちょっとしたアイドルなんですよ」

学生たちはざわめいた。ただ者ではない、と色めき立って、

「まさか、その手袋は〈鬼の手〉《オーガ・ハンド》を隠してたりするんですか」

「ちがうから。ただの古傷だから。あとアイドルでもないすから。誤解招くような言い方しないでくださいよ」

田端は舌を出している。

「地元で一緒に掘れて光栄です。……あ、鶏の唐揚げは大分名物。大分県民のソウルフード。大分は唐揚げ消費量全国ナンバーワンやけんね」

各家庭ごとに贔屓《ひいき》の唐揚げ店があって、普段からおかずにするのだが、ちょっとしたイベントごとがある時は、こんなふうに大量買いで差し入れるのがならわしだという。

「もり山食堂は実家の近くにあるんやけど、この薄衣のもも肉が最高。ニンニクの香りもして、お好みでかぼすを搾るといくらでも食べれるけん、西原くんもぜひぜひ」

では遠慮なく、と嚙《か》みついた。

「んー！　んま！」

「でしょー」

「衣が薄くてサクサクしてめちゃうま。肉汁もじゅわっとしてうまみが口に広がって」

「でしょーでしょー。中津《なかつ》の唐揚げ最高なの」

「オイオイ。それを言うなら、うちの御用達《ごようたし》〝チキンのささき〟も絶品やぞ。胸肉を使ってるんだが、衣がカリッとして肉に下味がしっかりついちょって……」

屋敷が張り合い、大分県民の唐揚げ談義が始まる。この分では毎日ちがう店の唐揚げが登場しそうだ。

「明日《あした》の午前中に重機が入るけん、掘るのは午後からやね」

田端は地元に帰ってきたためか、大分弁に戻っている。トレンチを入れる場所はいまは駐車場だ。舗装されていないので、表土を剥《は》がせば、すぐにでも人力で掘れる。

「石室は社殿の下にあるんでしたっけ。調査はしたんですか」

「二百年前にね。幕末の頃、日出には帆足萬里《ほあしばんり》という優秀な学者がいてね。日出藩の家老にもなった先生で、豊後三賢のひとりだ。儒学だけでなく自然科学や考古学にも詳しくてね。鬼ノ岩屋古墳を調査したそうだが、ここの石室も調べていたようなんだ」

「へえ。江戸時代の考古学者ですか」

あいにく調査記録は残っていない。

石室を調べるには社殿をどかさなければならず、大がかりな修繕の計画でも出てこない限り、その機会は当分なさそうだ。というわけで今回は「古墳の周縁部調査」になる。

「田端くんとともにしっかり指導頼むよ」

よろしくお願いします、と田端も頭を下げた。セミロングの髪をひとつに結んで、笑うと八重歯がのぞく。小柄でチョコチョコ動くので、リスを思わせる。可愛らしい見た目だが、東京の有名私立大で助教を務める才女だ。

少し前の無量なら、高学歴の研究者の前では引け目を感じてしまいそうになるところだが、今の無量はひと味違う。腹が据わっている。マクダネルにスカウトされて発掘師として自信がついたか、前ほど気にならないのが不思議だ。

「さー、唐揚げも満タン補給したし、作業再開だ」

屋敷の号令で、無量たちは再び調査区域に戻った。

＊

作業の後にいつでも入れる温泉が待っているのは最高だ。天国だ。

湯治用の大浴場は湯船もさほど大きくはなく「小浴場」といった風情だが、古き良き湯治場の雰囲気がある素朴な岩風呂《いわぶろ》で、これはこれで情緒がある。ナトリウム塩化物泉という世界でも貴重な湯は少し熱めだが、風呂上がりの外気が涼しく感じられて、これまた良い。風呂からあがると、腹が鳴った。無量は昨日食べた地獄蒸しがいたく気に入ったので、自分で作ってみることにした。

炊事場に向かうと先客がいた。ランニング姿の年配男性だ。七、八十代だろうか。豊かな白髪を真ん中分けにして黒縁メガネをかけている。長逗留《とうりゅう》する湯治客もいる、というが、勝手知ったる様子で炊事にいそしむところを見るとそのひとりらしい。

「なんだ。自炊か？」

「はい」

「若いな。バックパッカーか？」

「いえ。仕事で。現場が近いんで」

　年配男性は親切に自炊のやり方を教えてくれた。野菜を切ってせいろにセットするところまで手伝ってくれた。いかにも手慣れている。きっと常連だろう。

「ここ来てどれくらいなんすか？」

「今回はそろそろ一ヶ月だな」

「一ヶ月もいるんすか！　よく飽きないすね」

「まあ、仕事をしながらだからな。これでも小説を書いてるんだ」

「小説……。もしかしてカンヅメってやつっすか」

「温泉に浸《つ》かると腰痛も楽になるからちょうどいいんだ」

　コンクリート床の炊事場を下駄で歩き回り、てきぱきと蒸し料理をセットする。せいろの中には手製の餃子《ギョーザ》が並んでいて、うまそうだ。

「現場というのは建築か何かか？」

「発掘っす。遺跡掘ってるんすよ」

「なに、発掘？」

　年配男性の目がきらりと光った。

「そりゃまた今時珍しいな。我々の若い頃には古代史ブームってのがあってな。考古学に興味を持って発掘調査に参加する連中も多かったが、そうか、発掘をやる若いのなんぞ、とうに絶滅したもんだと思っていたが」

「してません。言うても仕事ですしね」

「どこらへんで掘ってるんだ？」

「豊後豊岡って駅の近くっす。別府から中津方面に二、三個いったとこの」

「ほお、縄文時代の土器でも出たかい」

「古墳す。神社の境内にある、学生と掘るにはちょうどいい感じの」

「そうか。まあ、がんばれ」

年配男性は蒸し上がった餃子を五、六個分けてくれて、缶ビールを片手に部屋へ戻っていった。フロントの前で屋敷と会ったので、その話をすると……。

「ああ、あれは推理作家の竹本恭太郎《たけもときょうたろう》先生だよ」

小説など読みもしない無量ですらその名を知っている。押しも押されもせぬ大御所小説家だ。大衆向けの鉄道ミステリーなどを何百冊と出していて、二時間ドラマ全盛の頃は有名俳優が出演するシリーズ物が何本も放送された。

「そんなすごいひとなら、高級旅館でカンヅメできそうなのに……」

「湯治宿の質素な佇《たたず》まいのほうが原稿に集中できるそうだ。毎年来てるよ」

湯治に来るのは時間にゆとりがあって体を治したい年配が多いイメージだが、〆切《しめきり》に追われる大作家まで来るとは……。それだけ別府温泉が効能あらたかである証《あかし》か。

そのことを定時報告がてら電話で萌絵《もえ》に伝えたら、萌絵はひっくり返ってしまった。

『うちのお父さんが大ファンなの。本にサインとかもらえないかなあ』

「なんか気むずかしそうなひとだったぞ」

　ニコリともしなかったが、その割に自炊の仕方を教えてくれたりして親切だった。

『近々、大分に行くことになったから、その時にでも』

「現場くんの？　いいって、学生の実習だから」

『ちがうちがう、仕事の打ち合わせ。今度、宇佐にある県立歴史博物館でやるプロジェクションマッピング企画をうちでコーディネートすることになって』

　建物などに映像を映して鑑賞するものだが、昨今では舞台などでもよく使われる。博物館の新しい目玉企画として、建物内に復元した古寺のお堂に映像を映すというものだ。

「最近の博物館はアミューズメントだなあ……」

『剣ステ並に作りこむよ。あ、なんとサブリンも出演快諾してくれたの！』

　サブリンこと佐分利《さぶり》亮平《りょうへい》は元舞台俳優で、つい最近、能楽宗家の跡継ぎになった。

『私のカメケンCMもミリオン達成したし、いける予感しかしない。なんなら私がコンテ切ろうかな。映像作家・永倉《ながくら》萌絵として』

「やめて。博物館に来た小学生がドン引く景色が見えるから」

　萌絵はサインを口実に別府に寄る気満々だ。あわよくば紹介してもらい、何かの機会に寄稿してもらおうとの魂胆だろう。萌絵は貪欲《どんよく》に人脈を広げている。何が仕事に結びつくかわからないので、グイグイ行くスタイルだ。

『先生の執筆の邪魔しちゃだめだよ』

無量は「はいはい」とうなずいた。萌絵たちがやってくると事件の率が高くなるから若干、不安だ。平和に作業が進むことを祈って、その日は早々に床についた。

*

現場での作業はいよいよ人力による粗掘が始まった。

学生たちはそれぞれ道具を持ってトレンチを掘る。本物の遺跡での発掘だ。何か出てきた時は必ず報告するよう申し渡した。

初めのうちは石にあたっただけで大騒ぎだ。現代っ子は土に触れた経験が少ない。剣型スコップや鋤《すき》などの道具を使うのも初めてで悪戦苦闘している。排土を載せる一輪車(ネコ)もうまく扱えず、バランスを崩してひっくりかえしているのを見て、先行きに不安を覚えた無量は、隣にいる田端助教に、

「これ、遺構面までたどり着くのに何ヶ月かかりますかね……」

「まあ、温かい目で見てあげようよ。みんな初心者だし」

「オイそこ、剣スコ入れすぎ！　ちょ、まだ取り上げちゃだめ！　……みてらんねっす。もういってもいいすか？　いいすか？」

発掘意欲に溢《あふ》れている無量はトレンチに入りたくてうずうずしている。が、それでは

学生たちの訓練にならない。仕方なく、こぼした土を運ぶ手伝いをした。

「ひとり、やたら手際がいいのがいるっすね」

第二トレンチにいる学生だ。周りと無駄話をせず、ひとり黙々と作業を続けている。金髪をハーフアップにしてピアスをつけている。着ている服もひとり際だってお洒落《しゃれ》だ。

「あのコね、井上斗織《いのうえとおり》くん。今年の入試で歴代最高得点たたき出したっていう」

最難関の国立大でも軽く現役合格できるほどの偏差値の持ち主でありながら、豊後大学以外は受験すらしなかったという。なぜうちなのか、と教授陣も首をかしげている。

確かに異質だ。いやに目立つヤンキーファッションで周りと打ち解けず、休憩中もひとりでスマホを見て過ごすことが多い。今時といえば今時だ。

「……まあ、昔は俺もあんなだったかな」

昔というほど昔でもないので、柳生《やぎゅう》が聞いたら鼻で笑いそうだ。

「噂によるとね、小倉《こくら》エンペラーの特攻隊長だったって」

「どっから仕入れてくるんすか。その情報」

キレたらヤバいやつ、ともっぱらの噂だという。確かに多少とんがった格好をしているとはいえ、そこまでヤバいようには見えないが。

「井上くんだっけ。やけに手慣れてるけど、前にどっかで発掘やったことあんの？」

斗織はイヤホンを外して「去年も参加しました」と答えた。棒付きキャンディーをくわえてニコリともしない。構われたくないのか、会話が続かず、すぐにイヤホンをつけてスマホに見入っている。

「扱いづらい」

柳生が聞いたら「おまえが言うな」とつっこむだろう。

作業は遅々として進まず、スケジュールに支障が出そうなので、まだ手の付いていない第三トレンチを無量が受け持つことになった。待ってました、と勇んで出てきた無量はもうアップを済ませている。取りかかると異次元のスピードで掘り始めた。学生たちも手さばきに圧倒されている。これがプロの発掘か、と。

事件が起こったのは、三日目のことだ。

「大変です！　トレンチに水がたまってます！」

第一トレンチが地下水にあたったらしい。大きな水たまりができていて、水位もどんどんあがっている。

「いや、ちょっと待て。これってまさか」

うっすら湯気があがっている。無量がトレンチに入って確かめた。……あったかい。

お湯だ。

まさか、と立ち尽くす無量のもとに屋敷が飛んできた。

「あー、やっちまったかー。このへん、たまに温泉が出ちゃうんだよな」

さすが世界の別府温泉。遺跡を掘っていたつもりが、温泉を掘り当ててしまうとは。

「どうすんスか、これ！　このままじゃただの露天風呂《ろてんぶろ》になっちゃいますよ！」

「田端くん、急いで排水用のホースとポンプ手配してくれ」

大騒ぎになった。排水セットが届くまで作業は中断だ。水位はすでに膝《ひざ》まで達している。無量が慌ててバケツで排水しようとするのを、屋敷が真顔で止めた。

「せっかく温泉が湧いたんだ。ひとっ風呂浴びよう」

屋敷はもう服を脱いでいる。パンツ一丁でトレンチに飛び込んだ。泥水ならぬ泥湯に肩まで浸《つ》かって「いい湯加減だ」と喜んでいる。

「みんなもどうだ？　発掘中のトレンチ温泉に浸かれるなんて滅多にないぞう」

さすがの無量もどん引きだ。学生の悪ふざけではなく、まさか教員が率先して浸かりにいってしまうとは……。

「西原くんも記念に入ってみなよ。なぁに、服なんてこの暑さだからすぐ乾くさ」

「そういう問題じゃなくて」

無量は学生たちに指示してバケツをありったけかき集めさせた。排水に躍起になっている無量に声をかけてきた者がいる。井上斗織《とおり》だった。

我が道を往く斗織は騒ぎにも動じず、耳にイヤホンを差して奥のトレンチで黙々と作業を続けていたのだが、気になるものを見つけたようだった。

「なんかの柱穴（ピット）みたいなんすけど」

無量が見にいくと、きれいに掘られたトレンチの底に、土の色が周りと違っている箇所がある。きれいな円状だ。無量は感心した。

「よく見分けられたな」

「こういうの、前の現場でも見たんで」

さっそくポケットからコンベックス（金属製の巻き尺）を取りだして、おおよその直径を測ってみた。一メートルほどあり、柱穴にしては大きい。

「なんかの土坑か……？」

ターゲット層よりかなり浅いところから出てきたので、少なくとも古墳時代のものではない。トレンチ内を見渡した無量は土壁から顔を覗《のぞ》かせている石の一部に気がついた。

「あれ礎石かもしれないから、あのへんもうちょい広げてくれる？」

斗織《とおり》は素直に掘り始める。手つきも手際もいい。やはり段違いに手慣れている。

「やっぱり礎石だなあ」

上部が平らになった加工石だ。建物の柱の土台にする。かつてここになんらかの建物があった証拠だ。この深さから出てくるところを見ると、そう古くはない。

「近世か、古くても中世後半ってとこか……江戸時代あたりの建物かな？」

まだ年代を示す遺物は出ていない。礎石が出たところと同じ面にあるということは、

「このピットは何かの埋納坑《まいのうこう》っぽいな。ゴミ穴かも」

「生ゴミとか捨てるような？」

「ってより廃棄のための穴だな。古い茶碗《ちゃわん》とかの陶器片が出てくるから、遺物の宝庫ではあるんだが、掘るのは大変だぞ。……けどゴミ穴にしちゃ、少し様子が変だな」

やっと泥湯からあがってきた屋敷に報告したところ、気になる点があったようだ。建物との位置関係をあぶり出すため、掘り広げることになった。無量の見立てが冴《さ》えるのはここからだ。柱と柱の間隔は（柱の中心から中心を測ることから）心々寸法と呼び、柱と柱の距離を「間」と呼ぶ。これを基準に間取りを計画するのが「柱割」だ。だが「一間」は地域や時代によって変わってくる。それらに加えて、地形や方角、地域特有の間取りの特色、そういうものから礎石が出てくるおおよその位置を推測するのだ。

そうこうするうちに遺物も出てきた。陶磁器のかけらだ。

「青花皿に三彩か……。貿易陶磁器が交じってますね……」

「なかなかのもんだな。もしかすると、森《もり》藩の殿様のやつかな？」

「心当たりがあるんすか」

「うん。この豊岡地区は昔、森藩の飛び地だったんだ」

あまり聞き慣れない藩名だったので、無量は「それどこですか」と聞いた。

「玖《く》珠《す》のほうだな。大分の山間にある、城がない小さな藩だ。九州の大名は参勤交代に船使うだろ。そのための港があったんだ。この古墳を崩したのも代官所か何かを建てるためかも。これはこれで調査してみたほうがいいと思うが、問題はスケジュールだな」

そもそもの目的は古墳の調査だ。まだまだ掘り下げなければならない。

「壊すのはまずいしな。記録だけ取って進めるか、埋め戻して現状保存するか」

あの、と無量が横から口を出した。

「そのピット、ちょっと気になります。なんか違和感があるというか。そこだけでいいんで、埋め戻さないで、もうちょい掘らせてもらえませんか」

「うーん、まあ、君が担当するなら、そんなに時間もかからないかな。なら頼む。念のため、日出町の文化財担当にも連絡して後で見に来てもらおう」

そんなやりとりをしていると、後ろから斗織《とおり》が声をかけてきた。

「オレに掘らせてもらってもいいですか？　そういうの掘ったことないんで」

今時の学生にしては意欲のある申し出に、無量は驚いた。だが、のんびりはできない。自分でやったほうが早いとは思ったが、斗織は自分が見つけた穴をどうしても掘り下げたいらしい。

「陶器が大量に出てくるかもしんないぞ。あとの実測も大変だぞ」

「その分、練習になるっす」

無量も先ほどからずっとひっかかっている穴だった。地下室の入口にしては狭い。茶碗を捨てる穴にしてはかぶせた土にだいぶ下層の粘土が混じっていて、やけに深そうだ。この手の違和感は無視できない。無量は右手を見た。その直感を裏付けるように先ほどから指先がピクッピクッと震えている。何かが古傷を刺激している。子供の頃、祖父に焼かれた右手には「嗤《わら》う鬼の顔」にも似たヤケドの痕があった。その右手が騒ぐ時は、無量の場合、発掘勘というやつが働いている時でもあった。

「わかった。時間も限られてるし、あんまりかかるようなら俺が替わるから、とりあえず掘ってみ」

予想に反して、土坑からは掘っても掘っても陶器片は出てこなかった。

それ以外のものも出てこない。これが不用品を廃棄するための穴なら、必ず何らかの遺物が出てくるはずだが、陶器片どころか、芋石（遺物・遺構とは関係ない自然石）ひとつ出てこない。拍子抜けした無量は他の可能性を考えなければならなかった。

太い掘っ立ての柱穴？　それとも江戸時代の建物によく見られる穴蔵的な何かか？

だが、何かが埋まっていそうな気配だけはひしひしとする。

無量が見守る中、斗織は黙々と掘り続ける。地下水の影響なのか、土は湿っていて、しかも思いのほか、深い。夕方近くなり、そろそろ作業終了という段になって、

「西原さん。なんか埋まってます」

無量の勘が的中した。ここ、と指さしたところに、木片のようなものが見える。無量の顔つきが変わり、斗織の代わりに穴の底を覗き込んだ。

「これは」

何らかの木製遺物のようだった。江戸時代の木椀《もくわん》か何かだろうか。斗織に代わって無量がその先の作業を受け持った。木片は横幅があり、思いのほか、大きい。

「なんだこれ。……ひとの、顔？」

土から顔を覗かせた木製品を見て、無量はぎょっとした。

異形の顔だ。

鼻が大きく、ぎょろりと剝《む》きだしたふたつの目は真ん中がくりぬかれている。目の上には雲のような太い眉毛《まゆげ》、口元は上下に大きな牙《きば》が何本も生えている。ところどころ彩色も残っており、顔全体を覆う赤と黒の縞々《しましま》模様が独特で、ロバのような大きな耳が真横に延びている。一見してずいぶんと土俗的でどこかポリネシアンめいた雰囲気もあるが、ただならぬ迫力があって、まるで土深いところから異様な神がヌッと顔を出したかのような不気味さに無量はぞっとした。

「……荒鬼《あらおに》……」

と斗織《とおり》が呟《つぶや》いた。無量は驚き、

「おまえ、これが何かわかるのか？」

そこへ出土の報《しら》せを聞いた屋敷と田端が駆けつけた。土の中から文字通り、顔を覗かせてる異形の木製面に、ふたりは「おお」と感嘆の溜息《ためいき》をついた。

「これは鬼の面じゃないか」

一目見て、それが「鬼」だとわかったようだ。

「鬼？　これが？」

無量の想像する「鬼の面」とはだいぶ雰囲気が違う。般若《はんにゃ》のような鬼ではなく、極限まで誇張された目鼻と大きすぎる口、面自体も大きく五十センチはあるだろうか、人の顔につけるには大きすぎる。

無量は土から現れた鬼と向き合ったまま、しばらく動くことができなかった。

これが大分での最初の鬼との対面となった。

＊

修正鬼会《しゅじょうおにえ》のお面じゃないかな？

そう言ったのは田端希美だった。遺物発見を訊《き》いて集まった発掘責任者チーム（屋敷と田端と無量の三人だが）は出土した遺物を囲んで記録をとりながら意見を出し合っている。耳慣れない言葉に、無量は思わず聞き返した。

「しゅじょう……おにえ……？」

「そう。六郷満山の寺々で旧正月に行われる夜祭りのこと」

「ろくごう……まんざん？」

「国東《くにさき》半島の寺院群のことだよ」

今度は屋敷が答えた。国東半島というのは、別府湾の北側、伊予《いよ》灘《なだ》と周防灘に丸く張り出した半島のことだ。その正体は円錐《えんすい》形の火山だ。両子《ふたご》山をはじめとするいくつかの頂があり、そこを中心に放射状に深い谷がのびている。谷ごとに郷ができ、それらが六つあったことから「六郷」と呼ばれ、古くからたくさんの仏教寺院があったことから「六郷満山」と名付けられていた。

溯ること千三百年、奈良時代に「八幡神の化身である仁聞菩薩」が開山したと伝えられている。以来、八幡神信仰、天台宗《てんだい》、浄土思想、修験道など様々なものを取り込んで発展してきた神仏習合の聖地だ。現代では三十三ヶ寺が霊場札所となっている。その昔は本寺と末寺だけで百を超え、加えて坊や院が八百あまりもあったという。

「修正鬼会は毎年旧暦の一月七日に行われるんだけど、一般的なお寺で行われる正月の修正会《しゅしょうえ》と節分が混ざったようなお祭で、お坊さんがお面かぶって鬼に扮《ふん》するのね」

「お神楽《かぐら》みたいな？」

「うん、仏教版神楽みたいな感じ。大きな松明《たいまつ》を掲げたり、鬼が勇壮に舞ったり、参拝者を叩《たた》いて厄払いしたりするの。昔はそれぞれのお寺でやってたんだけど、過疎化や何やらで厳しくなって、いま残ってるのは東組がふたつ、西組がひとつだけなんだけど」

その修正鬼会で使われた面が埋められていた、ということのようだ。

穴の周りにしゃがみこんで、無量と屋敷と田端は申し合わせたように同じ姿勢で腕組みしている。木製品は多くは土中で分解されてしまって残りにくいのだが、周囲の地下水が豊富なためか、土壌の水分量が多かったのが幸いした。

「……しかし、なんでこんなところに埋めたんだ？」

神社の境内ならまだわかるが、なぜここに？

このあたりは国東《くにさき》半島の付け根にあたり、六郷満山の入口ではあるが、修正鬼会が行われていた地区からは少し外れている。

「謎だなあ……。とりあえず、記録とっといて。取り上げは明日《あした》以降にしよう」

「しかし、なんとも迫力のある鬼っすね……」

だいぶ朽ちてはいるが、それでもその造形には何か得体のしれない力があるような気がして、無量は先ほどから目が離せずにいる。不気味で恐ろしい形相をしており、見ていると今にも動き出しそうなくらい生々しいものがある。凄《すさ》まじい気を宿している。これを「鬼気」と呼ぶのだろうか。

そんな三人の後ろから、斗織《とおり》がじっと見つめている。

薄闇に包まれた発掘現場には虫の声が響き始めていた。


木製遺物は乾燥が大敵だ。

取り上げた遺物は水に漬けて保管する。長期保存する際は、従来はPEG（ポリエチレングリコール）を染みこませていたが、最近ではトレハロースを用いるところもあるという。PEGよりも早く浸《し》みこみ、吸湿性が抑えられるためだ。

問題は発掘現場での取り扱いだ。冬場の乾燥も大敵だが、夏の高温は一気に乾燥を進める。〝鬼の面〟は湿潤環境を保たせつつ早々に取り上げることになった。

土坑の立ち上がり（掘り始めた面）から推測するに、穴が掘られた時期は礎石を用いた建物があった頃と同時期のようだ。となると、やはり「建物」がなんだったのかが鍵《かぎ》になる。

「お殿様の湯治場っすよ、きっと。船旅の疲れを癒《い》やすために掘ったんすよ」

と無量は決めつけているが、田端は首を傾げている。

「湯治場に〝鬼の面〟を埋めたの？　意味がわからないなあ」

「あ、別府は温泉が湧く池を地獄って呼ぶから？」

「地獄の鬼ってこと？　それはちょっと違うと思うよ」

「なら、なんかのまじないとか？」

「温泉から魔物を払うためかも」

「鬼が魔物を払うんすか？」

「そうだよ。国東の鬼は良いものなの。悪いものを払ってくれるの」

無量は意外な感じがした。鬼といえば「悪いもの」の象徴だと思っていたからだ。

「節分とかで豆投げられて追い払われるほうじゃないすか。追儺《ついな》っていうのも、鬼は悪いものの象徴で、追っ払うためにやるもんじゃ」

「国東の修正鬼会では、鬼は〝悪いもの〟を払うほうなの。国東の鬼はヒーローみたいな感じ。災いを払ってくれるのね」

無量は自分の右手を見てしまった。鬼は良いものと聞いて、悪い気はしなかった。

「そういえば、鬼瓦《おにがわら》なんかも魔除《まよ》けっすね。なまはげなんかも、そっちか……」

「奈良時代の人面墨書土器なんかもそうなんだけど、昔は、鬼は僻邪《へきじゃ》のシンボルで、追い払う側だったんだよ。西原くんも〈鬼の手〉だから親近感あるでしょ」

「親近感はないっす」

本来のターゲットは古墳時代の土層だ。時間をかけていられないので、面を取り上げてどんどん先に進むことになった。取り上げ作業は無量が行う。地面に腹這《はらば》いになって慎重に土から剝《は》がし、脆《もろ》くなっている部分が壊れないよう、ゆっくりと持ち上げた。

「ん？」

面の裏側を確認した無量は奇妙なものに気がついた。

「錆《さび》だ」

見守っていた田端と斗織が「は？」という顔をした。木製品から錆が出るはずはない。

「いや、付着してる土に錆がまざってる」

無量は取り上げた〝鬼の面〟を一旦《いったん》、田端が用意した「水を張った容《い》れ物」に預け、もう一度、穴の底を覗《のぞ》き込んだ。〝鬼の面〟が置かれていた土の表面の色が他と違う。こんな暗褐色の土色にも見覚えがあった。

「この下に何かまだ埋まってる……」

「なんでわかるんすか？」

斗織が訊《たず》ねたので、無量は「土に滲《にじ》み出てるんだよ」と答えた。

「銅製遺物が出る時、銅の成分がにじみ出して遺物の周りの土が変色することがある」

「この下に金属製品が埋まってるってことですか。銅鏡とか刀剣とか、そういう？」

「わからない。ただの釘《くぎ》かもしれないし」

だが、あいにくこの日は〝鬼の面〟を取り上げたところまでタイムアップとなった。

その先の作業は次の日に持ち越しとなった。

＊

事件が起こったのは、翌日のことだった。

朝、無量が屋敷の車で現場にやってくると、先に来ていた田端と学生たちがトレンチを囲んで大騒ぎしている。どうした？　と屋敷が駆け寄った。

「大変です！　トレンチが誰かに掘り返されてます！」

「なんだと！」

急いで無量も確認すると、トレンチにかけてあったブルーシートが大きくめくれている。昨日、〝鬼の面〟が出たトレンチだ。覗き込むと、底が乱暴に掘り返されている。きれいに整えてあった遺構面が穴だらけにされていた。

「なんだ、これ！　ひどい！」

「今朝来てみたら土嚢《どのう》がどかされてブルーシートが剝がされてて、こんな状態に」

スコップなどの道具類はプレハブの中にしまって鍵をかけてあった。整理整頓《せいとん》されたままだったので、それを使ったわけではなさそうだ。ということは、何者かがわざわざ道具を持ちこんで掘り返したということになる。

「いたずらか？　昨夜のうちに誰かが忍び込んで荒らしたっていうのか！」

発掘会社などが行う現場では、調査区のまわりをフェンスなどで囲んで、部外者が立ち入りできないようにしているが、今回は「立ち入り禁止」の札は立ててあるが、ロープを張っただけなので、出入りしようと思えば自由にできる状態だった。発掘の様子を珍しがって近所の人や小学生が見に来たりもしていた。掘削中のトレンチにはブルーシートをかけて土嚢を置く。遺跡の保護と同時に、万一誰かが立ち入っても穴に落ちないようにするためだ。が、その土嚢をわざわざどかした形跡があった。

「どうしますか」

「いたずらにしても悪質だ。警察に通報してくれ。足跡が残ってるはずだから、トレンチには入らないように。他のトレンチはどうだ？」

こっちは大丈夫です！　こっちも無事です！　と次々と返事が来た。

被害を受けたのは無量たちが昨日〝鬼の面〟を取り上げた第二トレンチだけだった。

「面白半分で発掘ごっこでもしやがったのかな……」

「屋敷さん、ちょっと」

無量に呼ばれて屋敷が近づいてきた。無量はトレンチの壁の上から〝鬼の面〟が出土した穴を真剣な表情で見下ろしている。

「ここ。なんか、掘り当てて取り上げた跡があるんすよ」

指さしたのは、昨日まで〝鬼の面〟が置かれていた場所だ。穴の直径も深さもひとまわり大きくなっている。誰かがあの後、このピットを掘り広げたらしく、掘った分の土が乱雑にまかれ壁面も荒れていて、底近くには何かを抜き取ったような四角い段差ができている。一番底は不自然に平らになっていた。

「どういうことだ」

「たぶん、〝鬼の面〟の下に埋まっていた遺物が、何者かに掘り返されて持ち去られたんだと思います」

「持ち去られただと？　いったいなにを！」

わかりません、と無量は苦々しい顔になった。

「ここに確かに埋まっていたが、まだ掘り当てられてなかった遺物だとしか言いようがない。俺たちがまだ見てない遺物が、誰かに持って行かれた……」

第二章　鬼面と石匙

発掘現場に埋まっていた遺物が、何者かに持ち去られた。

だが、「何を」持ち去られたのか、無量《むりょう》たちにはわからないのだ。

警察による現場検証が始まった。

「発掘中の遺跡に誰かがいたずらをした……ということですか」

別府警察署からやってきた中年警察官は、捜査課の警部だという。腹回りに貫禄《かんろく》があり、昔の名探偵みたいに口ひげをはやしている。いたずらで片付けられてはたまらない。

警察は事の重大さがわかっていないと感じた屋敷《やしき》は、

「これは立派な遺構の破壊ですよ、刑事さん。誰かが工事現場に無断で立ち入って土を掘り返したのとはわけが違うんです。一度壊した遺構は二度と元には戻らないんです。二度とですよ。埋め戻せばいいって話でもない」

必死に訴えている。しかし、なかなか芳《かんば》しい反応がない。

一方、無量はトレンチのふちにしゃがみこんで、鬼面が出た土坑の一点を先ほどからじっと見つめている。視線の先にあるのは、穴の底から顔を覗かせている乳白色の薄い石片だった。失くなった遺物があったと思われる暗褐色の変色土の表面にあって、うっかりすれば見過ごしてしまいそうだ。……あれは、なんだ？

そうこうするうちに鑑識の警察官がトレンチの周りに「立ち入り禁止」の黄色いテープを張り始め、無量たちは規制線の外に追い出されてしまった。

関係者への聴き取りは無量にも及んだ。

「これ、ただの破壊とも違います。窃盗ですよ、刑事さん」

無量は開口一番、訴えた。だが刑事は怪訝《けげん》な顔で、

「窃盗？……プレハブの中のものが何か無くなってたのかな？」

「じゃなくて、土に埋まってた遺物が掘り返されて、なくなってます。たぶん犯人が持ち去ったんすよ。だとしたら、立派な窃盗っす」

「埋まっていた遺物というのは、何だね」

「わかりません」

無量は率直に答えた。

「俺たちもそれがなんだったかは、まだ掘り当ててなかったんでわからないんすよ。けど、あそこに埋まってたことだけは確かです」

「確かって、君は変なことを言うなぁ。本当に埋まってたの？　まだ見つかってもいなかった遺物が、なくなったってことかい？　本当にあったか、証明できるの？」

信じようとしない刑事に、無量は食い下がった。

「証明はできます。痕跡《こんせき》があるんです、そこの穴の底見てください」

　青緑色の粒が付着した土を指さして、無量は言った。

「不自然なへこみができてるでしょ？　遺物を抜き取った痕です。このへんにこびりついた青い粒は金属製品の錆だ。現物はないが錆の一部が土に付着してるんです。土がこだけ暗褐色に変色してるのは金属成分が溶け出したため。これみんな、ここに金属製の遺物があった証拠です」

「そういうものか？」

「はい。青いのは緑青《ろくしょう》といいます。多分、銅か青銅」

「錆だけでわかるの？」

「分析してもらえればはっきりするかと」

「サビが出てるってことはもうとうにボロボロなんじゃない？」

「いや、金属製品はサビを吹くことで酸化から身を守ってるんです。錆が残ってる土んとこは平らに圧がかかってるとこみると、無くなった遺物の形状は底が四角くて平らな何か、なんじゃないすかね」

　無量の見立てを聞いても、刑事たちはぴんときていない。

「その遺物が何だったのか、わからんことには捜査にならんのだよ。盗難品が不明では調書にならんし、盗難扱いするわけにいかんなあ」

「何かはわかんないけど、持ってかれたのは確かっすよ。だって埋まってた痕跡が残ってるんだから。昨日撮った記録写真と見比べてください」

「でも土のへこみと色だけじゃあねえ」

警察の聞き込みで、昨晩、近所の人が現場で怪しい人影を目撃していたことが判明した。男女らしき二人連れだったという。

一通りの現場検証が終わった。犯人の遺留品らしきものは特に見つからず、泥に残った靴痕《あと》から犯人のものを割り出すため、昨日トレンチに入った無量と斗織《とおり》は靴の足形を取られた。結局、警察のほうでは不法侵入と文化財保護法違反容疑で捜査をすることになり、遺物の窃盗に関しては保留となった。これには屋敷も弱り顔だ。

「納得いかんが、まあ確かに盗まれた遺物の行方を捜したくとも、何が埋まってたか、わからんとあってはなあ……」

「だからって持ってかれたままにするわけにはいかないでしょ」

無量はしつこく訴えた。

「わかったっす。要は埋まってたもんがなんだったのか、判明させりゃいいんでしょ」

「しかし残ってるのは土に付着した錆《さび》だけだぞ」

「状況から推測します」

ようやく警察が引き揚げていったので作業を再開した。真っ先に無量がトレンチに入ってコンベックスで問題の土坑を測った。

「犯人は〝鬼の面〟が出土した面から、さらに十センチほど掘り下げてますね。錆の付着してる範囲は横二十センチに縦十八センチ……。色紙くらいかな。平らに圧がかかってるとこから推測するになんらかの板状のものだったっぽいけど」

「銅鏡かもよ」

「にしては四角いんすよね。四角いのもなくはないけど。銅製の容器か何かかな。それより一番気になるのは、アレっす」

無量は土坑の底を指さした。

失われた遺物があった（と思われる）場所に、乳白色のガラス片のようなものが顔を覗《のぞ》かせている。長さは十センチほど、ふちが薄く、笹かまぼこの先を尖《とが》らせたような形をしていて、朴葉《ほおば》にも似ている。土に刺さったような出土の仕方だ。

「……これ、石匙《いしさじ》じゃないすかね」

「石匙……？　縄文遺跡なんかで出る、あの？」

「はい。石匙かスクレイパーかと」

と無量が答えた。縦長もしくは横長で、ふちが鋭く尖っている石器のことだ。つまみ部分がついていて、三味線のばちのような姿をしている。縄文時代の石匙は、それを見つけた江戸時代の人々に「天狗《てんぐ》のしゃもじ」と呼ばれたところから来ていて、真の用途はナイフだ。肉や魚を切るための道具とされている。加工痕があるので見分けがつく。

問題は素材だ。乳白色で透明感のある石でできていて、あまりに美しいので装飾用かとも思ったくらいだ。

「黒曜石じゃないか？」

と屋敷が後ろから声をかけてきた。黒曜石？と田端《たばた》が聞き返した。

「ふつう黒とか茶っぽい色してますよね？」

「名は黒とつくが、白いのもある。姫島《ひめしま》産の黒曜石の特徴でもある」

「姫島……。そういえば、この近くでしたっけ」

国東半島の東側に浮かぶ小さな島だ。黒曜石の産地としても知られていて、各地の縄文遺跡から姫島産のものが出土していたりもする。田端は膝《ひざ》に両手を置いて腰をかがめ、覗き込んできた。

「この下に縄文遺跡があったということでしょうか。穴を掘ったら縄文の遺構面まで達してしまって、思いがけず一緒に出土した、とか？」

「いや、ちがうっすね」

無量は即座に否定した。

「この上に別の遺物がのっかってたと仮定するなら、こんなふうに半分だけ土から突き出たような出方にはならないかと。どっちかと言うと、後から突き刺した感じ」

「後からって？」

「つまり、銅製遺物を取り上げた後に、誰かがここに残してったんじゃないかと」

屋敷と田端は顔を見合わせ、その情景を頭に浮かべた。

「……犯人の遺留品ってことかな？」

「って可能性もありますね」

「なんでわざわざ？　犯人がわざと縄文時代の石器を刺して置いてったっていうの？　なんのために？」

　さあ、と無量も途方にくれている。

「あれじゃないすか。よく怪盗とかが『自分の犯行です』って報《しら》せるためにお洒落《しゃれ》なカード置いてくやつ」

「石匙《いしさじ》で、か？」

　犯人の遺留品だとしたら出土品扱いはできない。ここから出した遺物としては扱えないが、ここから出土していない、という証拠もない。

「とりあえず、発掘調査としての記録をとっておこう。出土品かそうでないかの精査は、その後だ」

　現場検証の時も警察は特に何も言ってなかった。土の中から出てきた石片と思い込んで、遺物だという認識すらなかったのかもしれない。

「犯人の指紋とかついてるんすかね」

「一応、警察にも伝えておくが……、遺物が消えたと訴えても、まともに取り合ってくれなかったくらいだしなあ」

　連絡したが、案の定、警察は「遺留品の石匙」と聞いてもまともに取り合ってくれなかった。出土品は遺留品とは言えない、という理由だった。出土品ではないのだと訴えても話がうまく通じない。

無量たちからすれば「いたずら」などと軽い扱いをされるのは心外だ。盗難である上に立派な「遺跡破壊」だというのに、警察はそこのところがいまいちよく理解できないようだ。

「警察がまじめに取り合ってくれないなら、自分たちで捜すしかないっすね」

「けど、消えた遺物が何だったのかもわからないのに、どうやって捜すの？」

田端の言う通りだ。無量たちにも見当がつかない。だがこれが調査である以上、「何が埋まっていたのか」だけでも突き止めなければならない。

とは言うものの、無いものを、一体どうやって……？

＊

無量たちの現場でそんな事件が起きているとはつゆ知らず、萌絵《もえ》は無事、大分空港に降り立った。

無量とは昨日も電話で話したが、移籍話のことにはあれ以来触れていない。無量を送り出すのも止めるのも、どちらも気がとがめてしまい、なんとなく顔を合わせるのも避けていた萌絵だが、大分の明るい空を見たら、少し気持ちを入れ替えられる気がしてきた。

「やっぱり、吸う空気を変えるのって大事だなあ……」

空港バスの車窓から望む国東《くにさき》半島の山々は、そこまで高くはないが、剝《む》き出しの岩肌が覗く独特の景観で、その麓《ふもと》に広がる里山の風景にも心を癒《い》やされる。

福岡で別件の用事を済ませてから来る忍《しのぶ》とは、宇佐市にある歴史博物館で合流する約束になっている。

早めの飛行機で着いたので、午前中がまるっと空いた。せっかくだから、と萌絵は博物館の近くにある宇佐神宮へとお詣《まい》りすることにした。

夏の太陽が照り返す明るい参道には、家族連れの姿もある。平坦《へいたん》な参道の先に見えるのは、小椋《おぐら》山（亀《かめ》山）と呼ばれる小高い丘だ。樹木が濃く生い茂っていて、石段の先に「上宮」と呼ばれる本殿がある。

「わあ、きれい……」

朱塗りの本殿は青空とのコントラストが美しい。もくもくと湧き立つ入道雲とともに絵はがきのようだ。全国にある八幡宮《はちまんぐう》の総本社で、三つの社殿に祀《まつ》られているのは、左が主祭神である八幡大神《おおかみ》（応神《おうじん》天皇）、中央が比売《ひめ》大神（宗像《むなかた》三女神）、右が神功《じんぐう》皇后だ。主祭神が真ん中でないのが不思議だ。

柏手《かしわで》は四回打つならわしだという。出雲《いずも》大社を思い出す。萌絵も他の参拝客にならって、手を四回打った。境内に高く響いて気持ちがよかった。

引いたおみくじが小吉だったのにはちょっと肩を落としたが、運気は上昇余地がある、と解釈して気を取り直した。

「ふむふむ、この下に〝下宮〟なるものがあるのね」

地元では「下宮参らにゃ片参り」と言われている。石段を下り、鬱蒼《うっそう》とした山林の参道をまっすぐ歩いて行くと、麓にやや小振りな社殿があった。祀っている神様は同じで昔は神饌《しんせん》を作る「台所」だったという。賑《にぎ》やかなセミの大合唱の中でお詣《まい》りをした。

神社の杜《もり》は日陰でありがたいが、さすがに暑い。汗拭《あせふ》きシートで首元を拭《ぬぐ》い、

「こりゃそろそろ干物になるわ。参道のお店でかき氷食べよっと」

日傘を差しながら歩く萌絵は、絵馬殿の先に大きな池を見つけた。菱形《ひしがた》池と言い、能楽堂も建っている。「御霊水」という案内板を見つけた。

「ほほう。霊験あらたかなお水が湧いてるのかな？」

喉《のど》も渇いてきたことだし一口もらっていこう、と思い、案内板に沿って池の周りの道を進んでいくと、亀山の原生林の下に赤い鳥居が見えてきた。鬱蒼とした木々の中、垣内に囲まれた区域には、足元に三カ所、簾《すだれ》に似た蓋《ふた》をされた井戸がある。

宇佐神宮の祭神・八幡神が初めて顕現した聖なる場所なのだという。

言われてみれば、どこか神韻縹渺《ひょうびょう》としていて独特の空気が漂っている。

先客がいた。背の高い男性だ。

三つの井戸の前に立って、囁《ささや》くような声で祝詞《のりと》を唱えている。

長袖《ながそで》黒シャツと黒スラックス、真夏の服装にしては少し暑そうだ。お祈りの邪魔をしてはいけない、と後ろで待っていると、ようやく唱え終わった男が萌絵の気配に気づいて振り返った。

どきり、とした。びっくりするほど整った顔立ちだ。

年齢は四十代と見えたが、ツイストパーマのかかった黒髪が頬にかかっていて、どこかアンニュイな空気を醸している。きれいな鼻筋に鋭角気味の顎《あご》ライン、右目の下の少し目立つほくろがクラウンの涙のように不思議な切なさを添えていて、ひんやりとした黒い瞳《ひとみ》に、萌絵は思わず吸い込まれそうになった。

会釈をして、横をすり抜けようとした萌絵に、男性は言った。

「ここの水は飲めませんよ」

深みのある低音の美声だった。

振り向くと、男性が注意書きを指さしている。ここの霊水は神事に用いるためのもので飲用不可、とある。井戸を覗《のぞ》くと水は濁っていて、確かに飲むのは厳しそうだ。

男性はご霊水を汲《く》んだポリ容器を持って、去っていった。

「すごい良い声。声優さんみたい……」

コントラバスのような声だったが、口調がソフトだったので、不思議と威圧感はなかった。短い一言がまだ耳に残っていて、胸のドキドキがやまない。

「剣ステの吉祥丸《きっしょうまる》みたいな声だったわあ。低音美声ってほんとにいるんだなあ……」

ここは八幡神が童子の姿をして降りてきたという伝説のある場所だ。神様は、きっとあんな声をしているにちがいない。

耳に残る低音ボイスを何度も反芻《はんすう》しながら夢見心地の萌絵は、かき氷を食べるのも忘れて、忍と落ち合うため、歴史博物館に向かった。

「もう来てたんですか、相良《さがら》さん！」

忍はすでに博物館の事務所で学芸員たちと和やかに話し込んでいた。

「用事が早く終わって、一本前の特急に乗れたんだ」

爽《さわ》やかな忍の笑顔を見て、萌絵はやっと現実に戻ってきた。

「映像の木村《きむら》さんが乗った飛行機が遅れたみたいでね、一時間ほど待……どうかした？ぼーっとして。暑さにあたった？」

「あ、いえ。さっき宇佐神宮で、マイケル・ジャクソンっぽい髪型の美声イケオジに会ったものですから」

忍は不思議そうな顔をした。

映像作家が到着するまで、館長の案内で館内を見学することになった。県立歴史博物館は、古墳群の真ん中にあり、展示スペースの中央に、富貴寺《ふきじ》と呼ばれる国東《くにさき》半島にある古寺の阿弥陀堂《あみだどう》が原寸大で「復原」されている。堂内には金色の阿弥陀如来が祀られていて、壁には極彩色の壁画が鮮やかに再現されている。富貴寺に現存するお堂は、だいぶ傷みが進んでいて、目をこらさなければ壁画の痕跡《こんせき》は見えないが、創建時はそれはそれはきらびやかであったろう。

「中尊寺《ちゅうそんじ》の金色堂を思い出しますね」

「日本三大阿弥陀堂のひとつらしいよ。平等院《びょうどういん》と中尊寺とここだって」

「おお、やっぱり。すごいですね、博物館の中にお堂丸ごと建てちゃうとは」

「ここにプロジェクションマッピングを投影するんだ。国東半島の歴史だけでなく、壮大な仏教世界を伝えるものになるといいね。ちなみに僕が考えるコンセプトは」

忍の中ではもうイメージができあがっているのか、怒濤《どとう》のごとく語り出す。相変わらずプロデュース業になると俄然《がぜん》、目がきらきらし始める忍だ。

博物館の展示部屋は、縄文時代から始まって古墳や仏教文化、宇佐八幡の歴史……と続いていく。「六郷山の文化」という部屋までやってきた。

「あ、これ……」

萌絵が展示物を見て指を差した。

「西原《さいばら》くんが言っていたの、これじゃないですか？　発掘現場から出てきたっていうお面は」

「国東半島の鬼面か……。なかなか個性豊かだな」

「これは六郷山の寺で行われた修正鬼会《しゅじょうおにえ》で使われてた面ですよ」

館長が説明してくれた。

「六郷山——六郷満山はもともと宇佐八幡宮の神宮寺だった弥勒《みろく》寺の僧侶《そうりょ》たちが修行を

するために国東の山に入ったのが始まりだと言われているんです」
国東半島は険しい岩山が多く、耶馬《やば》と呼ばれる独特の景観を誇っている。槍《やり》のように
とんがった岩山や切り立った崖《がけ》、あちらこちらに岩屋もあって、かっこうの修行の場と
なったのだ。
「平安時代に比叡《ひえい》山の支配下に置かれ、天台宗に収まりました。昔は修正鬼会も寺ごと
に行われていたので、この通り、個性があります。こちらの男女一体ずつのものが『鈴《すず》
鬼《おに》』。ひとの顔をしてますが、立派な鬼です。鈴鬼が招き入れた後で、こちらの迫力あ
る荒鬼たちが松明《たいまつ》を持って登場し、寺院の講堂で舞ったり、走ったりするんです」
鈴鬼は能面によく似ているが、荒鬼たちはまさに異形だ。ひとつの寺につき、大体、
二面がペアになっているらしく、長い角を持つもの、耳がうさぎのように長いもの、眉《まゆ》
も目鼻も誇張され荒々しく深彫りされたもの、妙に素朴なもの、やけに土俗的なもの……、
ひとつとして同じものはない。
「あれは長安《ちょうあん》寺のもので、赤鬼が『災払鬼《さいばらいおに》』、黒鬼は『荒鬼』といいます」
「さいばらいおに……さいばら……西原くんだ！」
萌絵が言うと、忍も絶妙に符合したネーミングに思わず吹き出した。
「西原い鬼か。はは、無量は赤鬼だったんだな」
寺によっては災払鬼と荒鬼両方が黒かったり、赤い二面に『鎮鬼《しずめおに》』なるものが加わる
ところもある。寺ごとに鬼会《おにえ》の内容も少しずつ違うという。

「独特で迫力ありますね。大きすぎる目鼻といい、長すぎる角といい、色の塗り方もそれぞれちがう。ポリネシアン風の精霊みたいなのもあるし、とても呪術的だな」

男女でセットの鈴鬼の面が大体シンプルで洗練されているのとは対照的だ。

「国東半島には修正鬼会の他にも『ケベス祭』という謎の多い奇祭もあるので、仏教的なものに土俗的な何かが混ざっているようですね」

と館長が言った。仏教儀式に古くから土着した習俗が混交しているようで興味深い造形だ。

裏には国東塔《くにさきとう》というこの地方特有の石塔が展示されているという。館長の案内にしたがって先に進もうとした時、萌絵が「あっ」と小さく声を発した。

「あのひと……」

その先の展示スペースに、別の客がいる。

萌絵は思わず忍の袖《そで》を引っ張った。

「……あのひとですよ。宇佐神宮で御霊水を汲んでた」

「さっき言ってたイケオジのマイケル？」

「美声の君ですよ」

御霊水の男は真剣な表情で、ガラスケースの中の展示物を見つめている。御霊水を汲むほどなので神様を崇拝する熱心な氏子かと思っていたが、勉強熱心でもあるようだ。

また顔を合わすのも気まずいので、萌絵は長身の忍の背中に隠れていた。

男はこちらに気づくと、ひとの気配を避けるようにスッと立ち去っていった。

何を見ていたのだろう？　気になった萌絵は、少し前まで男が立っていたガラスケースに近づいた。館長も一緒に覗き込んで、

「銅板経ですね」

「どうばん……きょう？」

「はい。国東半島の長安寺で出土した銅板経です。寺にあった平安時代の経塚から出土しました。本物は奈良国立博物館にあります」

「何が刻まれているんでしょうか」

「法華経です。国東半島でも多くの経塚が作られて、たいていは紙に記されて経筒に収められるんですが、銅板に刻まれるのは珍しいですね」

平安時代には末法思想の影響で多くの経塚が建立された。中には紙よりも長く遺《のこ》そうとして、より強い素材である石（滑石板）や土（瓦《かわら》板）に記したものもあったという。そんな中でも銅板というのはレアケースだ。

「そういえば、和歌山にもたくさん経塚がありましたよね、相良さん。銅板経というのは初めて聞くけど」

「和歌山にもあるけど、ここまで完形ではなかったはず。その長安寺というのも六郷満山のひとつですか？」

「鎌倉時代には百以上の寺を統括する、満山の中心的な寺院だったんですよ」

惣山《そうざん》と呼ばれる大寺院だ。戦国時代に焼けて、その座を他に譲ったが、それまでは満山の僧侶千人を束ねていた。

六郷満山の寺は地域毎に役割が決まっていて、半島の付け根にある宇佐神宮に近い八つの寺が「本山本寺」と呼ばれ、学僧の養成（学問）を行った。次に半島の真ん中——両子山《ふたごさん》の周りにある十の寺が「中山本寺」と呼ばれ、山岳修行（修練）を司《つかさど》った。最後に半島の先端あたりの十の寺が「末山本寺」と呼ばれ、一般の人や在家の者への指導（教化）にいそしんだ。

本山・中山・末山、あわせて二十八。これらの三山組織を満山と呼んだという。さらにそれらの寺の下にたくさんの末寺・末院があった。

「国東半島にはお寺が溢《あふ》れかえってたんですね」

「長安寺は半島の中心にある中山本寺のひとつ。修験の寺だったんだな」

長い時間を経て栄枯盛衰はあるが、かつては修正鬼会も各々の寺で行われていた。人手とお金がべらぼうにかかるので、現代では三つの寺でだけ行われ、国の重要無形民俗文化財に指定されている。寺ごとに行われなくなった後も、それぞれの寺にはかつて使っていた鬼の面が遺されているという。

「国東には鬼がいっぱいいたんですね……」

冷たく凍える旧正月の夜、火の粉を散らす松明を掲げた鬼たちの姿を想像して、萌絵はしばらくその空気に浸り、ひととき猛暑を忘れた。忍も目の前に展示されている国東

塔なる石塔を眺めて、

「鬼と仏が出会う里……か。なんとも神秘的だな」

イメージが膨らんできたのか、忍はメモを取りだした。プロジェクションマッピングの打ち合わせは閉館時間まで及んだ。

＊

忍と萌絵はせっかくなので別府まで出て、無量の滞在している鉄輪《かんなわ》温泉の宿に一泊していくことにした。ふたば荘の食堂で落ち合った三人はハイボールで乾杯した。

「遺跡が荒らされた上に遺物が盗まれたって……、それ本当か⁉」

無量から事件のあらましを伝えられ、忍と萌絵は顔を見合わせてしまった。

「警察があてにならないから、自分らで犯人に持ってかれた遺物捜すことにした。まあ、現場の作業は学生がメインだから、俺がいなくてもなんとかなるんだけど」

無量はすっかり好物になった「野菜と豚の地獄蒸し」をポン酢につけながらご飯をかきこんだ。

「遺物の目星はついてるのか？」

「土に錆《さび》が付着してたから、金属製遺物だというのはなんとなく。明日《あした》、大分の埋文《まいぶん》さんに錆の科学分析をお願いするつもり」

無量がスマホで撮っておいた現場写真を差し出すと、忍と萌絵は顔を寄せ合って見た。

「埋めた時代がいつ頃なのかは、わかってるのか？」

「たぶん江戸時代あたり。っていうのは、この土坑の立ち上がりと同じ土層から建物の礎石が出てきてて、その建物は森藩のお屋敷跡じゃないかって」

「大名の屋敷があったのか？」

「屋敷さんが古地図で確認しとくって言ってる。屋敷だけに」

「江戸時代に何かで埋めた遺物が盗まれたっていうことか。こっちの乳白色のかけらみたいなのは何？　石器のようにみえるけど」

ああ、と無量はとり天に手を伸ばしながら、

「縄文時代の石匙《いしさじ》っぽいんだよね。俺は犯人が残してったものじゃないかと睨《にら》んでる」

「遺留品だっていうの？　これが？」

その根拠を無量が説明すると、萌絵は「なんでこんなものを？」と首をひねる。さあ、と無量は味噌汁《みそしる》をすすった。意図がわからない。まったくお手上げだ。

「ただ、犯人がわざわざ残してったのなら、誰かに向けたメッセージってやつかもしれないな」

と忍は解釈した。だが誰に？　となると、答えが見えなくなる。

「誰に向けたメッセージかはわからないが、ひとつ言えるのは、そのメッセージを受けとって動き出す者がいるかもしれないということだ。その人物が何か知っている」

萌絵が「やれやれ」と芝居がかったポーズで、

「どうやらまた私たちの出番ですかね、相良さん」

「いや、帰っていいから」

「そうだね、永倉《ながくら》さん。無量には現場の仕事があるし」

「いや、いいから。自分たちでなんとかするから」

「ほう、石器が出たのかい？」

だしぬけに後ろから声をかけられた。振り返ると、白髪の年配男が無量のスマホを覗《のぞ》き込んでいる。推理作家の竹本恭太郎《たけもときょうたろう》ではないか。

「竹本先生！　いつからそこにいたんですか」

「竹本恭太郎先生？　わ、ご本人！」

売れっ子推理作家は顔も広く知られている。萌絵があたふたと名刺を渡した。

「おおお目にかかれて光栄です。つい先日『三輪山の残光』拝読したばかりです。非常にスリリングで頁をめくる手が止まりませんでした！」

「ほう。若いのにあんな昔のを読んでくれてるのかい。嬉《うれ》しいなあ」

萌絵が慌ててサイン用の本を部屋にとりに行っている間、竹本は興味津々でスマホをしげしげと覗き込んでくる。

「姫島産の黒曜石か。石匙かな？　なかなかいいもんが出てきたね」

「あ、いや。これはちょっとワケアリで、土の中から出てきたというわけじゃ」

「なら、天から降ってきたのかい？　だったらそりゃ、あれだ。天降剣《てんこうけん》というやつだ」

天降剣？　と無量と忍が訊《き》き返した。竹本は萌絵がいた席に腰を下ろし、

「別府の隣にある日出に伝わる江戸時代の話でな。日出の真那井《まない》地区には降立嶽《ふりゅうがだけ》という山があったんだが、長雨の晴れ間に村人が山に入ったところ、急に馬が動かなくなった。その直後に雷が落ちたので慌てて逃げた。後日、その場所に行ってみたところ、七本の石剣が突き刺さっていたという。天から降ってきた石剣だとして、地元の浮嶋八幡神社に奉納したそうな」

「天から降ってきた剣……だから天降剣」

無量は慌ててスマホを隠し、

「なんで空から降ってくるんすか、んなわけないでしょ」

「ははは。天降剣でなきゃトロトロ石器かもしれんな。まあ、がんばれ、若いの」

と謎のワードを残して竹本は食堂から出ていった。無量は辟易《へきえき》しつつ、

「なんだよトロトロ石器って」

「さすがに詳しいな。歴史ミステリーも書くだけあるよ」

なんと忍は昔からの読者だったという。

「確か大分出身なんだよ。幼少期の別府での話がなんかのエッセイに載ってた」

「へえ、地元だから詳しいのか」

「それにしても天降剣か。昔のひとが雷の後で見つけた石器を『雷が形を成したもの』

とみなしたり、雨の後で見つけた石器を『天から降ってきたもの』と思い込んだりした話はよく聞くが」

「知ってる。出雲の降矢《ふるや》さんちのもそれでしょ」

出雲での発掘調査で世話になった調査員だ。名の由来がまさにそれで、石鏃《せきぞく》の出土は降矢家に仇《あだ》なす者への「天の進軍の祟《たた》り」などと言われていた。

「昔の人も出土物を特別扱いしたんだろうな。神仏の仕業とか祟りとか。西洋では石鏃が見つかると、天使と悪魔が空中でぶつかってできたもの、とか言ってたらしいよ」

「まさかこれも祟りとか言い出すんじゃ……。てか、トロトロ石器って何よ？」

「うーん……。石器がスライムみたいに溶けちゃうとか？」

忍は西瓜《すいか》にかじりついた。

「まあ、例の石器はそもそも縄文時代のものとも限らないわけだから、ちょっと置いとくとして、気になるのは、遺跡が荒らされる直前に〝鬼の面〟が出土してたことだ。もしかしたら犯人はその〝鬼の面〟が出たせいで行動を起こしたとも」

「〝鬼の面〟が出たのを知って、荒らしにきたってこと？」

あくまで推測だが、と忍は前置きして、麦茶を飲んだ。

「〝鬼の面〟が何かの目印になっていたとも考えられる。……出土した〝鬼の面〟がなんなのか、調べてみる必要があるな」

結局、忍たちは急遽《きゅうきょ》、帰りの飛行機をキャンセルして、「遺跡から消えた遺物捜し」

に力を貸すことになった。

＊

犯人に関する手がかりはなかなか見つからなかった。

犯行が行われたとみられる夜、近所の人が現場で怪しい人影を見たという。男女らしき二人連れだったようで、ブルーシートをめくってトレンチを覗き込んでいたようだが、声をかけると慌てて逃げ出していったとのことだ。そのふたりが犯人なのか。

「ほんと勘弁してほしい」

発掘現場では、荒らされたトレンチの修復から始めなければならなかった。修復と言っても一度掘られてしまったところは埋め戻しても意味がない。無量は愚痴しかない。念のため、監視カメラを設置することになり、部外者が立ち入らないようバリケードも巡らせた。

遺留品とおぼしき「姫島産黒曜石らしき石匙」の取り上げも済んだ。指紋が残っているかもしれないからピンセットで取り上げ、鑑識よろしくジップ付きポリ袋に入れた。プレハブに持ち込んだその石器をしげしげと観察していた無量が、ふと石器の表面に何か細かい傷がついていることに気づいた。

よく見ると、文字のようにも見える。拡大しようと虫眼鏡を探しているところに、屋敷がやってきた。

「おーい、確認できたぞ。古地図によると、やっぱりこのあたりには森藩の御用屋敷が建ってたようだな」

豊岡港が近いこの地区にはかつて「頭成港《かしらなり》」という森藩の港があった。藩船のいわば母港だ。

「別府湾の周りに諸藩の飛び地が多かったのは参勤交代のための出港地だったからでね、西国の大名たちは船で大坂まで出てから江戸に向かった。熊本藩クラスになると大船団で参勤交代したそうだ。あとは藩の交易港だな」

森藩は小藩だったため、規模はそこまでではないが、藩の特産品を上方へ運ぶ船もここから出ていた。

「森藩の特産品といえば、明礬《みょうばん》だな」

「硫酸アルミニウムカリウムのことすか」

「いきなり理系できたな」

「温泉の湯ノ花のことっすよね。藩で湯ノ花売ってたんすか」

「湯ノ花は昭和の頃に売り出したやつで、明礬自体は昔はいろんな用途で使われてた。染め物の色を鮮やかにするためとか、食用では根菜のあく抜きや煮崩れを防ぐためとかで乾物屋でも売ってた。あとは止血とか、皮をなめす時とか。森藩は別府に明礬山を持ってて藩の特産品になったんだ。扇山の中腹に明礬温泉てのがあるだろ？　今でも湯ノ花小屋がたくさんあるんだか、森藩はあそこに山奉行をおいて、硫黄を採掘して明礬を作ってたんだな」

　そこに至るまではすったもんだがあったわけだが、結果的に明礬製造販売は藩の大きな収入源になった。その出荷管理を請け負っていた港の施設がこのあたりにあったという。

「つまり、犯人に持ってかれたのは明礬……？　なわけないか」

　明礬山（明礬温泉）から頭成港へと品物を運ぶルート上にあり、倉庫として使われていたのかもしれない。

「山深いとこにある藩なんすよね……。御座船とかは、よそに頼んでたんすかね」

「いやいや、何を言う。森藩のお殿様は元・水軍だぞ」

「えっ、水軍？　山奥にいるのに？」

「森藩の殿様は久留島《くるしま》家。あの来島《くるしま》水軍だよ」

　無量は驚いた。村上《むらかみ》水軍のひとつではないか。戦国時代、瀬戸内《せとない》海で大いに力を持った海賊衆だ。能島《のしま》村上・因島《いんのしま》村上・来島村上とあって、来島は芸予《げいよ》諸島の南、伊予（現在の愛媛県）に城も持っていた。

　しかし関《せき》ヶ《が》原《はら》で西軍（豊臣《とよとみ》方）についたため、徳川家康《とくがわいえやす》によって四国から九州の奥地へと転封させられ、水軍としての力を奪われてしまったのだ。

「つまりここは、元来島水軍のお殿様に残された唯一の港でもあったわけっすね」

「そんなとこだな。〝鬼の面〟とは全く結びつかんが」

屋敷も首をひねっている。〝鬼の面〟が国東半島の六郷満山のものだとしたら、余計によそから来た久留島（来島）家との接点が見えない。

そこへひとりの学生が入ってきた。

井上斗織《いのうえとおり》だ。

「トレンチの修復終わりました。作業続けてもいいっすか」

ハーフアップの金髪に、だぼっとしたボトムスと黒ブーツ。確かに、これで金刺繍《ししゅう》が入った特攻服でも羽織れば、立派な現役ヤンキーのできあがりだ。ミゲルはわかりやすい筋肉ヤンキーだが、斗織はのらりくらりとしてつかみ所のない不思議な若者だ。

「……それ、例の遺跡荒らし犯が置いてったやつですか」

斗織の目線は机におかれた「白い黒曜石の石匙《いしさじ》」に向けられている。

「断定はできないけど、よっぽど天から降ってきたとかでない限り、あんなふうに刺さったみたいには出土しないし」

「天から降る？」

「言い伝えにあるんだと。七本の石剣が空から降ってきて地面に刺さってたっていう。昔のひとには、土から出てきた石器がそう見えたんだろな」

「七本？　五本とかじゃなくて？」

斗織が妙なところに食いついてきた。無量は「人に聞いた話だから」と前置きして、

「江戸時代の記録だしな。どっかの神社に奉納したらしいけど、別にこれがその天降剣てわけでもないだろうし」

斗織はじっと石匙を見つめている。やけに真剣な表情だ。無量が怪しんで、

「おまえ、……なんか知ってんの？」

斗織は我に返ったように顔をあげた。そして、

「ソレちょうどいいなって思って。ゼミの演習で姫島産の黒曜石調べてたんす。夏休みに図面起こしの課題出てるんで、あとでソレ実測やらせてもらってもいいすか」

願ってもない。あらかじめ実測しておけば、それが手がかりになるかもしれない。

「休憩時間にやるならいいよ」

「ほんとっすか。あざます」

言葉通り、斗織は昼休みになると、無量の監督のもと、プレハブの中で石匙の実測を始めた。カバンには道具一式入っていて、きちんと手袋をはめて「石匙のようなもの」に真弧を当てる。手先も器用で手際が良い。

「その道具は大学の？」

「自分のっす」

「持ち歩いてんの？　なんか、すごいな。おまえ」

「あざます」

ディバイダーをあて厚みを測る。測り方の勘どころも押さえているし、道具の扱いも

手慣れている。いくら大学で実習経験があるとは言え、まだ一年生だ。整理室の実測担当だってここまでになるには数年かかるはずだが——。

無量が見ている間にもサクサクと方眼紙に実測図を描き上げていく。一度何かに没頭すると、集中力を発揮するタイプだ。

休憩時間が終わると、斗織は実測を切り上げて外に出ていく。無量は描きかけの実測図を見た。描き慣れていて無量よりも上手だ。

石器の表面にはやはり何か刻んである。

非常に細かい文字だ。「毛彫り」という技法だ。縄文時代のものとは思えないので、後世に刻んだものだろう。これが解読できれば、手がかりになるかもしれないが。

「さて、どうしたものか……」

ゆっくり首を振る扇風機の風にあたりながら、無量は思案に暮れた。

＊

一方、忍と萌絵が向かったのは大分市内にある豊後大学だ。

無量から事情を聞いた田端希美《のぞみ》が研究室で待っていてくれて、先に運び込まれていた〝鬼の面〟を見せてくれた。

「驚くほど、きれいに残ってますね」

水を入れた容器に浸《つ》かっている〝鬼の面〟を覗《のぞ》き込んで、萌絵は感心した。土の中で湿潤状態が保たれていたためか、乾燥によるひび割れもなく、塗装も比較的よく残っていた。

「特徴から見ても、やはり六郷山の修正鬼会に用いる鬼の面ではないかと思います」

と田端が言った。萌絵と忍は博物館に展示してあった沢山の面を思い出した。

「どこの寺のものかは、わかりますか」

「面の裏側に銘らしきものが彫られてますね」

墨に金泥が含まれていたため、読み取れたという。田端が画像をふたりに見せた。

漢字四文字とその隣に二文字。忍が四文字のほうを解読して、

「〝如意輪寺《にょいりん》〟……と読めるようですが……？」

「この面を所有していたお寺の名だと思います」

「六郷満山のお寺ですね」

「と思ったのですが、調べたところ、国東半島に如意輪寺というお寺はないみたいで」

ない？　と忍が訊《き》き返した。はい、と田端はうなずき、

「今はない、という意味なので、もしかしたら、ずいぶん前に廃寺になってしまったか、もしくは別のお寺と統合されて名を変えてしまった可能性があります」

「六郷満山は三山組織が整った鎌倉時代の頃には、確か、八百くらいの寺と坊があったと聞きます。その中のひとつでしょうか？」

「はい。ただ修正鬼会という形で行事が行われるようになったのは、記録によれば江戸時代以降だと見られてます。現在残されている鬼面もほとんど江戸時代に作られてます」

もともと、修正会と鬼会は別々の行事だった。それがひとつになったのは、江戸時代以降。戦国時代の戦火で荒廃した六郷満山が、江戸時代の寺檀《じだん》制度によって復興して以降のものだった。

「富貴寺には鎌倉初期の追儺《ついな》面が残っていて、それが最古とみなされてますが、その後は千燈《せんとう》寺の慶長十五年の面までありません。作風から見てもこれは近世の面では」

「詳しいですね」

「実は私、実家が国東市にあって大学では六郷満山を卒論のテーマにもしました」

江戸時代に作られた面ということは「埋められたのは江戸時代以降」という無量の見立ては当たっているようだ。

「もうひとつの二文字のほうは、〝國正《くにまさ》〟……でしょうか」

「たぶん、面打師の名でしょうね」

面を打った職人だ。鬼会の面には銘が入っているものもあり、作った年と作った人、依頼した人の名前が入っている。昭和五十年代に六郷山の寺々に現存する面をすべて調査した人々がいて、調査報告書に記録がまとめてあると言う。

「うちの研究室にもあると思うので同じ銘があるかどうか、調べてみます」

「じゃあ、僕らはお寺のほうを当たってみようか」

とは言え、本寺二十八・末寺三十七、隆盛期には百以上の寺、坊や院を合わせると八百余り。運良く記録として残っていれば儲《もう》けもの、くらいの気持ちで、忍と萌絵は「如意輪寺」を探してみることにした。

＊

作業が終わった後も、斗織は石匙の実測にいそしんでいた。無量もそれに付き合っていたのだが、そろそろ日も傾いて時計の針は午後六時を指そうとしている。

「もう閉めるぞ。今日はそのへんにしとけ」

斗織がやっと石匙から顔をあげた。

「……これ、持って帰っちゃだめっすかね」

「まずいだろ。犯人が置いてったかもしんない遺物だし」

「じゃ、どうすんすか」

「ここに置いとくのもアレだし、とりあえず屋敷さんちに持って帰って大学のほうで保管してもらうわ」

屋敷は学会の用事で午後から出払っている。足がない無量は電車で帰るしかない。

「俺バイクあるんで、ケツに乗ってきます？」

斗織が言い出した。思わず、マフラーがパイプオルガンみたいに伸びた改造バイクを想像した無量は腰が引けたが、それはないという。

プレハブに鍵《かぎ》をかけた無量は最後にもう一度、現場をチェックして、駐車スペースで待つ斗織のもとに戻ってきた。

「いい原チャリ乗ってんなあ」

「一応ビッグスクーターってやつなんすけど。これでも免許とんの大変だったんすから」

斗織はこりごりと言った顔だ。

「一本橋ってやつが全然できなくて、やばいくらい落とされましたよ」

「一本橋ってあれでしょ。ちょっと高くなってる直線の上を落ちないで走るやつ」

技能試験でバランス感覚を見るためのものだ。斗織はそれが大の苦手だった。あまりに失敗するから、目をつぶって走ったら、やっと合格したという。

「むしろ、そっちのほうがすごいと思うわ」

「昔っから、何かを渡るってやつがだめで。平均台とかも全然のれないんすよね」

「おまえそんなにバランス感覚が悪いの？」

ちがうんす、と斗織は真顔になって言った。

「怖いんす。橋を渡るのが」

無量が怪訝《けげん》な顔をした。そんな話をしていた時だった。現場の前の道路に一台の軽ワゴン車が停まった。窓にやたらとステッカーを張り、ダッシュボードにファーを敷いてバックミラーにマスコットをぶらさげている。

おりてきたのは、やんちゃな出《い》で立ちの男だ。頭頂部を緑に染めたソフトモヒカンスタイルにして、黒い刺繍《ししゅう》入りのセットアップをまとい、唇や鼻にピアスをつけている。

「よう、斗織」

手をあげて近づいてくる。斗織の顔が険しい。

「なんしにきた。剛流《たける》」

「電話ぐらい出ろや。例のやつ出たっちなぁ」

「しらん」

斗織がそっけなく突き放した。

「なんも出ちょらんけん、とっとと帰れ」

「すっとぼけても無駄じゃ。わかっちょるんやけん、おとなしく渡し」

「しらんちゅうちょん」

「相変わらず、ふてぶてしいやっちゃなあ。そういうとこが昔からかわいくないいち言うちょるんや。どこにやった。まさか独り占めする気やったんか」

「………」

「ほんなら、ちいとばかり痛い目見てみるか」

言うや否や、斗織に摑《つか》みかかってきた。無量が「あっ」と思った時にはもう目の前でケンカが始まっている。斗織は無量の前に立ちはだかるようにして相手を摑み返し、拳《こぶし》を振るい返す。どちらもケンカ慣れしていると見えて、組んず解《ほぐ》れつのとっくみあいになってしまった。

「おい、なにしてる！　やめろって！」

引き剝《は》がそうとして無量が割って入ったら、剛流と呼ばれたモヒカン男が目をひん剝《む》いて無量を睨《にら》みつけてきた。

「はあ？　邪魔すんな。それとも、おまえが隠しちょんのか」

今度は無量の胸ぐらをつかみあげる。身を竦《すく》ませた瞬間、斗織がモヒカン男のがっしりした腰に激しくタックルをかましてきた。ふたりはもつれ合うように転がり、ますますひどいことになってしまう。

そこに別の車が飛び込んできた。萌絵と忍だった。

「そこで何してるの！　やめなさい！」

馬乗りになって殴られそうになっている斗織のもとに萌絵が駆け寄り、モヒカン男の襟をつかんで引き剝がすと、勢いよく投げ転がした。忍はスマホを掲げて、

「警察に通報したぞ！　永倉さん、無量、そいつら押さえ込んで！」

「合点！」

が、モヒカン男は体が大きい上に馬力がある。ふたりを払いのけて脱兎《だっと》のごとく逃げ出した。軽ワゴン車は勢いよく走り去っていってしまった。

「おい大丈夫か、斗織」

無量は斗織を抱き起こした。とっくみあいの最中にボタンが引きちぎれて胸元が大き

くはだけてしまっている。その首から下げていたペンダントヘッドを見て、無量は視線が釘付《くぎづ》けになった。

「斗織、おまえ……その首から提げてるやつ」

はっとした斗織が思わずペンダントヘッドを隠すように掌《てのひら》で包み込んだ。

「それ……石匙《いしさじ》、か？」

白い黒曜石でできた石器を胸から下げている。その姿形が、遺跡を荒らした犯人が残していったらしいあの石匙とそっくりだったのだ。

土まみれになった斗織は、ばつが悪そうにあぐらをかいた。

なぜ、そっくりな石匙を斗織が持っているのか。

問いかけても、頑《かたく》なに押し黙っていたが、無量の目はごまかせない。見られてしまったものはもう仕方ないと観念したのか、大きく肩で息をついた。

「こいつはじーさんの形見だ」

「形見？」

そう、と答えて斗織は指を開き、手のひらの中にある石匙を見下ろした。

「じーさんの形見。瓜生島の生き残りだっていう、しるしや」

第三章　幻の島の末裔

夜の温泉街は人通りも減って、石畳の通りからあがる湯けむりがガス灯を模したオレンジ色の街灯をにじませている。

無量《むりょう》たちは詳しい話を聞くために斗織《とおり》を宿泊先の旅館へ連れてきた。夕飯時で盛り上がる湯治客の笑い声が遠くに響く中、六畳ほどの簡素な和室に集まった無量たちは、山盛りのとり天とおにぎりを夕食にして、斗織から事情を聞くことになった。

「その石匙が瓜生島の生き残りのしるしだと言ったね。どういうことかな」

忍《しのぶ》に促されて、斗織は首に提げていた石匙《あかし》を外し、座卓に置いた。

「言葉の通り。これ、瓜生島に住んでた証なんだと」

「瓜生島って……大地震で沈んだっていう島のこと？　昔、別府湾にあったっていう」

瓜生島伝説を知らない忍と萌絵《もえ》のために、無量が説明した。慶長豊後地震で一夜にして沈んでしまったという幻の島のことだ。

「じゃ、おまえんちは島の住人の末裔《まつえい》ってこと？」

「たぶん」

萌絵と忍は目を丸くした。

「じゃ、瓜生島は本当にあったってこと？」

「かもね。こいつは瓜生島に住んでた五つの家に伝わる〈鬼爪《おんづめ》〉と呼ばれる御守」

三人はしげしげと石匙を覗《のぞ》き込んだ。縄文時代の石鏃《せきぞく》が昔の人から「天狗《てんぐ》の爪」などと呼ばれたりもするので、天狗ではなく鬼の「爪」だとして護符代わりにされるのはいかにもありそうだ。

「じーさんによると瓜生島が沈んだときに住民は命からがら逃げて、別府湾の周りに住み着いたんだと。自分たちが島の出身だってことを忘れないように、島の神社に伝わる鬼の爪を分けた」

「五つの家に伝わる、か。なら、これのほかに四つあるってこと？」

たぶん、と斗織は言った。

「財前《ざいぜん》っていう家に伝わる古文書に五つの〈鬼爪《おんづめ》〉の絵が残ってる。二種類あって、スクレイパー型が〝鈴鬼の爪〟。石匙型が〝荒鬼の爪〟」

「つまり、こっちも〝荒鬼の爪〟か」

無量は座卓に並べてあった「もうひとつの石匙」を指さした。遺跡荒らしが残していったとみられる遺留品の石匙だ。

「おまえ気づいてたの？」

斗織はうなずいた。最初に見た時から、これが「瓜生島の生き残りのしるし」であると気づいていた。

実測したい、と申し出たのもそれを確認するためだった。現場の遺物を学生が自分のスマホで撮影するのは禁止されていたためだ。斗織は実測図を作成して、その絵と照合するつもりだったという。

「つまりあれかな。遺跡を荒らした犯人も『瓜生島の末裔』ってこと?」

斗織は深くうなずいた。無量たちの疑問は増すばかりだ。瓜生島の末裔が、なぜこんなことを?

「斗織くんだっけ? もしかして君は持っていかれた遺物が何だったのかも、知ってるのか?」

忍に問われ、斗織はとり天にかぶりつきながら、

「何だったのかは知らないけど、瓜生島の宝らしいよ。じーさんは『瓜生島が確かに存在してたことを証明できるもの』が埋まってるって言ってた」

無量たちは首をかしげた。——瓜生島の存在を証明できる遺物?

「って具体的に何なの?」

「さー。じーちゃんは何も言いよらんかったし」

両親も知らない。斗織は祖父から直接石匙を受け継いでいた。

「俺が聞いたのはそれだけ。何かはわからんけど、どこに埋めたかは、ここに彫られちょんらしいよ」

と斗織は石匙をつまみあげた。裏に刻まれている細かい文字がある。もうひとつの石匙にも刻まれていた「毛彫り文字」だ。

「〈鬼爪《おんづめ》〉は五つあるって言ったやろ？　その五つは同じ黒曜石の石核から削り出したもので形はそれぞれ違うんやけど、合わせると剝離《はくり》面がぴったりあうんやち」

素材がよく似ているのは、ひとつの黒曜石から作られたものだったからだ。

「五つの〈鬼爪《おんづめ》〉には〝手がかりの言葉〟が刻まれてる。五つ揃えると宝を埋めた場所がわかるようになっちょん」

お宝の独占を防ぐため、権利者五人揃わなければ、見つけられない仕組みなのだ。

「そいつを俺らがうっかり見つけちゃったわけか。おまえんちのやつには、なんて？」

「〝海より日之出〟」

「それだけ？」

「それだけ」

「つまり、東側に海が見えるってことか」

当たっている。今掘っている現場はまさに東側に海が見えるし、日の出も見える。海岸からはやや離れているが、高台にあって別府湾の海岸線も見渡せる。

他には？　と訊《たず》ねると斗織は空腹なのか、二個目のおにぎりにかぶりつき、

「財前《ざいぜん》のは『鬼面埋めたり』」

「財前……？」

「さっきオレらにケンカふっかけてきたやつ、剛流《たける》っつーんだけど、財前剛流。あいつんちにある〈鬼爪《おんづめ》〉にそう書いてあったんやち」

「〈鬼爪〉があるってことは、さっきのジャイアンも瓜生島の末裔なわけ?」

財前家は由緒正しい古い家で、江戸時代の古文書もある。井上《いのうえ》家と財前家に伝わっていた言葉を合わせると――。

「〝東に海があって日の出が見えるところに鬼面を埋めた〞……か」

「合ってるわ」

実をいうと、斗織は〝鬼の面〞が出土した時点で、それが例の「瓜生島のお宝」の目印ではないかと気づいていた。なんならあの埋納坑《まいのうこう》が出た時から〝鬼の面〞が出るのでは、と期待していた。だから自ら率先して掘ったのだ。

「おまえ、そーゆーのわかってたんなら早く言えよ。そしたら持ってかれる前に掘ったのに!」

「西原くん、それは無茶ってもんよ。斗織くんだってまさか奪われるとは……、ね?」

萌絵にフォローされた斗織だが、多少の責任は感じているようだ。

「『このあたりのどこかに〝鬼の面〞が埋まってる』。じーちゃんはそれを手がかりに瓜生島の証拠を探してた。じーちゃん、大学は出てないけど、独学で地元の歴史調べてあちこちの発掘調査に参加してた。いつか瓜生島が存在してたことを証明してみせるって言って。十年前に死んじまったけど」

「じゃ、おまえが考古学やろうとしたきっかけも」

まあね、と斗織は苦笑いを浮かべた。

「じーちゃんの夢っつーかを俺が引き継ごうと思ったわけ」

豊大に進学を決めたのも、瓜生島のことを調べられると考えたせいだった。

「だって面白そうやん。日本のアトランティスとか言われてる島なんやろ？　みんな、そんなもん眉唾《まゆつば》だとか言いよんけど、俺はあったと思うな」

どこまで本気なのか。無量たちもにわかには信じがたいが「瓜生島の末裔」を目の前にしていると、安易に否定できなくなってしまった。

「さっき殴りかかってきた財前剛流はおまえと同じもの探してたってこと？」

「財前んちには、あそこに埋まってるのは〝小判〟って伝わってるっぽい」

またずいぶんと即物的な臭いがしてきた。

「慶長小判。知っちょん？　徳川家康が天下取って最初に造ったっていう小判。今だと一枚、百万はくだらないっていう。やけん剛流《たける》のやつ、すっとんできたんや。俺に横取りされるとでも思ったんやろ」

両家はつながりがあるようで、斗織と剛流は昔からの顔見知りだったという。

「もっとも、じーちゃんは最初から小判じゃないって思いよったらしいけど」

「なんで」

「だって瓜生島が沈んだのは慶長豊後地震。正確には文禄《ぶんろく》五年に起きたんだぜ？　地震の後に改元して慶長になったっつーのに、瓜生島に慶長小判があるはずないやろ？」

たしかに、と忍たちもうなずきあった。

「〈鬼爪〉は五枚あるって言ったよね？　残りの三枚は？」

わかっちょらん、と斗織はぶっきらぼうに答えた。

「じゃあ、そのうちのひとつが出てきたってことは」

五家あるうちの残る三家のどれか……による犯行だということか？

忍は「断定はできないな」と慎重だった。

「……末裔《まつえい》と言っても、なにせ四百年以上も前の話だ。いつのまにか人手に渡ったということもあるかもしれないし」

とは言え、わざわざ証拠を残していくほどだ。誰かに向けた何かのメッセージではないかと忍も疑っている。無量は斗織に向かい、

「その残る三家がどういう家かは、わかってんの？」

「俺は知らんけど、じーちゃんの研究ノートには何か手がかりが載ってるかも」

わかるのか？　と無量たちは前のめりになった。

「おまえのじーちゃん大したもんだな」

「瓜生島の証明に人生かけてたからなぁ」

だが大きな手がかりだ。残り三つの家のどれか（の末裔）が〝瓜生島のお宝〟の目印である〈鬼の面〉が見つかったことを何かで知って、小判を横取りするため現場を荒ら

し、持ち去った――。そんな流れだったのだろうか。

「ん？　でも『鬼の面』が目印だって知ってるのは財前と井上だけじゃない？」

「ん？　そっか。そうかも」

いや、と忍は首を振った。

「それらを埋めた時は、五家の者が揃って立ち会ったはずだ。口止めをしたとしても『鬼の面』が一緒に埋まってることをこっそり子に伝えた家があったかもしれない」

「それを言うなら、場所も、だと思うけど」

「容易には掘り返せない理由でもあったのかな」

謎が謎を呼ぶ。とは言え、犯人像はおぼろげながら見えてきた。

「本腰入れて調べてみっか。どのみち、持ってかれた遺物を犯人から返してもらわなきゃならないし」

「なら、俺んち来なよ。俺いま、ばーちゃんちに居候してんだ」

斗織の実家は小倉《こくら》だが、家庭の事情で今は祖母の家から通っている。十年前に祖父が亡くなって一人暮らしになった祖母は、大分市の郊外に住んでいるという。

週末は発掘作業も休みだ。無量たちはさっそく訪問してみることにした。

話が終わり、帰宅する斗織を旅館の玄関まで見送ろうとした時、大浴場から戻ってきた竹本《たけもと》と鉢合わせした。

「今日はまた賑《にぎ》やかだな、若者ども」

「執筆はちゃんと進んでますか、竹本先生」

「全然捗《はかど》らんから、もう寝る。そういえば、遺跡が荒らされたそうだな。屋敷《やしき》くんから聞いたぞ」

そうなんすよ、と無量は弱り顔になって訴えた。

「まだ出してなかった遺物まで持ってかれちゃったんす。サイアクっす」

「そりゃ災難だ。早く見つかるといいな」

ではおやすみ、と浴衣姿で去っていく竹本を、斗織はじっと見ている。

「あのひと、どっかで見たことある」

「ああ、作家の竹本先生。旅情ミステリーとか書いてる」

へえ、と答えただけで斗織は無関心だった。小説には興味がないと見える。

斗織は愛車にまたがって帰っていった。

＊

湯治宿は寝静まるのも早い。

夜十時を過ぎ、大浴場もだいぶ空いていた。暖色がかった白熱灯が湯気の中にぼんやり浮かび、使い込まれた湯桶《ゆおけ》がかわいいピラミッドのように端に積まれている。年季が入った湯船はシンプルで、湯口にはナトリウム塩化物泉の温泉成分が固まって鍾乳石《しょうにゅうせき》のようになっている。ぬる湯に浸《つ》かりながら、無量と忍は斗織の話を検証していた。

「瓜生島ねえ……。屋敷サンは『そんなもんはなかった』ってバッサリだったけど、子孫を名乗るひとたちがいるとなると」

頭にタオルを載せて、無量は天井を仰いでいる。忍もやや鉄っぽい色とにおいがするお湯を腕に塗りつけるようにしながら、

「そこはなんとも言えないな。ただ地震による津波や山崩れや液状化で住処《すみか》を失ったひとたちがいたのは確かだろうし、現実にあの神社の下に何かを埋めた人がいたのも確かだ。それが慶長小判だったというなら子孫が欲に駆られて飛んでくるのも、まあ、わかる。さっきの財前とかいう男のように」

「でもあの錆《さび》は小判じゃないよなあ」

「小判を入れてた箱の可能性は？」

「なら、ある。銅製の箱の可能性なら。ただ蓋《ふた》にもびっしり錆が出てるだろうから開けるの大変そう」

それよりも、と忍は湯船のへりに肘《ひじ》を置いて、もたれかかった。

「気になるのは、犯人がどうやって〝鬼の面〟が出たことを知ったか、だ」

財前家には斗織が直接〝鬼の面〟発見の報告を入れたそうだから剛流《たける》が飛んできたのはわかる。だが、三つ目の〈鬼爪《おんづめ》〉を持っていた「犯人」がどこでそれを知ったのかが、わからない。斗織も財前以外には伝えていなかったというし、財前家が犯人ではないこ

とは剛流をよこしたことからも明白だ。

「三つ目の〈鬼爪〉を持ってた誰か……は発掘現場の様子を知ることができたわけか」

発掘現場にいた誰か？　学生たち？　〝鬼の面〟が出土したこと自体は、屋敷から関係者に伝わっていたようだから、そのあたりも怪しい。

「その〝鬼の面〟に書かれてたお寺は、いまはもうないんだって？」

「ああ、あの後、もう少し詳しく調べてみたんだけど、六郷山と呼ばれるお寺の中には、〝如意輪寺〟の名前はやっぱりなかった」

念のため、別府湾岸まで範囲を広げて調べてみたが、やはり見つからなかった。

「それってさ、〈瓜生島〉にあったお寺だったんじゃない？　だからもうないのかも」

「六郷満山からは外れてるようだけど、そこでも修正鬼会《しゅじょうおにえ》をやってたと？」

「まー近いしさ。もしくは修正鬼会じゃなくて別の祭りだったとか」

確かに国東《くにさき》半島には修正鬼会以外にも謎の奇祭や神社の神楽《かぐら》もあるようだ。そういうもので使った面の可能性も、なくはない。

「ただ、斗織くんが言ってた〈鬼爪〉の名前がね……」

「二種類あるって話？　確かスクレイパー型が〝鈴鬼の爪〟で石匙《いしさじ》型が〝荒鬼の爪〟」

「鈴鬼も荒鬼も、修正鬼会に出てくる鬼の名前だ。無関係とは思えない」

忍は博物館で見た面を思い出していた。いかにも鬼らしい「荒鬼」はともかく、人と見分けがつかない「鈴鬼」という鬼はだいぶ独特だ。

「田端《たばた》さんの実家が国東半島にあるらしくて、昔、面打師をしていた家を知ってるそうだ。さっきメールが来て、先方と連絡がとれたって。週末、永倉《ながくら》さんと一緒に訪問してみるそうだよ」

へー、と無量は頭に載せたタオルを手に取った。

「田端さん、めちゃめちゃ地元だったのな」

「六郷満山の研究もしてたくらいだしなあ。でも永倉さんは無量のことをちょっと心配してたな。またさっきのやつに襲われるんじゃないかって」

「ああ、あいつ？　とうに持ってかれたんだって説明してんのに疑り深いっつーか。そんなに小判なんか欲しいもんかねえ」

財前家と井上家は交流があって、斗織と剛流も昔は仲が良かったそうだが、地元仲間と遊び歩いている剛流とノリが合わなくなり、疎遠になってしまったと斗織は言っていた。

「まあ、確かに地元大好きマイルドヤンキーって感じだったけど」

「あの斗織って子も変わり種だな」

発掘現場はどこも中高年が多いせいもあるが、あの手のタイプはちょっと珍しい。無量たちはミゲルを見ているのであまり違和感はないが、特攻服が似合いそうな風貌《ふうぼう》ながら成績がめちゃめちゃ優秀だと聞いて、忍も面白がっていた。

「たまにいるよな。勉強しなくても成績がいいやつ。忍もそうだけど」

「俺はちゃんと勉強した」

「知ってる。でもスタートラインが違うっていうか、頭のできがちがう」

理数系が壊滅的に駄目な無量からすると、ねたましい限りだ。

「俺は無量みたいな野生の勘のほうがうらやましいと思うけどね。……それより、なんだったんだろうな、〝瓜生島の存在を証明する遺物〟っていうのは」

「小判だったらがっかりする」

「……でもまあ、おかげで当分は別府の湯をあちこち堪能《たんのう》できそうだ」

心なしか忍はウキウキしている。別府はどこでも温泉が湧いていて、あちこちに共同浴場もある。温泉巡りが趣味になりつつある忍は最近は「地元の共同浴場」にはまっているらしく、鉄輪にも数ヵ所あるものだから、すぐにでも入りにいきたくてウズウズしているのがわかる。

「所長からも無事許可がおりたし」

「おりたんだ」

「そのかわり夏休み返上だけどね」

温泉の聖地・別府で過ごすと思えば苦ではない、と忍は悟り澄ましている。この分では萌絵のほうも漏れなく返上だろう。

「こっちはありがたいけどね。永倉がいれば戦闘力もあがるし、鬼やゾンビに襲われても安心……って、つめてっ」

天井から頭に水滴が落ちてきて、びっくりした無量は恨めしそうに上を睨《にら》んだ。

忍と顔を見合わせると、お互い自然と笑みがこぼれる。

例の海外移籍のこともまだ決着はついていないが、ここでは一旦《いったん》保留だ。別にけんかをしているわけでもないけれど、名湯というものは、ピリピリした気持ちや迷い煩う心までも茹《ゆ》でて柔らかくしてしまうようだ。これも効能のひとつなのだろうか。

久しぶりにふたり仲良く湯に浸かる。

窓から見える古き良き温泉街の街灯が、白い湯気に滲《にじ》んでいる。

＊

週末になり、無量と忍は大分市内にある斗織《とおり》の家に向かった。

かたや萌絵は、田端と一緒に「面打師だった家」を訪れるため国東市へ向かった。

田端と萌絵は同学年なこともあり、すっかり打ち解け合ったようだ。国東半島の東側をぐるりと廻《まわ》る道は眺めもいい。大分空港を過ぎ、伊予灘《なだ》を右手に見ながら、海沿いの国道をひた走っていく。

「今の六郷満山でいうと、うちのほうは東組。昔の区分でいう末山にあたるの。在家のひとたちへの布教を担ったお寺が多いから、庶民向けかな」

田端の実家は国東市にあり、走る道路も勝手知ったる地元道だ。

「うちの近くの岩戸寺《いわと》でも修正鬼会をやってて、成仏寺《じょうぶつ》とかわりばんこで二年に一度やるんだけど、うちのほうでは鬼が寺の外まで出てきて家々でもてなしを受けるの」

「うちのほうの、ということは？」

「両子山《ふたご》の向こう側にある天念寺《てんねん》ってお寺でも毎年修正鬼会をやってるんだけど、あちらの鬼は寺の外には出ないの。出ちゃいけないの」

国東半島の西側、豊後《ぶんご》高田《たかだ》市にある天念寺のほうは六郷山では中山にあたり、修験道を担った寺になる。

「修行の寺だから厳しいのかな。うちの鬼《オン》サマは家にも来てくれて仲良しなんよ」

「鬼と仲良しかあ。いいなあ」

車は海を離れて山に向かって走り出した。国東半島は真ん中に標高約七百メートルの両子山を最高峰として山々がそびえ、そこから谷が放射状に広がり、その谷沿いに集落がある。ひなびた里山の風景が広がってきた。実り始めた稲穂が日の光を受けて輝き、風に揺れている。

しばらく集落の中を走って行くと、石垣の上に建つ赤い瓦《かわら》屋根の家が見えてきた。そこが目的の家だった。車を降りて玄関チャイムを鳴らした。が、反応がない。

「おかしいなあ。この時間に行くって伝えていたのに」

電話をかけてみたが、誰も出ない。車庫に車がないので、行き違いに出かけてしまったようだ。おろおろしていると、ちょうどそこへ軽ワゴン車が通りかかった。運転席の窓が開き、短髪の若者が声をかけてきた。

「……岡田《おかだ》さんなら、さっきガソリンスタンドにいたよ」

「そうですか、ありが……。あれ？　柊《しゅう》ちゃん？　柊太《しゅうた》くん？」

田端が呼びかけると、運転席の若者も「あっ」という顔をして、

「希美《のぞみ》？　希美じゃないか。帰ってきてたのか」

柊太と呼ばれた若者は、田端の同級生だった。一緒の小学校に通っていた幼なじみだといい、ふたりは久しぶりの再会を喜んだ。

「盆にも帰ってこんかったけん忙しいんかなって。やっと休みとれたんか」

「うん、いま大学の先輩のお手伝いで、別府で発掘しよるんよ。こっち来る前にあげないといけない論文があったけん、お盆はこれんかったの」

いかにも気の置けない幼なじみ同士のやりとりに、萌絵はほっこりした。少しだけ中学時代の男友達・桜間涼磨《さくらまりょうま》のことを思い出した。

「そちらの方は？」

「あ、東京の発掘派遣事務所に勤めてる永倉萌絵さん。萌絵さん、こちらは幼なじみの矢薙《やなぎ》柊太くん」

「はじめまして、永倉といいます」

「矢薙です。遠いところから、わざわざどうも」

柊太は細い垂れ目がいかにも温和そうで、笑うとますます人なつっこくなる。人の好《よ》

さが顔に表れている。

「岡田さんになんか用か？」

「実はね、柊ちゃん。今ちょっと調べてることがあって岡田さんに会う約束しちょったんやけど」

事情を話すと、柊太は携帯電話で連絡を取ってくれた。どうやら希美たちが来る前にガソリンを入れようとスタンドまで行ったところ、タイヤに不具合が見つかり、交換に思いのほか時間がかかっているらしい。

「ここで待っちょっても暑いやろうし、うちで涼んでいきなよ」

柊太の家は二軒先だという。お言葉に甘えて矢薙家にお邪魔した。

農家である矢薙家は昔ながらの里山の民家で、庭にはトラクターや農作業具が置かれている。訪れると柊太の母が出迎えてくれた。希美を見ると驚いて「まあ、すっかり垢《あか》抜《ぬ》けてから。もうすっかり東京の人やなぁ」と笑っている。

「岡田さん、タイヤ履き終えたらうちに直接来てくれるっちよ」

「そう。ならついでにお昼食べていきなさい。そうめん茹でるけん」

柊太の母はいつものことのように言って台所に消えた。麦茶でもてなされ、希美と柊太が近況で盛り上がるのを萌絵は横でニコニコ聞いていた。

「ところで調べ物ってなんなん？」

調査中の現場が遺跡荒らしに遭ったことを希美が話すと、柊太は興味津々で聞いていた。まだ土の中にあった遺物が掘り当てられて犯人に持っていかれてしまったこと。それを捜していることを伝えた。

「そりゃ盗掘やないか。希美たちが掘っちょったら大発見やったかもしれんわけやろ？」

「うん……そこまで〝大〟やなかったかもだけど、出土したときの状態がわからなくなっちゃったわけだから、盗掘だし、調査妨害だよ」

「それで、なにを訊《き》きに岡田さんところへ？」

どこまで話していいのか。希美は迷って萌絵の顔をチラリと見た。発表前の出土遺物については基本、部外者には口外しないようにしているので〝鬼の面〟が出土したことを明かすのに躊躇《ちゅうちょ》したのだ。柊太は空気を読んで「あ、ごめん」と謝った。

「そういうのって、素人が訊いちゃまずかったか」

「あ、そういうわけじゃ全然」

そこへようやく岡田がやってきた。七十代の男性で、地区ではお神楽《かぐら》保存会の代表もしているという。岡田家が父親の代まで面打師をやっていたことを希美は覚えていたのだ。

「面ちゅうても土産物やけんなあ。昔は神楽面なんかも打ちよったが」

需要が減って後継ぎも減っているという。横から希美が補足して、

「国東半島は修正鬼会が有名やけど、お神楽も盛んでね。この古川《ふるかわ》地区にある八幡神社でも昔からお神楽をやってたの」

「柊太はうちの保存会じゃ若手のホープやけん。どんどん若い担い手が減りよん中、よくがんばってくれちょんよ」

「お神楽をですか。すごいじゃないですか」

萌絵が感心すると、柊太は「そんなんじゃないですよ」と即座に打ち消した。

「こんな田舎じゃ、ほかにやることもないからやってるだけです」

謙遜《けんそん》した、という感じではなく、そんなことで褒められるのは心外という顔だった。

鴨居に神楽の写真が飾ってある。面をかぶっている。神楽も盛んだということは、あの〝鬼の面〟は神楽面の可能性も残っているということだ。

「柊ちゃんもお神楽メンバーだから何か知ってるかも。いっしょに見てくれるかな」

希美は岡田にも事情を明かし、出土した〝鬼の面〟のことも話して、その画像を見てもらった。

「このお面なんやけど、私は修正鬼会の荒鬼面か災払鬼面《さいばらいおに》だと思ったんですけど、どうですか。神楽にもこういう面はありますか」

岡田と柊太は数枚ある画像をじっくりと見た。岡田は顎《あご》に手をかけて「これはまた」と感嘆の声を漏らした。

「なかなかすごいね……。鬼気迫るとは、このことや」

岡田は面打師を継ぐことはなかったが、父が古い面のメンテナンスを請け負っていたので、その手伝いをしていた頃、多くの面を見てきたという。おかげで面を見る目は養われ、今でも各地の神楽面などを見て回っていた。

「これだけ凄《すご》みのある顔した面はなかなかないぞ。腕のいい匠《たくみ》の仕事やろうなあ」

完成度の高さに息をのんだ後で、その特徴を細かく観察した。

「彫りが深いなあ。赤と黒の彩色の感じは岩戸寺の面によう似ちょるが、ロバみたいな耳は長安寺っぽい。ツノに螺旋《らせん》の筋を入れたものは珍しいし、なにより眉《まゆ》と目の彫り方は独特のものがある。こういうのは見たことないなあ」

じっくり鑑賞した後で、岡田は結論した。

「私もこれは荒鬼面だと思う。お神楽じゃないな。修正鬼会のものだ」

やはり、と萌絵と希美は顔を見合わせてうなずきあった。

「面の裏側に墨書が入っているようなんです。……〝如意輪寺〟と〝國正〟と読めるようなんですが、何か心当たりはないでしょうか」

萌絵が問うと岡田は記憶をたぐり、

「板井国光《いたいくにみつ》っちゅう有名な面打師なら知っちょん。江戸時代後期んしで、比叡《ひえい》山の大僧正から高い位をもらったくらいの名工じゃ。〝国〟がつくんやったら、その系列なんやないかなぁ」

「このあたりの方ですか」

「いや、夷《えびす》村というから、香々地《かかぢ》のほうやね」

豊後高田市のほうだというから――両子山の向こう側だ。

「ただ、国光のものとはだいぶちがうな。鬼会《おにえ》の面は寺ごとに作風もだいぶ違っちょんけん。鬼会に出てくる荒鬼は、大体、二匹セットなんや」

「二匹ですか」

「ここの近くの岩戸寺は災払鬼と鎮鬼。西組の天念寺は荒鬼と災払鬼……っち感じでなぁ。大体ペアで出てくる。面も作風も似ちょん。大体同じ面打師の手によるものや」

「二面一組、ですか」

「ということは、似たような面がどこかにある。片割れの面を探してみれば、何かわかるかもしれないよ」

それは耳寄りな情報だ。でもどうやって探せばいいのか。

もうひとつの手がかり〝如意輪寺〟についても訊いてみたところ、岡田は急に難しい顔になって記憶をたどるように黙り込んでしまった。

「なにか心当たりが」

「いや。国光で思い出したんやけど、……幻の面の話だ」

それは国東半島に伝わる、ある伝説だった。

「昔、中山の寺に腕のいい面打師がおって、修正鬼会のために荒鬼面を打つことになった。ある日、その男の夢に鬼が出てきて『俺の面を打て』と迫ったという。その鬼の姿があまりに恐ろしく忘れられなかった面打師は、三日三晩、岩屋にこもって寝食も忘れて、その鬼の顔をかたどった面を一気に打ちあげたそうだ」

面打師は打ちあげた瞬間、精根尽き果てて死んでしまったという。

そうして完成した面はこの世のものとも思われぬ出来だったが、あまりにも恐ろしくて見る者を震え上がらせた。

「そうして修正鬼会の日がやってきた。ある僧がその面をつけて舞ったところ、突然なにかにとりつかれたように暴れだし、ついに寺の外に出てしまった。出た途端にみるみる手足から鋭い爪が伸び、本物の鬼になってしまって、あろうことか村人を次々と襲い始めてしまったため、たまたま参拝にきていた旅の僧が駆けつけて、鬼の首をはね、ようやく騒ぎは収まったと」

萌絵は、ごくり、と唾《つば》を飲んだ。国東の鬼は「庶民と仲良し」と聞いた後だったので、なおさら、ぞっとしてしまった。岡田は声を押し殺し、

「……その後、悪い鬼を出してしまったかどで寺は潰《つぶ》され、惨劇が起きた集落も忌まわしい出来事から逃れるように人が去ってしまったと」

「まさか、その寺の名前が……」

うん、と岡田は迫真のまなざしでうなずいた。

「確か、如意輪寺だったような」

萌絵は息をのんだ。

「……ということは、この面が言い伝えの〝鬼の面〟……」

震え上がった萌絵たちを見て、岡田は「ははは」と明るく笑い飛ばした。

「怪談や。あくまでこのあたりで語られる怪談話よ」

萌絵たちはほっと胸をなで下ろしたが、確かに「鬼気」という表現がぴったりのこの面ならば、そんな怪異もあり得るかもしれない。

「今の話のもとになったのは、長安寺のオオガンギ（鬼雁木《オニガンギ》）っちゅう石段の言い伝えや。修正鬼会で鬼に扮《ふん》した僧が突然何かにとりつかれたように寺の外に飛び出し、本物の鬼になってしまったので、カイシャクと名付けられた付き添いの若者によって斬られたという」

「長安寺というのは、昔、六郷満山を束ねていたお寺のことね」

と希美が注釈を加えた。天念寺と同じ組の寺で、そこで使われている得物などの中には長安寺のものもあるという。その話は有名で、希美や柊太も知る伝説だ。

「長安寺だけやないぞ。うちの岩戸寺にも似たような話はある」

「岩戸寺にも？」

「ああ、昔、市ノ坊という僧が荒鬼を担ったところ、本当の鬼になってしまったので、やはり首をはねたというものだ。以来、岩戸寺からは荒鬼の面を廃したという。そやから災払鬼と鎮鬼の二匹になったと」

廃した？　と萌絵が聞き返した。

「昔は岩戸寺にも荒鬼がいたんですか？　荒鬼と災払鬼と鎮鬼がいたと」

「どうやらもっと昔の鬼会では、荒鬼・災払鬼・鎮鬼の三鬼がいるのが本来の姿やったらしい。それがいろいろな理由から二鬼になっていったようやな」

本当の鬼を出してしまった寺では、その面を廃するしきたりだったようだ。

「そもそも鬼会にカイシャクという役があるのは不思議やと思わんか？」

カイシャクとは「介錯」。切腹の際に後ろに立って刀を構え、首を落とすことを指す。

「おそらくカイシャクちゅう役ができたのは、鬼会の鬼役でまれに本物の鬼になってしまう者がおるけんや。鬼と化して暴れ出した者から寺人や村人を守るためにカイシャクという役ができたのだとしたら」

やけに信憑性《しんぴょうせい》がある。萌絵も思わず声を落として、

「その如意輪寺の事件があったから、ですか」

「そうやな。それがあったけん天念寺の修正鬼会では鬼を寺から出さんのよ。実は岩戸寺でも今は寺の外でもてなすが、昔は集落に『鬼はここから先に出てはいけない』という結界の石があったという。そこから出た鬼は首をはねんといけん。実は鬼会というのは、鬼役が本物の鬼になってしまうという危険をはらんだ祭りでもあったんや」

萌絵は背筋が冷たくなった。

居間にどこか寒々しい空気が漂った。岡田は「まあ」と口調を和らげ、

「カイシャクっちゅう言葉自体、普通に世話役とか補助役という意味合いもあるけんなぁ。ただの世話人と切腹の介添人、どちらが語源なのかは不勉強だからわからん」

と見解を述べた。

とはいえ、そんな訳ありの面が埋められていたのだとしたら、ただ事ではない。

「その怪談の面打師が気になりますね。実在じゃないかもだけど」

「昭和の頃にそれぞれの地区に残ってる面を調べた研究者がいて、県の報告書も出てるんだけど」

希美が調べた限りでは「國正」銘のものは他にはなかった。

「国東のあたりの村はどこもだんだん人が減ってきて、かつて六郷山だった寺も跡継ぎがなくて無住になるところもあるからなあ。地区の住民みんなでお金を出し合って、なんとか維持してるところもあるが、難しい。鬼会の面も博物館に寄贈したり、ほかの寺に預けてるところもあるが、すでに散逸しているところもありそうだ」

それは六郷山の寺に限らず、岡田たちが守っている地区の神楽《かぐら》も、存続が危うくなってきて、ほかの神社と合同でやったり、大きな神社の神楽で演目のひとつに加えてもらったりしてなんとか続いているという。

「うちの神楽もいつまで残せるか……」

最後は少し寂しい話になってしまった。

「わざわざ来てくれたんに、すまんなぁ。力になれんでから」

「とんでもない。大収穫です」

「岩戸寺にも寄ってみ。なんかわかるかもしれんけん」

岡田はそう言い残して帰っていった。そこに柊太の母が現れ、

「あら、岡田さん帰っちゃったん？　そうめん食べてきゃよかったんに」

もてなし上手の柊太の母は大量のそうめんと唐揚げを萌絵たちに振る舞った。

柊太の母は明るい性格でおしゃべりが大好きらしく、萌絵と希美を巻き込んで楽しい会話で盛り上がった。さきほどの怪談とは打って変わって、居間には笑い声があふれたが、柊太に笑顔はなく、それどころかどんどん寡黙になるようだ。

「俺、出かけてくるけん。またな、希美」

最初の印象とはうってかわって、そっけなく出ていってしまった。

萌絵と希美も「なら、そろそろ」とおいとまして、車に戻った。

「柊太さん……、ちょっと居心地悪くさせちゃいましたかね」

助手席の萌絵が気にしていると、希美は「気にしないで」とフォローした。

「お母さんがおしゃべりだから、たまにああなるの。いつものことだから」

シートベルトをしめながら、希美は柊太の態度をそう説明した。

「柊ちゃんのお母さん、私が東京で働いてること結構もてはやすでしょ。それで、ちょっとすねちゃったんだと思う」

「あれはすねてたの？」

希美は「うん」と眉《まゆ》を下げた。

「永倉さんも東京では一人暮らし？」

「うん。実家はそんなに遠くはないけど、通うにはちょっとね」

「そっか。私も学生時代からだから、たまに帰ってくると言葉がすっかり東京言葉になって大分弁がへたくそになってるなんて家族からいわれる」

そんな田端も地元の人々に交じると自然とお国言葉になる。ただ、その大分弁もネイティブから訊《き》くと「きれいな大分弁」ではなくなっているのだろう。

確かに若者の間ではゴリゴリの方言を使う者は減ってきているし、小さい頃からテレビでもネットでも東京風のしゃべり方になじんでいるから、さほど変だとも思われはしないが、少し年配者からすると、やはりちょっと違和感があるのだろう。

「そういうのも、なんか柊ちゃんの気に障ってるんじゃないかなあって」

「どうして？」

「このへんの子は高校出ると、進学にしろ就職にしろ、よそに出てくのは大体、福岡か、ちょっと遠くても大阪あたりが多いの。東京まで行って大学出て就職してってのはそこまで多くないから、地元の友達からすると私はちょっと珍しい子って感じかな」

希美はハンドルを握りながら、山間のカーブをあがっていく。

「柊ちゃんは学校も就職も地元で、国東から出たことがないんだけど、それがなんかコンプレックスになってるみたいで」

ああ、と萌絵はちょっと納得した。なまじ希美が優秀で、東京の大学で助教まで務めているので、柊太に引け目を感じさせてしまうのか。母親がまたそのことを悪気なくもてはやすので、余計に気後れさせてしまうのかもしれない。

「地元から出たことなくても全然いいと思うけど」

「私もそう思うし、気になんかならない人が大半だと思うんだけど、柊ちゃんはそうじゃないみたい」

希美はひとの気持ちに敏感なところがあるらしく、柊太の鬱屈《うっくつ》も伝わってしまうのだろう。

「私がたまに帰ってくると、さっきの柊ちゃんのお母さんみたいに気を遣って盛り上げてくれるでしょ。そういうのが余計に」

希美自身がひけらかしたりせずとも、柊太は勝手に傷ついてしまう。自分が出ていけなかった世界でキャリアを重ねている希美を見て、それを選べなかった自分というものを必要以上に見せつけられる気がしてしまうのか。「自分の知っている世界だけしか知らない」自分には、希美のようなめざましい成長や活躍ぶりを感じられず、地元でくすぶっているように感じてしまうのかもしれない。

それはもちろん柊太の問題であって、希美にはどうしようもないことなのだが。

「私にはあんまり帰ってきてほしくないんじゃないかな……なんて」

「そんなことないよ。うれしそうにしてたじゃない」

「会えるのはうれしいんだけどね」

希美は寂しそうに笑った。デリケートな問題なので、萌絵も「そんな面倒くさいやつほっとけ」とも言えない。

「とは言っても柊ちゃんにはかわいい奥さんもいるし」

「え！　奥さんいるの！」

「二十三で結婚したからね。こっちはみんな結婚早いから」

確かに、都会の一人暮らし女子は周りも含めて婚期が遅くなりがちなので多少感覚がずれていそうだが。

地元を出たことがない同級生、と聞いて、萌絵は桜間涼磨を思い浮かべたが、涼磨は気にするどころか、そうであることにむしろ誇りすら抱いている。やりたいことは地元にこそあるし、外に出ていく理由がない。東京に出ていた萌絵に気後れする様子もなかったし、地元を卑下もしない。だが柊太の場合はちょっとちがうようだ。

「自分探しの途中なんだよね。柊ちゃんも、私も」

希美はそう言って、山道のカーブでハンドルを切った。

「ただそれが柊ちゃんのほうが少し切実なのかも」

希美がまぶしく見えてしまう柊太の気持ちが、萌絵には少しわかる気がする。

岩戸寺の山門が見えてきた。

蝉の声がにぎやかだ。

*

六郷満山霊場巡りの札所でよく見かけるのは、仁王《におう》様の石像だ。

ここ岩戸寺の仁王像も石で造られていて、境内にある六所権現の参道脇に立っている。大きな像ではないが、太い足を地面に踏ん張って胸をぐっとそらした姿が、ゴツゴツとした石の風合いも相まって力強い。

このあたりには六郷満山を代表する両子《ふたご》寺や文殊仙《もんじゅせん》寺といった観光名所になる大きな寺もあるが、他はどこもこぢんまりとしている。本堂も一間《ひとま》が数畳ほどで、入るとすぐ目の前にご本尊を拝める。奥には床の間もあって、なんだか親戚《しんせき》の家にいるようだ。

あの有名な修正鬼会をこんなにかわいらしいお寺でやっているのか、と萌絵は少し驚いた。

希美《のぞみ》が顔見知りの住職に話を聞いたが、手がかりは得られず、結局、〝鬼の面〟の由来も判明しなかった。

岡田が語った「修正鬼会の怪談」。

仮に本当にあった事件だったとして、その如意輪寺の〝鬼の面〟はその後、どうなったのだろう。やはり、あそこに埋まっていた〈鬼の面〉が、それなのだろうか。

あの埋め方から推測するに「瓜生島のお宝」の上に意図的に置いたのはまず間違いない。「瓜生島の生き残り」がなんらかの経緯で「如意輪寺の荒鬼面」を手に入れて一緒に埋めた？

瓜生島と如意輪寺の間に、何かつながりでもあるのだろうか。

本堂の脇の石段をあがったところには大きな岩山がせり出している。岩戸耶馬《やば》と呼ばれる修験場で、広い岩屋に薬師堂と六所権現が押し込んだように建っている。本堂は「村のお寺」という感じで素朴だったが、こちらは岩とお堂がいかにも修験の六郷満山らしくて迫力満点だ。もともとはこちらが本堂だったと知って納得した。岩山の一部が洞窟《どうくつ》のようになっていて修正鬼会で鬼はここから出てくるという。

萌絵は修正鬼会の舞台となる講堂にも参拝した。

藁葺《わらぶ》き屋根のお堂は、建て替えられたばかりだという。正面にある格子戸の奥には薬師如来の仏像が祀《まつ》られ、お堂の中央部分は柱で四角く区切られている。そこに希美が追いついた。

「はい、パンフレット。修正鬼会のこと書いてあるからどうぞ」

岩戸寺では二年に一度、修正鬼会が行われる。希美はこの地区に親戚がいるので、子供の頃から何度も見ていた。

「鬼会は寺の祭りだけど村の祭りでもあるから大賑《おおにぎ》わい。旧正月の夜だから凍えるほど寒いんだけど、オーダイっていう大松明に火が入ると、その熱が顔に伝わってすごく興奮するの」

その鬼会の舞台になるのが、いま萌絵たちがいる講堂だ。鬼会の夜は堂内が飾られて、明かりで照らされ、たくさんの人が集まる。

「地区からは松明入れ衆《タイレシ》っていう大松明を担ぐひとが参加するんだけど、始まる前に、さっき通ってきた道の横にある滝壺《つぼ》で水垢離《みずごり》するの。法螺貝《ほらがい》が鳴る中、上から飛び込む人もいて、お見事ーなんて拍手が起きたりしてね」

しんしんと冷える深山の空気と祭りに挑む男たちの熱気が、萌絵にも伝わってくるような気がした。

「柊ちゃんも中学生の頃、給仕役で参加してたなあ。裃《かみしも》きてタイレシたちの杯にお酒を注いだり、トシノカンジョーって呼ばれるお坊さんについて歩いたりするの」

「お小姓さんみたいな役だね」

「さっきも言ってたけど、岩戸寺は災払鬼と鎮鬼の二鬼で、ツノのあるほうが災払鬼」

二鬼は赤・黒・白で彩色された大きな鬼面をつける。毎回塗り直すからピカピカで迫力がある。体中を荒縄で縛られているのだが、不思議とそれが隆々とした筋肉のようにも見えてくる。

「鬼が出てくる前に、お坊さんたちが香水棒を持って舞うんだけど、一般のひとも舞わせてもらえるの。私も舞ったことあるよ。柊ちゃんには下手くそって笑われたけど」

「はは。鬼が登場するのがクライマックス？」

「そう。主役だからね。お坊さんが口にお酒を含んで鬼役に吹きかけると、そこから鬼になるの。小さい松明を持って舞うんだよ。こんなふうにね」

希美は立ち上がって鬼の舞をまねながら空手チョップのような動作をしてみせた。

「鬼が松明持って、集まったひとたちの背中や肩を柄で叩《たた》き始めると、大騒ぎ。鬼に叩いてもらうと無病息災になるんだって」

全部終わると鬼たちはタイレシを引き連れて村へ出ていく。「鬼はよ〜、来世《らいしょ》はよ〜」と声を張り上げながら家々を廻《まわ》る「祈禱《きとう》廻り」だ。鬼は家の前でも舞い、酒でもてなされる。家には親戚一同集まってきて大盛り上がりだ。

「鬼は祖先の霊だとも言われてるの。だから鬼役は必ず仏壇を拝むのね」

「そっか。『鬼はよ、来世《らいしょ》はよ』は『来世は鬼』って意味なのかな？」

かけ声の意味はわからなくても、何度も繰り返して唱えるうちに呪文のようになっていく。その声が聞こえてくると、村には新年がやってくるというわけだ。

「夜中の二時頃に鬼はお寺の講堂に戻ってきて、最後に一暴れするの」

「あ、やっぱり暴れるんだ」

「お囃子《はやし》が鳴る中、取り押さえられて『鎮餅《しずめもち》』を口に突っ込まれるとおとなしくなるの。縛り付けられてた縄を切ってもらって、終了」

希美は祭りの夜の底冷えする空気を思い出しているのか、蟬の声も暑さも忘れて、凍えた手を温めるように両手をこすり合わせた。松明から降り注ぐ火の粉や、床板を下駄で踏みならす音や、鬼たちが走りまわる姿が、萌絵にも伝わってくるようだった。

「学生の時に見たのが最後かな」

鬼にお酒やごちそうを振る舞うのはいかにも村の伝統行事という感じで親しみにあふ

れている。お寺と村が一体になって作り上げる修正鬼会はどこか和気藹々《わきあいあい》として楽しそうだ。古い者から若い者へと綿々と受け継がれてきたお祭りを通して、その地区の一員として役目を背負う自覚と自負が養われていくにちがいない。

「昔から知ってるおじさんたちも鬼会の時ばかりはちょっと特別で、なんかかっこいいんだよね。伯父《おじ》さんがタイレシやって大松明をあげた時は興奮したよ」

「あれだ。祭りの男は三割増し」

「家に鬼が来る従兄弟《いとこ》がうらやましかったなあ」

そういう祭の話を聞いた後で、さっきの「如意輪寺の鬼」を思い出すと、切ない。

「鬼たちが荒縄で縛られてるってことは……。やっぱり危ないのは危ないんだろね」

おそらく縄は「制御された暴力」であることを示している。その「暴力」でもって災いを根こそぎ払い、厄を落とす。だから鬼は良きものでいられるのだ。最後に暴れるのはその力がどうにも溢《あふ》れたことを意味するのかもしれず、鎮餅を食べておとなしくなってから縄は切られ、鬼もやっと「制御」から解放され、自由の身になる。

「そんなところかな」

「永倉さん、読み込むね」

「昨日いっしょに来てた相良《さがら》という同僚の影響です」

萌絵たちはもう少し面のことを調べることにして、講堂を後にした。

石段の途中で、萌絵が不意に足を止めた。石段の脇には国東塔と呼ばれる美しい石塔が立っているのだが、その土台になっている岩陰から、不穏な人影が現れた。

萌絵が思わず希美の前に立ちはだかったのは、その人影が面をかぶっていたからだ。

「……鈴鬼……っ」

と希美が口走った。かぶっている面のことだ。荒鬼たちとは違い、ほぼ人の姿に近い鬼で、角はなく誇張もない。能面の小面（若い女の面）に似ている。

面をかぶっているのも、女だ。背が高く、髪が短い。真夏だが長袖《ながそで》のパンツスーツを着ていて、一見してシュールな出《い》で立ちだ。

「おまえたちか。〝國正〟を持っていったのは」

面をつけていてもはっきり聞こえるほど発声がいい。女性にしては低い声で、体幹が強そうな体つきはアスリートを思わせる。

「〝國正〟を掘り当てたのも、おまえたちか」

「なんでそんなこと知っているんです。誰から聞いたんですか」

「いまどこにある」

言えません、と萌絵はきっぱり答えた。

「三島神社で出土した鬼の面のことですか。どうして知ってるんですか。あなたは何者ですか」

「あれは忌まわしい面だ。邪面だ」

萌絵と希美はぎょっとした。……邪面？

「昔、鬼会であれをかぶった僧侶《そうりょ》を本物の鬼にしてしまった。ゆえに遺棄した面だ。すぐに我々に返しなさい。また鬼を出してもいいのか」

「返せってことは、あなたがたは如意輪寺のひとなんですか？　現場を荒らした犯人はあなたなんですか？　遺物を持ち去ったのも」

萌絵は構えながら、詰め寄るように石段を一段ずつおりていく。

「返してください。発掘現場に埋まってたものを勝手に持っていくのは、文化財保護法違反ですよ」

「文化財なんて行儀のいいものじゃない。如意輪寺の惨劇を繰り返したいのか」

「如意輪寺の人でないなら、あなたも瓜生島の末裔《まつえい》？」

突然、鈴鬼の面をかぶる女が腰に隠していた短刀を引き抜いた。萌絵はとっさに拳法《けんぽう》の構えをとった。面の女は剣を顔の前で構えて、奇妙な呪文を低く唱え始めた。

「オン・チイタナヤ・マナタタマヤ・ウンキリソワカ……」

「え？」

目にもとまらぬ速さで鈴鬼の女が斬りかかってくる。あまりに速くて萌絵はよけるので精一杯だった。たたらを踏み、石段から転げ落ちそうになるのをぎりぎりでこらえた。鈴鬼は振り返りざま、さらに斬りかかってくる。萌絵は鋭く身を翻して鈴鬼を制圧しようとしたが、相手にも武術の心得があるのか、攻撃を受け付けない。

強い……！

萌絵の猛攻をかいくぐり、鈴鬼は石段を一気に駆け上がったかと思うと希美の手をつかみ、後ろにひねりあげた。

「希美さん……！」

鈴鬼は後ろから希美を腕で押さえ込む。

「そこから下りろ！　後ろに下がれ！」

希美を人質にとられて、萌絵はやむなく石段を後ろ向きに下りるしかない。

「放してください……っ。なんなんですか、あなた」

怯《おび》える希美の喉元《のどもと》に、鈴鬼は剣先を突きつけながら、その耳元に問いかけた。

「面が埋まっていたところに石器が残されていただろう。それは石匙《いしさじ》か。スクレイパーか」

「い……石匙です」

「おまえたちはサイバラに会ったのか。サイバラに何か脅されたか」

「え？　そんなわけ……だって仲間ですよ」

「仲間なのか？」

面の下から女の動揺が伝わった。

「だったらサイバラに伝えろ。三日後までに〈ヤマの経筥《きょうばこ》〉を鬼の岩屋にもってこい。そうすれば、おまえの罪も帳消しに」

最後まで告げることはできなかった。萌絵が猛然と足元の石を鈴鬼の頭めがけて投げつけたせいだ。見事なコントロールでまともに当たり、相手がひるんで希美を放した瞬間を狙い、萌絵は石段を二段抜かしで駆け上がり、飛び上がってラリアットを鈴鬼の顔面にくらわせた。鈴鬼は希美もろとも後ろに倒れた。その衝撃で面が外れ、鈴鬼の女が一瞬こちらを見たが、そのまま脱兎《だっと》のごとく逃げ出した。

すぐに追いかけた萌絵だが、だしぬけに銃声が響いて思わず伏せた。参道の先にこちらに向かって猟銃を構えている男がいる。マスクをつけ帽子を目深にかぶっている。こちらに威嚇発砲したのだとわかった。男の援護を受けながら、鈴鬼の女は参道の先に停まっていたワゴン車に飛び込むと、男も運転席に乗り込み、急発進して下り坂を滑り落ちるように走り去ってしまう。萌絵は県道に出るところまで追いかけたが、もうすでに影も形もなかった。

「希美さん、ごめんね！　けがは？」

萌絵の空中ラリアットをくらった鈴鬼もろとも、ひっくり返ってしまった希美だが、幸い軽い打ち身で済んだ。

「大丈夫……。でも今のは一体」

萌絵は鈴鬼が落としていった面を拾い上げた。その裏に銘が入っている。

「〝國正〟……」

希美も息をのんだ。萌絵は険しい顔をしている。

「やっぱり、あれは鬼を出した寺の鬼面だったんだ……」

境内の山林には蟬しぐれが戻ってきた。

岩山に染みこむような蟬の声を聞きながら、萌絵たちは国東の怪談が現実のものとなって立ち上がってきたのを実感して、戦慄《せんりつ》せずにはいられなかった。

*

萌絵たちがそんな目に遭っているとはつゆ知らず、無量と忍は斗織の家に来ていた。

井上家は大分市の郊外にある。大分駅から日豊本線でふたつ先の駅にある高台の住宅地だ。

書斎には祖父・井上康二郎《こうじろう》の研究ノートが積まれている。康二郎は近くにある大手製鉄工場を四十年間勤め上げた後、リタイアしてから本格的に郷土の歴史を調査して、たくさんの研究ノートを残していた。

その康二郎は十年前に、登山中の事故で亡くなったという。

「オレも一緒にいたらしいんやけど、ガキやったせいか、いまいち記憶がなくてさ」

斗織は床に座り込んで膨大な写真をチェックしている。

「気づいたら病院におった。親の話だとショックで記憶が飛んだんじゃないかって」

康二郎の遺体は谷底から見つかった。検視の結果、滑落死だったとみられている。

事故現場に居合わせた斗織は衝撃が大きかったのだろう。事故の時のことばかりか、葬式のこともよく覚えていないという。同じ祖父に関するトラウマ持ちでも、無量とは心の傷の形がちがうようだ。

「我ながら、なんでこんなに覚えてないんだろって思うけど、まだ小学生だったし」

「無理もない。ショックで記憶に蓋《ふた》することは、本当にあるもんだよ」

と忍が言うと、斗織はちょっとほっとした顔をして、

「誰かに突き落とされたんじゃないか、とか言うやつもおったけんさ。まさかオレのせいで落ちたんじゃないよなって、ちょっと怖くなってたんや」

独学で考古学を習得した康二郎が残した研究ノートから、無量たちは「瓜生島の生き残り」の手がかりを探して、一冊一冊確かめているところだった。

没頭している三人のもとへ、萌絵から連絡が入った。

「なんだって！　犯人に遭遇した？」

萌絵はまだ興奮から醒《さ》めないのか、早口でまくしたててきた。

『現場に遺留品の石器があったことも知ってたし、私たちが調べてるのもやめさせようとしたし、やっぱりあのひとが犯人じゃないかと』

萌絵たちを襲った「鈴鬼の女」は、出土した荒鬼面と同じ〝國正〟作の面をかぶっていた。捜索から手を引くよう警告したあとで、謎の要求をしてきたのだ。

『西原くんに〝ヤマのきょうばこ〟を鬼の岩屋にもってこい、だって。意味わかる？』

無量は忍と思わず顔を見合わせてしまった。

「さっぱりわからん」

『だよね』

「つか、なんで俺？　俺のことなんで知ってんの？　それ持ってくと青錆《きび》のついた遺物返してもらえんの？」

萌絵は口ごもった。そこまでは言っていなかったような。

「斗織くん、君のほうで何か心当たりは？」

斗織は首を横に振った。こちらも、ちんぷんかんぷんだ。

萌絵は岡田から聞いた「如意輪寺の怪談」についても語った。修正鬼会で本物の鬼と化した僧によって惨劇が起きた里のこと、萌絵たちを襲った〝鈴鬼の女〟は「出土した荒鬼面」は如意輪寺の修正鬼会で用いられ、僧を本物の鬼と変えてしまった面なのだと明言した。忌まわしい面だから遺棄したのだと。

無量たちはぞっとしてしまった。

「まじか……。そんなヤバい面だったの？」

埋めたのは「遺棄」だと言っていた。忍も顔をこわばらせ、

「そうか。容易には掘り返せない理由……。掘り返せないんじゃない。掘り返してはいけなかったんだ」

しかも鈴鬼は無量を名指ししてメッセージを残していたのだ。

――〝ヤマのきょうばこ〟を鬼の岩屋にもってこい。

『そうすれば、おまえの罪を帳消しにするとかなんとか』

きょうばこ、きょうばこ……、と忍はつぶやいて脳内を検索した。

「経筥のことか？　お経を入れた箱だ」

「お山の経筥……？　ますますわからん」

「しかも無量の罪とは……」

無量たちはただ面を掘り当てただけだ。それが罪だと言いたいのか？　それとも別のことを言っているのか？

「とはいえ、その鈴鬼の女が犯人だとすれば、少なくとも交渉のとっかかりができたわけだ。問題はどうやって再び、その女とコンタクトを取るかだが」

萌絵は「女が残していった鈴鬼の面を手がかりに、引き続き、男女の正体を探る」と言い、電話を切った。無量たちは書斎の床に座り込んで、首をかしげている。

「出土した荒鬼面と同じ〝國正〟作の面をかぶってた……か。やはり、その鈴鬼の女が現場に残されてた遺留品の〈鬼爪《おんづめ》〉の所有者なのかな」

「つーことは、そいつも瓜生島の生き残り？」

そのことなんだが、と忍が井上康二郎のノートに目を落としながら、

「確かに、斗織くんのおじいさんは慶長豊後地震にまつわる文献もよく調べているようだが、瓜生島の名があるのはどれも地震発生当時の文献じゃない。みんな後世のものだ。地震前の記録のひとつぐらいあってもよさそうなのに、まるで見当たらない」

「つまり、どういうこと？」

「〈鬼爪〉を持つ人たちは、本当に瓜生島の生き残りなのか？」

疑問を呈した忍に、反発するように斗織が言い返した。

「じーちゃんが嘘ついてるっていうのかよ」

「いや、そうは言わないが」

忍が気になっているのは「如意輪寺の怪談」のほうだった。

「鬼に襲われて里人は村を去ったと言っていた。その鬼の面が埋めてあったというのが、どうも引っかかる」

忍は拳《こぶし》を口元にあてて首をひねった。

「……もしかして、瓜生島の生き残りというのは、如意輪寺があった里の人間だった、という可能性はないかな」

「鬼に襲われた村の生き残り？」

ああ、と忍は斗織に向かってうなずいた。

「瓜生島ではなく瓜生村とか、そういう名前だった可能性は？」

斗織は思わず無量と顔を見合わせて、意見を求めるような表情をした。ノートをパラ見していた無量は「でも変じゃないか？」と聞いた。

「修正鬼会がいまの形になったのは江戸時代以降なんでしょ？　だったら如意輪寺の事件も江戸時代なんじゃない？　瓜生島が沈んだ地震は文禄五年（同年、慶長に改元）、西暦では一五九六年。関ヶ原のちょい前だ。その頃って六郷満山はどうなってたの？」

「豊後は大友《おおとも》の時代だな。国東半島は戦国時代の戦に巻き込まれてだいぶ衰退したと聞いてる。キリシタン大名だった大友宗麟《そうりん》の焼き討ちにあったという話も」

六郷満山の寺は山の上にある。堅固な城砦《じょうさい》として利用されたこともあり、戦禍にあって荒廃したところも多かった。そこに加えて戦国大名・大友宗麟による法難があった。キリシタンとなった宗麟から焼き討ちされたとの言い伝えが残る地域も国東半島では少なくない。復興は江戸時代に入ってから、と見られている。

「それか沿岸で津波の被害にあった人たちが避難した先で事件が起きたか」

地震か、事件か、どちらが先か。

共通するのはどちらも「災いによって故郷に住めなくなった人々がいる」ことだ。

江戸時代の記録を当たるしかないが、少なくとも面を埋めたのは「如意輪寺の事件」の後であることはまちがいない。

そのときだ。無量が康二郎の研究ノートから気になる記述を見つけた。

「これさ、〈鬼爪〉持ってた五家のこと書いてない？」

忍と斗織も顔を突き出して、のぞき込んだ。

「〈鬼爪〉の所有者リスト……。本当だ。康二郎さんは追跡調査してたようだ」

財前と井上以外の三つの家の名が記されている。

「犯人の手がかりだ……」

この調査結果を辿《たど》っていけば、きっと現場に残されていた〈鬼爪〉の持ち主にたどり着ける。

「犯人に行き着くかもしれない。当たってみよう」

第四章　宇龍庄の五鬼

井上康二郎《いのうえこうじろう》が残した研究ノートには大きな手がかりが記されていた。

〈鬼爪〉を引き継いだ五家の名が記載されていたのだ。

財前《ざいぜん》
黒之坊《くろのぼう》（井上）
櫻木《さくらぎ》
宝生《ほうしょう》
大神《おおが》

それらはまとめて「宇龍庄《うりゅうのしょう》の五家」と記されていた。

財前家に伝わる古文書の記述だという。肝心の「井上」の名前がカッコ書きになっているのは、何かで改姓でもしたのだろうか。

——島ではなく、庄か……。

地名も「瓜生」ではなく「宇龍」とある。やはり、彼らの出身は別府湾に浮かぶ幻の島ではなく、国東半島のどこかだった可能性が高くなってきた。

現在まで付き合いが続いているのは財前と黒之坊（井上）のみ。他はつながりを断っていたようで、かろうじて現代まで追跡できたのは「櫻木家」のみだった。

住所が記されている。場所は別府市内。無量《むりょう》たちの滞在先からも近い。

忍《しのぶ》とともにさっそく住所を頼りに訪ねてみることにした。

＊

ふたりがやってきたのは別府駅の東側にある繁華街。お寺を思わせる古い建物の「竹《たけ》瓦《がわら》温泉」という公衆浴場がある近くだ。付近はいわゆる歓楽街というやつで風俗店などのあられもない看板が目につく。温泉街の歓楽街から発展したと思われる界隈《かいわい》は、明るいネオン街は一角だけで、ほかはどこも裏寂れた感がある。ノートにあった住所は、古い雑居ビルになっていた。小さなスナックやキャバクラが入っていて、表側には店名が入った色とりどりの看板がだるま落としのように積み重なっている。

「本当にここなの？」

「住所は間違いないな。このビルのオーナーかな」

と忍はスマホの地図と見比べる。夜の業界に疎い無量は完全に腰が引けている。

「オーナーなら、ここにはいないんじゃ？」

「とりあえず店に入ってみよう」

「店って、どの店？　いっぱいあるんですけど」

三階建ての雑居ビルには合わせて十店くらい入っているようだ。忍は看板をじっと見て「あれだ」と言い出した。一階の一番奥にある店だ。

入っていくと派手なホステスに出迎えられた。店内は昭和レトロといえば聞こえはいいがだいぶ古風な作りで、使い込まれた臙脂色《えんじいろ》のビロードソファーや年季の入った内装を見るに、このあたりでは老舗《しにせ》のようだ。ロングドレス姿のホステスが似合いそうな店だが、出迎えたのは、巻いた金髪に派手なネイルの「キャバ嬢」風だったので、ちょっとちぐはぐなところにも、ほどよい場末感がにじんでいる。

やけに慣れている忍とは対照的に、無量はおびえる子猫のように忍の後ろに張りついている。テーブルに案内されたが、席につくと、大きく開いた襟元から覗《のぞ》くふっくらした胸の谷間がまぶしい「係」の女性がぴたりとついて、無量はどこに目をやっていいのかわからない。まずは乾杯した。

「あら、東京から来たの。観光？」

「いや、仕事。ここは長いの？」

こういう場での振る舞いにやけに慣れている忍は、嬢たちとの雑談もスムーズで、ほどよく場を温める会話術も心得ているようだ。嬢たちとの距離感だけで挙動不審になっ

ている無量とは正反対だ。忍に耳打ちし、

「こんなとこ入っちゃって支払いとか大丈夫なの？」

「所長から調査費は経費で落としていいって許可とってる」

「いいのほんとに？　つか、なんでそんな場慣れしてんの」

忍は店を眺め回していたが、ふと何かに目をとめた。話の流れを区切って、

「今日は鈴子《すずこ》さんはいるかな？」

「鈴子ママ？　あら、見かけによらず熟女好み？」

「実は別府の歴史を調べてててね。ちょっとこの界隈の昔の話を聞いてみたいんだ」

そういうことなら、と嬢たちが呼びに行ってくれた。無量は目をぱちくりさせて、

「なんでママの名前知ってんの？　おまえ、この店来たことあんの？」

「いや。あそこ」

忍が指さしたのは「火元責任者」の札だ。「櫻木鈴子」と書いてある。

「櫻木」

「この店の名前も『チェリーブラッサム』。苗字からとったんだろうな」

ここがビルのオーナーの店だと直感したのはそのせいだった。少し待たされて、ようやく奥から鈴子ママが現れた。御年八十ほどにはなるだろうか。唇にはきりっと紅を引き、白髪を隙なく結い上げ、桜色の着物を乱れもなく着こなして、美しい。

「あら、珍しいこと。こんなお若い方々にご指名いただくなんて」

老舗クラブのオーナーである鈴子はこの界隈の生き字引でもあるようで、歴史に興味があるという若者を珍しがってか、席についてくれた。無量もちょっとほっとした。忍が店の創業に話題をふると、鈴子は柔和な語り口で話をしてくれた。

「うちがここにお店を出したのは終戦後すぐのことです。母が日雇いの人向けの立ち飲み屋を開いたのが始まりです。別府には進駐軍さんが来ましてね、いま、別府公園になってるところが米軍基地だったんですよ」

進駐軍が来たおかげで別府はとても潤ったが、街の混沌《こんとん》ぶりもすごかった。

別府は戦災を受けなかったこともあり、終戦後は多くの人であふれかえったという。復員船や引揚船の受け入れ港となったため、行き場のない引揚者が浜辺の海の家にまであふれ、病院に入れなかった傷病兵が特殊飲食店を病院がわりにしたほどだ。狭い路地に小さな家がひしめき、日本一の過密都市となってカオスを極めたという。

「もちろん闇市もたくさん立ったし、街娼の姐《ねえ》さんたちもいっぱいおってねぇ。わけあって故郷に帰れない人たちがたくさん押し寄せたんですよ。まあ、温泉地というのは昔はどこもそういうところやったんですけれども。私も子供の頃はそういうひとたちによう遊んでもらいましたけど、怪しげなひともいっぱいおりましたねえ」

「そういえば、終戦後の別府の話は竹本《たけもと》先生のエッセイで読んだことがあるなあ。……なんだっけ。そうだ、霊界通信の話。未帰還兵の霊を呼び出すイタコみたいな職業もあったとか」

「あら、竹本先生をご存じ？　うちの常連だったのよ」

意外な接点に驚いた。いま、別府に来ていると教えると、鈴子ママは拗《す》ねてしまった。

「来てるなら寄ってくださればええのに。若い頃はうちで豪遊したんよ。店にいるお客さんの飲み代、全部払ってくれたりしてね」

そんな話で盛り上がり、うっかり本題を忘れそうになる。無量が忍をつついた。忍も我に返って、

「実はちょっと伺いたいことがありまして」

スマホの画像を見せる。井上家に伝わる石匙《いしさじ》の画像だった。

「黒曜石でできている四、五センチほどのものなのですが、鈴子ママさんのお家《うち》には、このようなものが伝わっていたりしませんか」

それを見た鈴子から笑みが消えた。急に真顔になり、

「……これは、どちらから？」

「井上康二郎さんという方のお孫さんがお持ちでした。同様のものが五つ存在するそうで、財前さんと井上さんのものは確認したのですが、残り三つを捜しています。何かご存じではないかと思い、不躾《ぶしつけ》ながら、押しかけました」

「何か出たんですか？」

鈴子の言葉に、無量はドキリとした。鈴子は見透かすようにこちらを見て、

「鬼の面が出たんやね。そうやろ」

無量と忍は目配せしあい、素直に「はい」と答えた。

「実は遺跡発掘の仕事をしてまして。先日、現場から出たんすよ」

身元を明かして経緯を話した。現場の写真も見せて、公の許可を得た発掘調査であることも伝えた。井上の孫――斗織《とおり》が参加していることも打ち明けた。

「財前さんによると、鬼の面と一緒に慶長小判が埋まっているのだとか。でも、それを確認する前に、何者かに掘り返されて、持ってかれてしまったようなんです」

鈴子はふたりがここに来た意図を読み取ったのだろう。

「私を疑っちょるんやね。まあ、慶長小判が出たんなら、私も分け前に与《あずか》る権利はあるはずやけど」

そういうと胸元から御守のようなものを取り出した。その中に入っていたのは、白い黒曜石の石器だ。

「櫻木の〈鬼爪《おんづめ》〉です」

無量たちはハッとした。同時に判明したことがある。

鈴子がそれを持っている、ということは、犯人ではない証拠でもあった。

形状から見るに、石匙ではない。摘まみ部分がないスクレイパー型石器だ。

「それに財前の言いよんことは違います。あそこに埋まっちょんのは小判なんかやなくて、ただの鬼会《おにえ》の得物《えもの》です」

「鬼会の、得物。とは？」

「修正鬼会で荒鬼たちが手に持っちょん道具のことです。不動刀と斧《おの》と槌《つち》。その三つが箱に入って埋まっちょったはずです」

無量たちは驚いた。それが失われた遺物の正体か。

少なくとも櫻木家にはそう伝わっていたという。

「つまり、如意輪寺の荒鬼面と鬼会で使われた道具を埋めたということですか」

「そうです。井上さんとは二十年前に一度お目にかかったことがあります。でも、どこか信用できんお人やと思うたんで、当家の伝承はあまりお話しせんかったんです」

「信用できない？　どうしてそう感じたんです」

「だって五家とはゆかりのない方ですもの。よそさまの〈鬼爪〉をどこでどうやって手に入れたんか、怪しかったもんで」

無量と忍は「どういうことだ」と互いを見合った。井上は「生き残りの末裔《まつえい》」ではなかったのか？

「黒之坊家から受け継いだ言うちょったけど、黒之坊のモンなら箱の中身がただの鬼会の得物やと知っちょるはずやもの。このひときっと小判狙いや。そう思たんです」

櫻木家にも五家の由来については伝わっていた。かつては家同士で嫁入りなども頻繁にしており親戚《しんせき》づきあいがあったという。

「残りの二家は、宝生と大神《おおが》やね。母から聞いた話やと、祖母は宝生の出身やったそうです。が、宝生はもう大分にはおりませんの」

「引っ越したんすか。どちらに」

「満州《まんしゅう》です」

　と鈴子は答えた。

「開拓団でね、一家そろって満州に移ったそうです。終戦後は引揚げで戻ってくるはずやったんやけど、音信不通のままやったと。開拓地はソ連との国境に近いあたりやったけん、母は『一家全滅してしまったかもしれんなあ』ち言うちょりました」

　現在の中国東北部・黒竜江《こくりゅうこう》省のあたりだった。その地方からの引揚げは過酷を極め、引揚げの途中で死亡したり、一家離散したりしたケースも少なくなかった。

　康二郎のノートにも、宝生家の住所は明治三十八年を最後に記されていなかった。

「ということは〈鬼爪〉も失われたということですか」

「ええ、たぶん」

「満州に行く前はどちらに」

「江戸時代にはうちと一緒に森藩の明礬山で硫黄を掘ってたと聞いちょります。その後は商売を始めて延岡《のべおか》や臼杵《うすき》のほうを転々として昭和の初めに満州に」

「大神《おおが》家はどうでしょう」

「大神は鍛冶屋《かじや》やったんです。鬼会の不動刀を打ったのも大神やと聞いちょります。……そういえば、二年くらい前やったかなぁ。大神を名乗る若いひとがうちの店に来よったなあ」

「子孫の方ですか」

「ええ、そのちょっと前にうちのお店に地元の新聞記者が来て、私が〈鬼爪〉の話をしたところ、記事になったんです。それを読んだとかで、わざわざ」

「どんな方でした？」

「三十歳手前くらいの女性でした。背が高くてバスケットボールとかバレーボール選手のような体つきで、ああ、剣道をされてて小太刀も習っちょるち言《ゆ》うちょりました」

萌絵《もえ》が話していた〝鈴鬼の女〟と特徴が一致する。武道の心得もあるというのも、まさにだ。

「その方も〈鬼爪〉を持ってたんですか」

「ええ、見せてもらいましたよ」

無量と忍は思わずテーブルに身を乗り出してしまった。

「どういう形をしてましたか。こんなつまみはありましたか」

「どうやったかねえ。櫻木のとは、ちょっと違うなあっち話した覚えが」

櫻木はスクレイパー型だ。形状が違うなら、石匙だ。現場に残されていたのも石匙。

やはり、犯人は「鈴鬼の面の女」なのか。大神家の末裔が犯人？

「大神家はいまどちらに」

「どこやったかなあ。戦前までは豊岡におったっち言《ゆ》うちょりましたよ」

発掘現場のある地区だ。森藩の飛び地がある港町。忍がピンときて、

「もしかして、五家の皆さんは、森藩に召し抱えられたんですか」

「全部ではないかもしれませんけど、そのように聞いちょりますよ」

鈴子は壁に飾ってある写真を指さした。別府の扇山中腹にある「湯ノ花小屋」の写真だ。かつて明礬を作ったという。

「森藩のお殿様は伊予から来たんですが、こちらに移る時、家来がたったの三十名しかおらんかったそうです。やけん、慌てて関ヶ原の浪人なども召し抱えたとか。私らの先祖はすみかを失って難儀しちょったんで、来島のお殿様の家来になったんだとか」

来島（久留島）家が豊後に入府したのは、慶長六年。関ヶ原の戦の翌年だ。

慶長豊後地震からも、およそ六年。すみかを失って困窮している地元の被災者を召し抱える、ということもあったかもしれない。

「やけん、私ら宇龍のもんは久留島の殿様には大恩があるそうです」

「なるほど。では荒鬼面を埋めた話については、何か伝わっていますか」

忍が如意輪寺伝説を語って聞かせると、鈴子は初めて聞いたのか、首をかしげた。

「櫻木家にはそのような話は特に。宇龍にあった寺で使われよった鬼の面とは聞いちょりますが、そのような恐ろしい面やなどとは……」

忍は鈴子の言葉をたどって、おもむろに訊《たず》ねた。

「先ほど、『先祖はすみかを失った』とおっしゃいましたが、何があったんですか」

「地震です。大地震で山津波に飲まれて、村がなくなったらしいわ」

土砂崩れによって引き起こされた大規模な土石流のことだ。地震で起きた山崩れで川がせき止められダムのようになり、一気に崩れて鉄砲水となって下流の町や村を押し流すということがある。国東半島は谷の多い地形だ。地震をきっかけとする二次災害的な土石流によって村が飲まれ、すみかを失った、ということか。

「それは慶長豊後地震のことでしょうか」

「ええ、おそらく。なにぶん大昔の話ですからねえ……」

鈴子は先祖を偲《しの》ぶように遠い目をして、天井につるしたシャンデリアを眺めた。

「この〈鬼爪〉にまつわる話には迷惑しちょるんですよ。先祖が災害で失われた村の遺品を埋めただけの話やに、小判を埋めたとか尾ひれがついて……。〈鬼爪〉を持つ者には分け前に与る権利がある、やなんて言うて、財前が〈鬼爪〉を借金のカタにして手放したこともあったんです」

「まじすか」

「高値で売れたりもしたようです。幸い、取り戻したようですけど」

「じゃあ、井上さんが手に入れたのは」

「黒之坊が手放して、古物商のような人から買ったんでしょうね」

少し軽蔑《けいべつ》まじりに鈴子は言った。

「研究なんて嘘ですよ。小判がほしかっただけですよ」

とはいえ、失われた遺物の正体は「箱に入った小判」でなく、「鬼会の道具」だったとしても、無量たちにとっては唯一無二の出土品だ。

「その大神さんの子孫という方にコンタクトをとりたいのですが、連絡先など、何か聞いてはいらっしゃいませんか」

「そういえば、名刺をおいていったような。もしよかったら、私のほうからちょっと連絡をとってみましょうか？」

ぜひ、お願いします！　と忍と無量は頭を下げた。鈴子と連絡先を交換して、ふたりは店を後にした。

＊

「山津波か……」

帰りのバスの中で、二人がけの席に座った無量がつぶやいた。

窓からは別府の街の夜景が見渡せる。ライトアップした別府タワーがひときわ目立つ。

長い坂の街をあがっていくバスに揺られて、隣に座る忍に言った。

「瓜生島の伝説って、もしかして、そこから来たんじゃない？」

「つまり、津波じゃなくて山津波だったと？」

地震の伝承が口づてに伝わっていくうちに、山津波が津波に転じて、宇龍庄が瓜生島に転訛《てんか》してしまったのかもしれない。

「なるほど、それが瓜生島伝説の真相か」

「斗織のやつ、がっかりするだろうなあ……」

無量は窓枠に肘《ひじ》をついて心配している。自分を「瓜生島の生き残りの末裔《まつえい》」だと信じて、それを証明するために考古学を志した斗織だ。

しかも鈴子ママによれば、康二郎は「研究は口実で実は小判目当てで探していた」のだという。

「小判目当てとは言い切れないけど、宇龍庄を瓜生島と思い込んだのかもなあ」

「てか康二郎さんは『瓜生島の存在を証明する遺物』だって言ってたんでしょ？ まあ、確かに修正鬼会の道具は、宇龍庄が存在した証明にはなるかもしれないけど」

「鈴子さんは、埋まってたのは鬼会の道具が入ってる箱だって言ってたね」

「つまり、その箱が銅製だったってことか」

青錆《さび》を吹いたのはおそらく、その道具箱だ。

「犯人が盗んだ動機も小判だとしたら、箱を開ければ小判じゃないって気づくだろう。小判じゃないとわかれば、返してくれるかもしれないな」

窓の外に湯けむりがたちこめてきて、バスは鉄輪の停留所に到着した。ふたりが降りると、道路を挟んだ向かいのバス停に萌絵がいるではないか。

「おー、ふたりともお疲れ様。どうだった？」

横断歩道を渡ってきた無量たちを迎えた萌絵は「ん？」となり、鼻をくんくんした。

「なんか女物の香水の匂いがする」

「あー、これは、その……」

「怪しい。なに？　ふたりでキャバクラでもいった？」

三人とも夕飯がまだだったので、お互いが得てきた情報を共有するため、いったん近くの居酒屋に入ることにした。

「宇龍庄の五家。その中の大神《おおが》、大神の子孫かあ……。確かに岩戸寺でやりあった鈴鬼の女と特徴はそっくり」

萌絵は、鈴子の前で大神の子孫を名乗った女が小太刀を習っていた、と聞いて、いたく納得した。確かにあの身のこなしは武術家のものだった。しかも小太刀を習える流派は限られている。

無量は地鶏のモモ焼きにかみつきながら、

「現場の目撃者も怪しい男女ふたりを見たっつってたから、犯人はその大神の男女で決まりでしょ。案外、早く解決するかもね」

そうでもないかも、と萌絵は顔を曇らせた。

「実はね、希美《のぞみ》さんによるとね、鈴鬼の女に捕まった時、現場に残ってたのは石匙《いしさじ》か、スクレイパーか？　って訊《き》かれたんだって。あの人たちが犯人だったら、なんでわざわざ石器の種類なんか訊いたんだろう」

無量と忍も首をかしげた。……遺留品の石器の種類を訊いた？

「斗織くんの話だと〈鬼爪《おんづめ》〉は二種類あるんだよね？　石匙型とスクレイパー型が」

「……見てないからだ」

忍が読み解いた。

「その鈴鬼は犯人じゃない。だから石器の種類を訊いたんじゃないのか」

「犯人じゃない？」

「鈴鬼は──大神家の子孫は、彼らもまた〈鬼爪〉の型から、持ち去った犯人が誰か、特定しようとしてるんだとしたら」

井上家のものは石匙型だが、財前家のものはスクレイパー型で、大神家のものは石匙型だというのは忍たちも確認できている。櫻木家はスクレイパー型だ。

「なら宝生家は？　満州に行った宝生家のやつは？」

それはまだ誰もありかを確認していない。

失われたままだ。

犯人は井上でも財前でもない。櫻木と大神でもないのだとしたら、残るはひとつ。

宝生家だ。

「遺留品の石器は、宝生家のやつだったのか」

満州に行ったきり音信不通となり、あるいは一家全滅したかもしれない宝生家の〈鬼爪〉だ。それがあの現場にあったということは……。

「宝生家のひとが満州から戻ってきてた？」

「しかもわざわざ置いてってるぞ。自分がやりましたーってアピールするみたいに」

「でも宝生家のひとたちの消息は誰も知らないんだよね？」

犯人に続く手がかりの糸が、ぷつり、と途切れてしまった。無量は頭を抱えた。

「振り出しかよー……。そいつらが犯人だと思ったのに」

宝生家とも限らないぞ、と忍が硬い口調で言った。肘をついてジンジャーエールのグラスをつまみながら、

「何かで宝生家の〈鬼爪〉を手に入れた人間が、わざと遺留品として残して、宝生家に罪をなすりつけたとも」

「やめて。ますますこんがらがる」

「どうしますか、相良《さがら》さん」

忍は首を垂れて「うーん」と考え込んでいたが、

「大神からの連絡を待つしかないだろうね」

「スズオニーズからの？」

「それに鈴鬼の女は、出土した鬼の面は如意輪寺伝説の荒鬼だって言ってたんだろ？鈴子ママとは見解が違う。彼らにはまだ何か隠してることがあるんじゃないだろうか」

発掘現場のことも萌絵たちの動きも、どこから把握したのだろう。無量に要求した『経筥《きょうばこ》』が何なのか、その理由も気になる。

「とはいえ、のんびり待ってもいられないから、明日《あした》は聞き込みと調べ物だな。共同浴場めぐりは早起きして朝風呂《あさぶろ》にするか」

というと、忍は地鶏のタタキを口に運んだ。一日一湯を諦《あきら》めてはいないらしい。犯人に近づいたような、遠ざかったような。無量と萌絵はぐったりした顔で、お互いを慰めるように手にしたグラスをぶつけあった。

＊

翌日、無量と忍と萌絵が向かった先は、発掘現場のある日出《ひじ》町豊岡地区だった。斗織《とおり》もついてきた。

「暇だしね。やることないし。つきあってやるよ」

そっけなく言うが、犯人が気になるのだろう。そんな斗織に無量たちも「津波は山津波だった」とは言い出しかねている。

「そうそう。あの後、研究ノート見よったらこんなの見つけた」

と斗織がスマホを見せてくる。走り書きのような字で書かれている。

財前　鈴鬼
黒之坊　鎮鬼

櫻木　鈴鬼
宝生　災払鬼
大神　荒鬼

「なんだこれ……。鬼の名前？」

無量が不思議がっていると、横からのぞき込んだ萌絵が気づいた。

「これ、修正鬼会に出てくる鬼の名前だ。なんで五家に鬼の名前がついてるの？」

さあ、と斗織も首をひねる。鬼会で演じた鬼の名だろうか。だが鬼は僧侶《そうりょ》が演じるはずだ。何か別の意味があるのだろうか。

「そういえば、荒鬼の面は埋めてあったけど、他の鬼の面はどうしたんだろうね」

「村がなくなって鬼会をやらなくなっちゃったのなら、どっかのお寺にあげちゃったとか？」

昨日の女が落としていった鈴鬼の面は、希美が大学に持ち帰って分析している。

無量たちが向かった先は、発掘現場でもある三島神社の宮司のもとだった。江戸時代からある神社なので、氏子に五家の者がいたのではないかと考えたのだ。宮司は若くあまり詳しくないとのことだったので、氏子でもある郷土史家を紹介してくれた。

豊岡地区で工務店を営んでいる勝田《かつた》という年配男性だ。森藩の藩政時代の豊岡について詳しいという。日曜で仕事が休みだったので、わざわざ神社まで来てくれて話をしてくれた。

「このへんは昔は辻間村《つじま》と言ってね。頭成港は遠浅で、港としては使いにくかったが、参勤交代の船出や年貢米やらなんやらの積み出しや外からの入船出船で、それは賑《にぎ》わったそうだ」

豪商の家もあった。代官所もあり、藩士二名が行政を取り仕切っていた。百軒ほどの町並みが五百軒に見えるほど、大賑わいしていたという。

「大神家《おおが》……か。このあたりで大神といえば、戦国時代の大神一族かな。大友宗麟《おおともそうりん》（義《よし》鎮《しげ》）の加判衆になったほどの武将が出た。辻間村にも辻間一族いうのがいたが、豊臣方に石垣原《いしがきばる》の戦いで一掃された」

「たぶんその大神とは違うような気がします」

「森藩のおおが、か？　といえば、鍛冶《かじ》の元締めかな」

「わかるんすか！」

「神社の絵額を奉納したりもしちょんよ。ほら、あれだ。あの奥の」

絵馬堂の端にある絵額を指さした。暗くてよく見えないが、黒い鉄の棒のようなものがたくさん絵額に貼り付けられている。その奉納者に「大賀紀左衛門《おおがきざえもん》」という名前がある。字が違うが、読みは同じだ。「明和《めいわ》三年」と年号も記されている。

「あれは舟釘《ふなくぎ》やな。こんあたりには伊予から連れてきた来島の船大工なんかも住んじょったんやけど、大賀は舟釘で身を立てたんやな」

森藩の財政窮乏により、軽輩の藩士は特殊技能を生かして食いつないだものだが、大賀はもともと鍛冶屋だったのが役立った。舟釘よりも屋根釘造りで繁盛したらしい。小板葺《こいたぶき》の屋根が多い江戸では「久留島釘」と呼ばれ、品質の良さからよく売れたという。

「大きい神のほうの大神は、このへんを治めた古代氏族でもある。昔は大神郷ち言いよった。大神比義《おおがのひぎ》っちゅう人が鍛冶を豊後に広めたと言われてて、その大賀も鍛冶をやりよったけん、屋号が八幡やったそうな。先祖には刀工もおったとか」

「刀工？　刀も打ってたんですか」

「一門は主に農具を打ちよったらしいが、短刀専門の職人もおったらしいよ」

そういえば、鈴子ママも言っていた。修正鬼会で荒鬼が持つ不動刀を打ったこともあると。

「子孫の方はいらっしゃるんですか」

「いや、もう今はね。こちらにはね」

「どちらに移ったとか、そういう話は聞いてませんか」

わからないが、今も残る大賀紀左衛門の墓参りに来る者はたまにいるという。

無量たちは鋭く反応した。まさか昨日の鈴鬼たちでは。

「他はどうですか。このような苗字に見覚えは」

五家の名を見せる。勝田はじーっと目をこらし、

「財前は県内には多い名前やけど、……黒之坊といえば、材木やな」

久留島（来島）家はかつて「材木旦那」と呼ばれたほどで、伊予時代から造船のための材木を扱って上方で儲《もう》けていたらしい。九州に来た後も、山深い地にある森藩は材木だけは事欠かなかった。森藩直営の材木商に「黒之坊」という名があったという。

「あとは……宝生」

「心当たりが?」

「明礬製造の商人に宝生っちいうのがおったわ。藩に運上金を出して鶴見《つるみ》で製造販売をしよった」

森藩の明礬は一時期、全国で流通するものの七割近くに上ったというから、稼ぎ頭でもあったのだろう。羽振りがよかったようで、このあたりに屋敷も持っていたという。三島神社には石灯籠《どうろう》を奉納したりもしていたようだ。

「ただ、維新の頃に藩とトラブルがあって商売を畳んだんやなかったかな」

「トラブル……ですか」

「明礬は火薬の原料にもなるやろ。宝生が上方で幕府方に売りよった疑惑が出て、新政府の目を恐れた藩から商い禁止を申し渡されたとか」

そこから家勢が落ちたようで、鶴見を離れたという。両家は菩提寺《ぼだいじ》が一緒だった。勝田から寺に連絡をとってもらえることになり、のちほど訪問することになった。

「大神は鍛冶、宝生は明礬、藩には重宝されてたみたいだね」

無量は神社の木陰で暑さをしのぎながら、かつて頭成港があった海を眺めた。ブルー

シートに覆われた発掘現場の向こうに見える海沿いの線路を、日豊本線の特急が弧を描くように走っていく。そうか、と忍は言い、

「確かに庶民は苗字を名乗れない時代だしな。五家に苗字があること自体、そこそこの家だった証拠だ」

「そもそもアレを埋めたのはいつなんですかね」

と萌絵が言った。森藩の屋敷が建っていた頃だとは推測できたが、江戸時代は二百六十年ある。森藩に取り立てられてすぐだったのか、時間が経ってからだったのか。

「今のところ、五家についての記録が残ってるのは財前家だけか。……斗織くん。財前家のひとたちとは親しいんだよね」

忍が「記録を直接見てみたい」と言い出した。斗織は渋い顔をして、

「剛流《たける》に頭下げるんすか。いやっすよ」

「君だって瓜生島のこと知りたいんだろ？　なら力を貸してくれないか」

斗織はハーフアップにした金髪をぐしゃぐしゃと掻《か》いて「仕方ないっすね」と折れた。

電話をかけると意外にもあっさり許可が下りたようだ。豊岡地区での調査は無量と萌絵に任せることにして、忍はその足で斗織とともに財前家に向かうことにした。

ふたりを見送った無量と萌絵は、大神の菩提寺を訪れた。

大賀紀左衛門なる人物は商才があり、明治の世に入ってからは鉄で儲けた。寺の手水《ちょうず》

石も紀左衛門が奉納したもので、今も境内には墓がある。

住職は紀左衛門なる人のことをよく知っていた。

「江戸時代の終わりぐらいに出たひとだが、明治になると官営の製鉄所なんかとつながって金属加工の会社を始めてね。その息子も地元の名士で、国東まで鉄道を敷くために尽力したりもしたんだよ。いまは杵築《きつき》までしか線路がないが、その昔は国東線といって、国東半島の奥のほうまで鉄道が通っちょったんや」

「え！　そうなんですか」

「昔はみかんや炭鉱に運ぶ坑木や木材燃料を積んだ貨物がよう走りよった。わしも若い頃、国東線に乗って海水浴に行ったもんや。昭和三十六年の豪雨で、橋やら何やらが一気にやられて……国東あたりは谷が多くて川が多いけんね。それがきっかけで廃止になったんよ」

いま、国東半島には鉄道がない。半島の付け根を横切る路線があるだけだ。しかし昭和の中頃までは、半島の南東部の海岸線をぐるりとなぞるように鉄道が走っていた。

「昔は今より道路も悪かったけんね。鉄道は便利がよかったんやけど」

「確かに鉄道がないのも不思議だなって思ってました」

「廃止された後に大分空港が今の場所に移ることが決まってねえ。鉄道が残っちょったら、空港に行くのも便利がよかったんやけどなあ」

そんなぼやきも混じる。

大賀家は地元の名士だけあって、なかなかの資産家だったようだ。五家の中では一番の出世頭かもしれない。

「やけど、三十年くらい前に経営が傾いて会社を手放してしまったんよ」

羽振りがよかった頃は毎年、紀左衛門の命日に大きな法要を行ったものだが、最近は数年に一度になってしまった。住職も庫裏《くり》の外にある手水を眺めて寂しそうだった。

「いまも県内におられるんですか？」

「今は国東のほうにおられるよ。お孫さんが伝統の大神鍛冶の技術を復活させようと頑張りよん。大分市内に出るついでに、時々お墓参りにも立ち寄ってくれちょんなあ」

国東か、と萌絵は思った。鈴鬼の女と遭遇した岩戸寺も、国東の寺だ。

大賀紀左衛門の子孫が、鈴鬼の女だと断定することはできないが、

「最近はいつ来られました？」

「ああ、ついこの間やね」

この間？　と無量と萌絵は目を丸くした。

「お盆にね。君らの発掘が始まること教えてあげたら興味深そうに聞きよったよ」

発掘調査が始まる前には、必ず近隣の住民へ事前に報告をしてまわる。

ふたりは確信した。

鈴鬼の女だ。やはり、大神の人間だったのだ。

発掘が始まる前からマークされていたのだ。

無量と萌絵は大賀紀左衛門の墓の前にやってきた。戒名が刻まれた江戸時代の小さな墓石が並んでいる。そのひとつが紀左衛門のものだった。供花はすでにしなびて頭を垂れている。その墓からは三島神社がよく見える。

発掘現場に戻ってきた無量は、ブルーシートがかぶせてあるトレンチの前にしゃがみ込み、頰に手を当てて考え込んでいる。隣で萌絵も同じ姿勢になった。この場所で何が起きたのか、時間の糸をたぐるようにして想像している。

脳内に見えてきたのは、大神らしき男女だ。現場で目撃された怪しい人影はやはり彼らか。鬼面が出たことは屋敷《やしき》が宮司にも伝え、何か心当たりがないか訊《き》いていた。近所のひとも珍しがって覗《のぞ》きに来ていたから、そのあたりから伝わったのかもしれない。

「……俺らが鬼面を取り上げた日の夜、そいつらは現場にやってきた。ブルーシートどけて出土地点も確認したかもしれない。もしくは地表面の下にある宝物を自分たちが掘り出そうとしてたのかも」

彼らが犯人なら、そのまま持っていっただろう。だが――。

「すでになくなってた？」

「ああ、でも遺留品の〈鬼爪〉には気づいた。どこん家《ち》の〈鬼爪〉か確かめようとしてたら、通行人に見つかったんで慌てて逃げた。そんなとこじゃね？」

だから希美に訊《たず》ねたのだ。石匙《いしさじ》か、スクレイパーか、と。

萌絵はハッとした。

「もしかして、西原《さいばら》くんじゃなかったのかも」

「俺じゃない？　何が」

「ほら、さっき斗織くんが見せてくれた康二郎さんのノート。五家の苗字の下に鬼の名前があったよね」

無量は目をつぶって、脳に焼き付けた記憶をよみがえらせた。

「財前が鈴鬼で、黒之坊が鎮鬼で、櫻木が鈴鬼、大神が荒鬼……あとは」

「宝生が災払鬼だった。サイバライ……サイバラ。宇佐の歴博で相良《さがら》さんと言ってたの。西原くんはサイバライ鬼だったんだねって。希美さんは聞き間違えたのかも」

「聞き間違え？　どんな」

「つまり、鈴鬼の女が――大神が要求した相手は西原くんでなく、宝生家。災払鬼の宝生家。大神は、犯人は宝生家だと気づいてサイバライに『盗んだ遺物を持ってこい』って言いたかったんじゃ」

「ヤマの経筥《きょうばこ》……」

無量もハッと気がついた。

「それってまさか、消えた遺物のことか。ここに埋まってたのが〈ヤマの経筥〉？」

確かに銅製の筥だったなら緑青（青サビ）が出たのも説明できる。鈴子ママは中に入っているのは鬼会の道具だと言っていたが、その容《い》れ物のことだとしたら。

だとすると、さらに疑問が生じる。大神はなぜ、それを手に入れたいのか。それを言うなら犯人もだ。

ただの鬼会の道具ではないのか。まさか本当に「小判」なのか？

だからみんな手に入れたがっているのか。

「サイバライ。そいつが遺物を盗んだ犯人の〝名前〟か」

無量はブルーシートに包まれたトレンチをじっとにらんでいる。

その眼が獲物に狙いを定めた猛禽《もうきん》のように鋭くなった。

「オッケー。サイバライを捜す」

＊

「あら、斗織くん。いらっしゃい、久しぶりやなぁ」

財前家で斗織と忍を迎えたのは、剛流《たける》の母親だった。親戚《しんせき》のような親しいつきあいだとは言っていたが、確かにそんな感じだ。

財前家は杵築市山香《やまが》町にある。国東半島の付け根をざっくり横断する国道十号線と日豊本線の線路が見下ろせる山間の一軒家だ。ひなびた山里といった趣で、稲穂がつき始めた晩夏の田んぼが美しい。

六郷満山では「真木大堂《まきおおどう》」で知られる傳乗寺《でんじょうじ》や熊野磨崖仏《くまのまがいぶつ》で知られる胎蔵寺《たいぞうじ》にもほど

近い。萌絵が訪れた岩戸寺とは、両子山を挟んだちょうど反対側になる。

「剛流はおらんの？」

「今日は休みやけん、いつもの仲間と遊びにいっちょるよ。三十にもなるのに結婚もせんと遊びほうけて困ったもんやね」

斗織はほっとした顔をした。顔を合わせるのは気まずかったのだろう。そこへ家の奥からランニング姿の中年男性が腹をかきながら現れた。

「おお、シズメんとこの斗織か。ようきたなあ」

「おじさん、お久しぶりです。こちらは――」

と忍を紹介する。剛流の父・財前輝男《てるお》は少々腹は出ているが、いかにも力仕事が似合いそうながっしりとした体つきで、六郷山の仁王像を思わせる。地元で石材屋をしている。事情を聞くと、快く蔵を開けてくれた。

古い家らしく蔵には骨董品《こっとう》のような皿や器がしまわれている。古い槍《やり》や弓なども置かれていて、刀剣なんかもありそうだ。電球の明かりを頼りに奥に踏み入りながら、

「斗織から鬼の面が出たと聞いて気になっちょった。まさか盗まれるとはなあ」

「剛流さんは小判が埋まっていると仰《おっしゃ》っていたそうですけど」

と忍が水を向けると、輝男は豪快に笑い飛ばした。

「あいつそれで斗織とケンカしよったんか。すまんなぁ、斗織。……まったく剛流にもあきれたもんや。小判を独り占めしたかったのはどっちや」

斗織は「ほんとっすよ」と口元の青あざをさすった。輝男は蔵の中を捜しながら、

「小判が出たら五家で分けるっちゅうのが約束や。独り占めはいかん」

「やはり小判だったんですか」

「うちにはそう伝わっちょんなあ。ああ、これがうちに伝わる如意輪寺のもんや」

さらり、とその名が輝男の口から出て、忍は驚いた。

「鬼の面に書かれてあった如意輪寺ですか」

「そうや。この箱な」

と輝男は一メートル四方ほどの大きさの桐箱を軽くたたいた。「如意輪寺　鬼会用具」と墨書きされている。忍はちょっと興奮して脈が速くなってしまった。

「本当にあった寺だったんですね」

「鬼の鈴や法螺貝《ほらがい》や手桶《ておけ》なんかが入っちょん」

「面も入ってますか」

「うちにある面はこれだけや」

とそのまた奥からやや小ぶりな箱を取り出した。「鈴鬼」と箱書きされている。

「如意輪寺には荒鬼・災払鬼・鎮鬼の三体がおって、鈴鬼の二面と合わせて五面。五家がそれぞれ保管しちょったんや。なんせ寺が焼けたけんなぁ」

「如意輪寺は焼けたんですか」

「なんとか鬼会の道具は持ち出せたが、建物はみんな全焼して建て直せんかった。……

おお、これやこれや」

奥の棚から下ろしてきたのは胸に抱えるほどの立派な桐箱だ。康二郎も複写を許されなかった貴重な古文書が入っている。斗織にそれを持たせ、輝男は鬼の面の入った箱を持って蔵を出ると、母屋に向かった。

母屋に戻る途中で、忍は、蔵の陰に隠れるようにしてひっそりと建っている苔《こけ》むした石塔があることに気がついた。国東塔と呼ばれるものだ。五輪塔の真ん中が水風船のように膨らんだ独特の形をしている。

国東半島にはたくさんの石塔がある。採石地でもあり、主に採れるのは安山岩と凝灰岩だ。山香のあたりは凝灰岩の産地だった。石材屋らしい庭だと思ったが、それにしてはやけに古い。何かの供養塔だろうか。

忍はこっそり近づいて観察してみた。紀年銘自体は摩耗して読み取れないが、苔が浮かび上がらせる文字を指でなぞると、

「なんとか坊……源心……？」

と読める。僧侶《そうりょ》の名前だろうか。願主か、それとも――。

他にもいくつか小さな古い五輪塔や石仏が集められている。家の庭にこれだけの石塔群があるのも不思議だったが、石材屋らしいといえば、そうともいえる。

母屋に戻った。

庭に面した客間には、床の間と縄文杉の座卓がある。そこで木箱の蓋《ふた》を開けた。

木箱には巻物が六巻ほど入っている。忍は巻物の裏に貼られた題簽《だいせん》の墨書きを見て、息をのんだ。

「〝宇龍山如意輪寺　修正鬼会法要次第〟……まさか本当に実在した寺だったとは」

書かれてあるのは修正鬼会の式次第だ。読み上げる経文の順番や種類だけでなく「鈴鬼九手秘伝」「荒鬼大秘事」などと所作まで詳しく書いてある。

もうひとつの箱を開けてみる。中には鈴鬼の面が入っている。黒い面だ。能面にそっくりだが、髪型や顔立ちで男だとわかる。修正鬼会で使う男鈴鬼の面だった。

虫損のある古い面だが保存状態は良い。人間にそっくりでありながら鬼である、という鈴鬼は、それがゆえにかえって不気味でもあるのだが、鬼は祖霊でもある、と言われるので、そう考えるとしっくりくる。言い伝えによれば、荒鬼は荒魂《あらみたま》、鈴鬼は和魂《にぎみたま》を表すという。

拝見します、と忍は手袋をはめ、鎮鬼の面の裏を見た。

〝大願主　石切坊　円心
　女大施主　□□□□
文禄元壬辰　十一月
作者　國正〟

「國正の面……。やはり、出土した鬼の面と一緒だ」

しかもあの面よりも墨書がしっかり残っている。忍の言葉に、輝男も「そうやったか」と安堵《あんど》したような表情だ。

「出土したやつはやっぱり、宇龍谷《うりゅうだに》の面やったか」

「しかし、どういうことでしょうか。如意輪寺の伝説というものを聞きました。あれは本当に起きたことなのでしょうか」

「僧が鬼になって人を殺したちゅうやつか。ほんまにあったかもしれんが、そのせいでムラがなくなったちゅうのは作り話や」

輝男によると、宇龍谷と呼ばれるところに如意輪寺という寺があり、その周辺には如意輪寺に属する坊や住僧がたくさんいて、他の六郷満山の寺がそうであったように、谷全体が寺の境内だった。室町時代には一般の住民も住僧として扱われ、寺のために様々な義務を負ったという。苗字も、その屋敷地の名から取ったものだった。

「つまり、皆さん方も僧侶とみなされていたんですね。では鬼会も村の人たちで」

「そうや。宇龍谷では家ごとに演じる鬼が決まっちょって、世襲やった。当家は男鈴鬼担当やった」

忍と斗織はハッと気づいた。康二郎の研究ノートにあった五家と五鬼。あれはやはり、それぞれの家にあてがわれた鬼会の鬼役のことを意味していたのだ。

「うちは男鈴鬼、櫻木が女鈴鬼。大神が荒鬼、宝生が災払鬼、黒之坊が鎮鬼」

「それで男鈴鬼の面を保管していたんですね」

忍は座卓に置かれた面をしげしげと見た。

「お寺が焼けたというのは……」

「戦国時代の戦やったとうちの古文書には書いてある。薩摩《さつま》の兵が豊後に攻め込んできた時に焼かれたそうや」

戦だったのか、と忍は思った。てっきり伝説の通り、鬼と成り果てた僧が住民を殺害してしまい、そのせいで寺まで焼かれたのかと思ったが。

「再建もままならずにおったときに大地震が起きちな。山崩れが起きて多くの家が飲まれた。如意輪寺も埋まっちしまった。生き残ったのは、我ら五家のみやったいうことや」

斗織は、どうも自分の知っている話と違う方向に向かっていくので焦ったのだろう。

「ちょっと待って、おじさん。オレらの先祖がいたのは瓜生島じゃなかったの？」

「島やない。谷や。それにおまえんとこの先祖は違う。おまえのじーさんは〈鬼爪〉を黒之坊から買《こ》うたんや」

斗織は驚いて、数瞬、絶句してしまった。

「買った？　先祖のもん、やないんか」

「おまえたちはよそもんや。シズメの〈鬼爪〉を持っちょんだけの」

ショックを受けて言葉を失った斗織を尻目《しりめ》に、輝男は言った。

「六所権現だけが今でも宇龍谷のあったところに残っちょん。いま残っちょん鬼会道具はそこにしまってあったけん助かった。やけど谷も埋もれ、生き残ったのは我ら先祖のみ。『もう元には戻らん』とあきらめて、谷を出た。当家はこの場所に住み着いたが、他の四家は海のほうに出て来島（久留島）の殿さんに士官した。よそから来た殿さんには地元に通じたモンが必要やったけんな」

　鈴子ママの話と同じだ。やはり山崩れが原因だったのだ。

「では三島神社に小判を埋めたというのは？　慶長小判は豊後地震の後のものでは」

「小判とは限らん。要は金《きん》や」

「金《きん》、ですか」

「このすぐ近くに金山があった。馬上《ばじょう》金山ちゆうてな」

　忍は驚いた。国東半島に金山が？

「自然金の鉱脈があった。江戸の初めに見つかって、文字通り一攫千金《いっかくせんきん》を狙う連中が諸国からごまんと集まってきて大賑《おおにぎ》わいになったらしい。立石《たていし》藩のもとで大儲《おおもう》けしたモンもおったが、幕府に天領にされて持って行かれそうになったんで、慌てて藩が休鉱にしたとか」

　その後も採掘を試みる者がいたが、地下水が出たりガスが滞留したりでうまくいかなかった。が、明治四十年に鉱山を買収した成清博愛《なりきよひろえ》という実業家の手によって採鉱が開始されると、大当たりして、まさにゴールドラッシュとなり、財をなしたという。大正の頃には徐々に採掘量が減って、その息子が手放したが、鉱山だけでなく銀行や学校を作り、交通機関を整え、地域の発展に貢献した。

そのきっかけとなった馬上金山がある山香の町は、今はひなびた山間の集落だ。宇佐に抜ける国道と鉄道は走っているが、ゴールドラッシュで沸いた町とは想像できない。

「その馬上金山……最初に見つけたんは、我ら宇龍谷の五家や」

「……まじか」

と斗織も思わず声を震わせた。忍も言葉が出なかった。

「大地震で埋まった宇龍谷から山香に移ってきて金を見つけた。でかい鉱脈やった。それを我ら五家で掘って山分けしたんや」

「まさか小判というのは」

「そう。馬上金山の金塊や」

箱の中に入れて埋めたのは、金山の金塊だったという。

五人で分けて残った分を、あの場所に隠した。如意輪寺再建のための資金だった。隠し場所は身内にも口外を禁じた。頻繁に掘り返す者が出ないように互いを監視し合った。

五家組を結成し、抜け駆けで掘り返す者が出ないように互いを監視し合った。姻戚《いんせき》関係を結んだのは、嫁がその家を監視するためだ。二代続けて同じ家から嫁はとらない、という暗黙の約束もできた。五家が牽制《けんせい》し合う中、埋めた場所が突然、藩の御用地に取られた。目印だった石祠《いしぼこら》がどけられて、石材が積まれてしまい、その上に蔵が建った。人足の出入りもあり、よそ者が自然と監視者となったため、誰も手が出せなくなった。

それから数代を経て、いつしか五家の子孫には口伝だけが残るようになったという。

「そんなこんなで今回の発掘調査や。目印に埋めちょった〝鬼の面〟が出たち聞いて、五家の誰かが、我先にと掘り返したんやろな」

「マジか……マジで金《きん》だったのかよ」

斗織は呆然《ぼうぜん》としている。

輝男は「ところで」と忍に向かい、

「こういう場合、所有権はどうなるんでしたかな」

「……発掘調査で見つかった遺物は、一応、拾得物扱いされます。大抵は自治体が所有権を持つことになりますが、この場合は」

「我々の所有権を主張するんやったらどうしたらいいんかなぁ」

「経緯から見ましても、よその土地から出た埋蔵遺物の所有権を証明するのは、かなりむずかしいかと」

そうか、と輝男は腕組みをしてうなずいた。

「まあ、そうやろうな。やけん、犯人も盗んでいったんやろうな」

「はあ……」

「なら、手っ取り早く、犯人が持っちょるもんを手に入れたほうが近道っちゅうわけや」

は？　と忍が思わず聞き返した。輝男は目を怪しく細くして、声を落とした。

「相良くんちゅうたかの。そんなわけやけん、ちぃと手伝っちくれんか」

「手伝うって、遺物を手に入れることをですか？　盗まれた遺物をですか」

「犯人の見当はついちょん。櫻木と大神や」

なんですって！　と忍は声を荒らげた。櫻木鈴子と鈴鬼の男女が盗んだと？

「黒之坊はとうに没落して〈鬼爪〉を手放し、宝生は満州で一家全滅。残るは櫻木と大神のみ。あの二家がグルになって仕組んだんやろ。……相良くん、やつらから金塊を取り返すのを手伝ってくれたら、分け前を謝礼金代わりに差し上げよう。斗織、おまえにもやる」

忍も斗織もア然としてしまった。輝男は「悪い相談やないやろ」と言って、

「櫻木と大神から奪い返してくれたら金二百グラムでどうかね」

忍は無表情で黙り込んでいたが、

「お断りします。僕のする仕事ではないので」

「おまえはどうする。斗織」

斗織も沈黙している。言葉が出てこないのか、次第に眉《まゆ》と目尻《めじり》がつりあがってきて、口をへの字に曲げて、輝男をにらみつけている。

「おまえも一応〈鬼爪〉の持ち主や。分け前を得る権利はある。おまえのじーさんも建前は研究っち言いよったが、本音は金塊が目当てやったんや。折半とはいかんが、協力すれば多少は分けてやるぞ」

斗織の眼は反発をあらわにしてますますギラギラ光っている。今にも噛《か》みつきそうな

眼だ。にべもないふたりを見て、輝男は何度かうなずくと「そうかい」と言った。

「剛流《たける》」

輝男が呼びかけると、忍たちの背後の襖《ふすま》が勢いよく開いて高い音をあげた。驚いて振り返ると、隣の部屋に剛流がいて、槍《やり》を構えている。磨き上げた鋭い穂先が、忍と斗織の背中を狙っている。

「聞かれしまっちから、あっさり帰すわけにもいかん」

輝男たちは最初からそのつもりだったらしい。忍と斗織は逃げることもできない。

「ふざけんな！　てめえ……ッ」

立ち上がりかけた斗織の手首を、忍がはっしとつかんだ。相手が得物持ちでは勝ち目がない。首を横に振って、斗織を止めた。

「悪い相談やないと思うがなあ。どうしても嫌やっちゅうなら発掘現場の連中が困ることになるが」

応じなければ、無量たちに危害を加えるつもりか。財前親子の卑怯《ひきょう》なやり口に、忍も怒りを煮えたぎらせていたが、次の瞬間、スッと別人のように冷ややかな目つきになると「わかりました」と答えた。

「でも金二百じゃだめだ。三百なら手を打ちましょう」

「なに、しれっと引き受けてんだよ！　金なんかいらねえよ！」

斗織は納得いかなかった。二階の部屋に軟禁状態になってしまった忍と斗織は、櫻木鈴子たちから「金塊の入った遺物」を取り返さなければならない羽目になってしまった。

夕方になり、あたりは蜩《ひぐらし》の声が響いている。畳に座り込んだ忍は古文書を見ている。協力する代わりに古文書は読み放題となった。但し、門外不出なので複写は不可だ。スマホと筆記用具は取り上げられた。

薄暗くなってきたので、斗織は天井の照明器具から垂れ下がった紐《ひも》をひっぱった。

「のんびり巻物眺めてる場合かよ。ふざけんなよ」

斗織は自暴自棄になっている。

「よそもんて、なんや。うちは瓜生島の生き残りの末裔《まつえい》やなかったんか。つか瓜生島じゃなくて宇龍谷？　は？　ふざけんなよ、瓜生島どこいっちゃった？　こんなのきーてねっつの！」

忍は図書館にいる学生のように淡々と古文書を読んでいる。業を煮やした斗織は耳元で怒鳴った。

「黙ってないで、なんとか言えよ！」

「君だって金塊をもらえれば当分バイトしないで済むんじゃないのか」

斗織が忍の胸ぐらを乱暴につかみあげた。

「金塊に目がくらんだのかよ。日和《ひよ》っててんじゃねーよ」

「虎穴に入らずんば虎児を得ずってね」

忍は動じることもなく、冷静に答えた。

「欲に目がくらんだと思わせれば、向こうも逆に信用するだろ。どのみち遺物を取り返さなきゃならないんだ。五家の内情を知るためにも、ここは乗っかったふりをしておくのが得策だ」

忍の真意をやっと理解した斗織は、毒気が抜けて手を離した。忍は襟を直し、

「それにしても、犯人は鈴子さんたち……ときたか」

鈴子と鈴鬼が組んで金塊を盗み出した、となると、また状況が変わってくる。

「鬼会の面はそれぞれの家で保管してると輝男氏は言ってた。確かに櫻木家は鈴鬼。大神らしき女がかぶってたのも鈴鬼の面。共犯と言われれば、そうかも」

──あそこに埋まっちょんのは、ただの鬼会の得物です。

老舗《しにせ》クラブを経営してきた百戦錬磨のママならではの演技だったのか。

大神と共犯であることを隠し、容疑をかわすための嘘か。

「だが現場に残ってた石匙《いしさじ》の〈鬼爪〉は、宝生家のもの。鈴子さんたちが何かで手に入れて、宝生家に罪をなすりつけるためにわざと置いていったのか？」

まいったな、と忍はため息をついた。

「五家どころか五鬼だ。まるで金塊に目がくらんだ五人の鬼たちだ。金塊ごときのためにでまかせ言ったり、グルになったり、ひとを脅したり……どいつもこいつもまったく欲深いにもほどが……」

ふと我にかえると、さっきまで息巻いていた斗織がすっかりしょげかえっている。忍は失言に気づき、少し心配になって、

「すまん。ショックだったよな。おじいさんのこと」

井上康二郎は〈鬼爪〉を黒之坊から買った、と輝男が言っていた。

「金塊めあてやったんかな……」

斗織は肩を細くした。

「じーちゃんも瓜生島やなくて宇龍谷やったことはすぐにわかったはずや。金塊がほしくて財前のおじさんを手伝ってたんかな。それで捜してたんかな」

祖父への失望と落胆が、忍にも伝わってきた。ちがう、とも言ってやれなかった。

「僕が無神経だったね。君はもう無理して協力しないでいいよ。財前の件はちょっとの間、胸に納めておいてもらうことにはなるが、君はなにも知らなかったふりをして、また普通に発掘調査に戻ればいい」

「あんたはどうすんの」

忍は木箱に入った六巻の古文書を見やって、

「とりあえず、今夜はここに泊まってこれをじっくり見させてもらう。幸い輝男氏は直接これを読んだわけでもなさそうだ。輝男氏が知らないことも書いてあるかも」

「俺も読むよ」

　意外にも、斗織が申し出た。

「これでも古文書演習は得意やけん。一緒に解読するよ」

「そりゃ助かる。いいフィールドワークだと思えば」

　斗織もまだ納得したわけではないが、解読に集中することで、乱れる心を抑えようとしているようだった。

　忍はそっとしておくことにした。

＊

　結局、その日、忍たちは財前家で泊まりこむことになった。

　スマホ利用は一階でならOK、と言われ、無量との連絡もとれた。が、無量は鈴子&大神（鈴鬼の女）犯人説に猛反発した。その根拠は「ヤマの経筥《きょうばこ》」だ。消えた遺物こそ「ヤマの経筥」で、犯人は大神と鈴子ではなく、災払鬼こと宝生家だと主張した。

「でも宝生家は満州から帰ってきてないんだぞ」

『それだって確かめたやつがいるわけじゃない。本当はこっちにいるのかも』

まだまだ曖昧《あいまい》な点が多い。

とにかく鈴子を通じて大神とコンタクトをとるしかない。財前を納得させるためにも、話し合いの場を設けさせるしか、解決の道はなさそうだ。

夜になった。

斗織は先に寝てしまった。忍は電気スタンドの明かりで古文書を読み続けている。

如意輪寺の修正鬼会がどのように行われていたのか、読めば読むほど実在した寺だったとわかる。式次第だけでなく五家の由来なども書かれている。興味深い史料だ。しかも「明応《めいおう》二年」という年号も見つけた。確か、室町時代だ。修正鬼会は江戸時代に今の形になったと聞いていたが、だとすればだいぶ古い。古式の鬼会を残した唯一の文書かもしれない。おそらく宇龍谷の災害でも失われずに残った貴重な史料だ。

だが、最後に広げた一巻だけがなぜか新しい。慶長年間——江戸時代初期のものだ。

「……如意輪寺がなくなってから書き足された？」

その巻物を広げてみた。貼られた文書はどれも慶長年間以降に記されたものらしい。つまり、あの地震の後だ。その中の一枚に忍は目を留めた。やはり鬼会の所作について記してあるものだった。

しかも、その紙の裏にだけ「裏書」がなされている。人の名らしきものが透けて見える。ルーペをあてて反転した墨跡を指でなぞった。どこかで見た字面だと忍は思ったのだが、不意に記憶の中で符合した。

「まさか、これは……」

物音がしたのは階下だった。

居間の網戸を開ける音がした。家族の誰かが起きてきたのかと思ったが、こんな時間に変だと思った。まだ暑いので風通しをよくするため、居間は網戸だけ残して開け放していた。不用心だが、周りに何もない一軒家なので警戒が緩いのだろう。忍は二階の窓から外を見た。少し離れたところに見慣れない車が止まっている。

ギシ、ギシと床を踏む音が聞こえる。誰かが階段をあがってこようとしている。斗織を揺り起こしている時間はない。手近にあった掃除機からパイプだけ引き抜いて、物陰に隠れた。不審者が足音を忍ばせて、階段をあがってくる。

襖《ふすま》が開いた。不審者が入ってくる。小さな懐中電灯を照らしている。座卓に広げてあった巻物を見つけると、それを見始めた。おもむろに巻いて、背負ったリュックに入れようとしたので、忍は勢いよく飛び出した。

「何をしてる！」

侵入者は驚いて飛び退いた。同時に何かを引き抜いた。電気スタンドの光を受けて、手元で閃《ひらめ》くのは刃物だ。ナイフにしては大きい。いや、脇差《わきざし》ほどの長さの日本刀だ。

斬りかかってきた。忍はとっさによけてパイプをかざした。次の瞬間、まっぷたつに折られた。鋭利な断面を見てゾッとした忍はすぐにもう一度構えた。

「おまえは誰だ」

侵入者は容赦なく忍に斬りかかってくる。声と物音に斗織も起こされた。目の前で繰り広げられる格闘を見て、一瞬で目が覚めた。

「忍さん！」

「逃げろ、斗織！ 一階に！」

侵入者が斗織に腕を伸ばし、人質にしようとしたのを見て、忍は思わず電気スタンドをつかみ、投げつける。ひるんだ侵入者を押さえ込もうとした忍に向け、侵入者が再び刀を振り回した。

「！」

忍が声にならない悲鳴をあげた。襖に血が飛んだのを見て、斗織が絶叫した。

「忍さん！ てめえ何しよん！」

キレた斗織が飛びかかる。「よせ斗織！」と忍が叫んだが、遅い。斗織が手近にあった古文書入れの箱で侵入者を激しくド突き倒し、相手はたまらず刀を落とした。ふたりは組んず解《ほぐ》れつ取っ組み合いになってしまう。

「斗織！」

激しい物音に財前親子も駆けつけた。それを突き飛ばして侵入者は階段を転げるように逃げ出した。剛流が裸足《はだし》で追いかけたが、相手の足は速く、田んぼの脇に止めてあった車で逃走してしまった。

「斗織、大丈夫か！」

「俺はへーき、それより忍さんが」

忍は二階の柱にもたれて、ぐったりと座り込んでいる。血が服を染めている。

「救急車呼べ！」

深夜の山里の一軒家が、救急車と警察車両の赤色灯に照らされ、騒然となったのは、それからまもなくのことだった。

第五章　サイバライの爪痕

　無量《むりょう》のもとに斗織《とおり》から連絡が入ったのは早朝のことだった。

　忍《しのぶ》が侵入者に襲われて病院に運ばれたという。すぐに杵築の救急病院に向かった無量と萌絵《もえ》が、忍と再会したのは処置室の前の廊下だった。

「すぐ帰れるよ。ちょっと頭打ってたもんだから検査に時間がかかったんだ」

　忍は幸い、笑って答えられるくらいには元気だった。が、無事とは言えない。頭に軽い挫傷《ざしょう》、顔に赤黒いあざ、左腕に刀傷を負って包帯姿が痛々しい。無量は真っ青になって立ち尽くしている。

「刀傷って……真剣でやられたのか？」

「いや、よくできた模造刀だと思う。ほんとの真剣なら腕が落ちてたよ」

　無量と萌絵はゾーッとしてしまった。殺傷能力のある刀ではなかったが、斬る側の腕が良すぎて傷を負わせてしまった。そんなところだろう。無量はたまらず憤怒《ふんぬ》して、

「冗談じゃない！　忍をこんな目に遭わせるなんて絶対許さない！　どこのどいつだ。同じ目に遭わせてやる！」

「落ち着け、無量」

「これが落ち着いてられっかよ！　こんな目に遭ったのになんでそんな冷静なの？」

「やられたのが無量なら十倍返しでやり返すが、俺がやられる分には別に」

「だからあ！　ほんっとそーゆーとこだぞ。忍ちゃん！」

涙目になっている無量の横で、萌絵はいつになく低く静かに怒っている。

「誰のしわざですか。あばらを砕けばいいですか。大神《おおが》ですか。それとも」

しっと忍が萌絵の口を塞《ふさ》ぐような仕草をした。近くに剛流《たける》がいて警察官から事情聴取されている。忍は声を潜め、

「犯人の狙いは財前《ざいぜん》家の古文書だったみたいだ。持っていかれかけたから、止めようとしてもみ合いになった。斗織のおかげで阻止できたよ」

「やっぱり大神の男女でしょうか。それとも」

「顔を見た」

まじか、と無量たちは顔を寄せてきた。忍はまだ警察にも言っていなかった。

「男？　女？　知ってるやつ？」

「いや、それがどっかで見たような覚えはあるんだが」

背がすらっと高く、黒ずくめでフードをかぶり、黒マスクをつけていた。フードから覗《のぞ》く目元の感じから四十前後とみられたが、驚くほど身のこなしがよく、ツイストパーマをかけていて、右目の下に少し目立つ大きなほくろがあった。

と聞いて萌絵の表情がひゅっと変わった。忍は格闘中の記憶をたどって、

「もみ合ってる時に耳元で『大神の子分か？　先に掘ったのか』と訊《き》かれたんだ。つまり、その男は大神じゃないってことだよ。……ちょっとびっくりするくらい良い声だったな。コントラバスみたいによく響……」

ふと見ると、萌絵が張り付いたような表情で直立不動になっている。どうした？　と問うと萌絵が慌てて手を振った。

「いやいやいやいや、そんなわけない。それはない。たまたまでしょう」

「なに？　何か思い当たるなら言えって」

無量が詰め寄ると、萌絵は「全然関係ないと思うけど」と動揺しながら、

「この間、宇佐神宮の菱形池でたまたま会った声優さんみたいな声の男の人がいて」

「それまさか、永倉《ながくら》さんがこないだ話してた宇佐神宮のマイケル？」

「はい。特徴が一致するんです。イケボのマイケルと」

萌絵が無量に説明する間、そういえば、と忍も記憶を辿《たど》った。忍も博物館で去り際の姿を見ている。萌絵が騒ぐくらいには風貌《ふうぼう》からして個性的だった。確かに、あの頬にかかるツイスト黒髪はそのへんのアラフォー男が誰でもするような髪型でもないし、背格好も似ている。博物館では声は聴かなかったが、さっきの不審者の声は耳に残るくらいには個性的で、低音美声という言葉がしっくりきた。

「ありえないですよね。たまたま見かけただけの人なのに」

「でもあのひと、六郷満山の展示を見てた。確か銅板経の」

忍の言葉に、萌絵も沈黙した。無量は「銅板経」と口の中で繰り返し、

「銅板なら緑青《ろくしょう》（青サビ）も出るぞ」

三人はますます黙り込んでしまった。

しかし、身元を知る手がかりもない。写真に残っているわけでもない。

「博物館の防犯カメラになら映ってるかもしれない」

「警察でもないのに見せてくれるか？」

「そこは事情を話して拝み倒して押しの一手で」

忍は自分の手で見つけるつもりのようだった。無量は反対し、

「もう警察に任せなって！　こんなの立派な侵入強盗でしょ！」

「財前の古文書には如意輪寺の修正鬼会に関することが書かれてた。宇龍谷の五家に関することも」

忍もやられたままでいるつもりは毛頭ない。そこまでお人好《よ》しでもない。

「埋蔵遺物を盗んだのとも無関係じゃない。五家の中の誰かだ。おそらく、あの男がサイバライ」

「！」

「あの男が何か知っている。僕はあの男を捜す」

忍の腕につけられた傷は、まるで鬼の爪痕《つめあと》だ。

これはもう「宇龍谷の五家」などではない。「五鬼」だと無量は思った。失われた寺の「五鬼」が結界から飛び出して暴れ出したのだ。

暴れ出した五体の鬼を、自分たちがどうにかして鎮めなければならない。

＊

週明けの発掘現場では作業が再開した。別府湾も今日は雲が立ちこめ、暗い海を見ているると、さすがの無量も気が滅入《めい》った。斗織は「急病」を理由に欠席だ。

無量も正直なところ、忍があんな目に遭ったせいで心ここに有らずだ。これ以上深入りしてはならない気もするし、かと言って黙ってもいられない。

無量の不安を反映してか、昨日からどうも右手が落ち着かない。風呂《ふろ》からあがっても熱がひかないあの不快な感じだ。時々ピクピクと指がはねる。右手が無量に何かを訴えようとしているかのようだ。現場に入ったら、ますます落ち着かなくなってきた。

田端希美《たばたのぞみ》も、今日は現場に来ていた。

「これが岩戸寺で私たちを襲った女鈴鬼の面の裏書」

希美がスマホを見せた。鈴鬼の女が残していった面だ。大学に持ち帰っていた。女鈴鬼の面の裏書は、忍が財前家で見た男鈴鬼の裏書と一致した。如意輪寺の部分は判読不能だが、日付も願主も作者も一致する。やはり如意輪寺のものに間違いない。

「田端さんの実家は国東《くにさき》でしたよね。どのへんですか」

「国東町のちょっと北。古川地区っていうの」

「同じ学区内とかに〝おおが〟って人、いたりしません？　大という字に、神様の神か、お年賀の賀なんすけど」

「おおが？　大賀《おおが》さんならいたよ」

聞くと、出身中学の二学年上に同姓の生徒がいたという。

「オーガ先輩オーガ先輩って。オーガって英語で鬼のことでしょ。そういう格闘漫画がはやってて、いつのまにか〝鬼《おん》さん先輩〟なんて呼ばれてた」

無量の〈鬼の手《オーガ・ハンド》〉と同じ「ｏｇｒｅ」からあだ名がついたらしい。

「女の先輩なんだけど、背が高くて体格がよくて、そのへんの男子よりかっこよかったんだよね。部活は剣道部で、柊《しゅう》ちゃんと同じだったっけ」

「柊ちゃん？」

「あ、幼なじみ。大賀先輩ん家《ち》はなかなかの資産家だった気がする。そう、あとお神楽《かぐら》。大分には文化財愛護少年団っていうのがあって、うちの中学でも地元のお神楽を必ず習わされたの。伝統文化の継承って名目で。……思い出した。大賀美和《みわ》先輩だ。鬼の舞がめちゃめちゃかっこよくて、みんなの憧《あこが》れ……」

顔を紅潮させていた希美は、たちまち青くなった。

「まさか、あの鈴鬼が美和先輩だったっていうの？　だから顔隠してたの？」

「その美和先輩の連絡先とかはわかるんすか？」

「二個上だからなあ。剣道部は卒業後も仲良かったから、たぶん柊ちゃんに聞けば……。連絡とってみるね」

希美と入れ違いにやってきたのは、屋敷洋介《やしきようすけ》だ。土日の騒ぎを知らない屋敷はいつもどおりに現場にやってきた。後ろにご年配をつれている。

「あれ？　竹本《たけもと》先生じゃないすか」

いつも旅館で会う小説家の竹本が珍しく屋外にいる。遺跡発掘をしていると聞いて、屋敷に頼んで見学にきたという。

「森藩の飛び地、辻間か。面白いところで発掘してるじゃないか。サイバラ青年」

「取材っすか？　森藩の話でも書くんすか」

「いや、個人的な関心だ。こっちは気にせずどんどん掘ってくれ」

促されて支度を始めた無量は道具差しの革ベルトを腰に巻こうとした。が、右手が震えてうまくバックルにさせない。なんとか押し込んでトレンチに下りようとした時、竹本がこの界隈《かいわい》の歴史に詳しいことを思い出した。

「先生。大神っていうのは昔、豊後に鍛冶《かじ》を広めたひとなんすか」

「ん？　大神比義《おおがのひぎ》の伝説かい」

麦わら帽子をかぶった竹本はトレンチのわきにしゃがみこんだ。

「大神というのはこのあたりの古代氏族だな。昔、宇佐にある菱形池のほとりにやってきた大神比義の前に『鍛冶の翁《おきな》』なるものが現れた。実は翁の正体は八幡神でな。この翁はただ者ではないと思った比義が三年間潔斎して祈りを捧《ささ》げたところ、八幡神が今度は子供の姿になって現れたんだ。『我を祀《まつ》れ』と言われて、比義はその言葉に従い、宇佐神宮を創建したそうな」

「宇佐神宮を作ったひとだったんすか。すご」

「八幡神が降臨したという菱形池のほとりには、今でも霊水が湧いてるよ」

霊水、と聞いて無量の顔がこわばった。

「それって宇佐神宮の中にある池のことっすか。ご霊水がわくって」

「上宮っていう本殿の、真下にあるんだ。信心深い人がよくタンクなんかで汲《く》んでったりもしてるよ」

間違いない。萌絵が「イケボのマイケル」と出会った場所だ。忍を襲ったかもしれない男と遭遇した場所のことではないか。

無量はごくりと喉《のど》を鳴らした。目に見えない糸が暗闇の奥の方でつながっているような気配を覚え、昨日から無量の脳にしきりに囁《ささや》き続けたものが、ますます輪郭を濃くしていくのを感じた。

足下の埋納坑と向き合った無量は、じっと土を見つめた。空っぽになった穴の底には、この手で掘り当てるはずだった〈ヤマの経筥〉の痕跡《こんせき》が型抜きされたように残るのみだ。なのに、なぜだろう。これで掘りきった気がしない。この穴には、何かまだ秘密が残されているような気がしてならない。

「西原《さいばら》君。すまんが、そのピットは埋めてもらっていいか」

え？　と無量は我に返り、振り返った。屋敷が申し訳なさそうに立っている。

「作業が大幅に遅れているので計画変更だ。第二トレンチは閉じることにした」

「閉じるんですか。ここは埋めちゃうんですか」

「今回の調査は第一と第三のみに絞ることにした。ここは今後の森藩屋敷遺構調査にまわして一旦、現状保存する。すまんが、全部埋め戻しておいてくれ」

無量は突然の決定に動揺した。埋めてしまうのか？　このまま閉じるのか？

今となっては遺物の痕跡しかない埋納坑だが、ずっと後ろ髪を引かれるような感じがしてならなかった。実際、まだ覆土を掘りきっておらず、土坑の底を正確に検出したわけでもない。完了したとみなされれば、おそらく次の調査で再度この土坑を掘り直すことはないだろう。埋めてしまえば二度と日の目を見ない。だが、それでいいのか。このまま埋めてしまっていいのか。土の中に戻してしまって本当にいいのか。


〝私を見捨てるのか！〟


どきっとして無量は思わず土の底を見た。土坑の底から呼ばれた気がした。

このまま閉じたら永久に地下深くに埋もれたままになる。二度と光の差さない土中に戻る。無量の脳裏に師匠の鍛冶大作《かじだいさく》に言われた言葉がよみがえった。「掘りすぎは一時の恥、掘り足らずは一生の恥」。見えざる遺物は一センチ先の土中にあるかもしれない。ここで引き返してはならない。右手も訴えてくる。あとひと掻《か》き、もうひと掻きでいい。掘り進めろ、と。

「土入れていいですか、西原先生。……先生？」

ピットを埋める土を運んできた学生が怪訝《けげん》な顔をした。

無量には聞こえていない。真剣な目つきで土坑を見下ろしていたが、しゃがみこんで、膝《ひざ》と手をついた。無量は屋敷の指示を無視した。手ガリではなく、カトラリーナイフを手にしたのは慎重を要する作業だからだ。ピットの底にこびりついている緑青を削りとり、変色土をじっと凝視した。

「暗褐色……」

こういう状況を無量は何度か見てきた。金属の成分が浸《し》み出て土の色が変わる。だが問題はその深さだ。無量はさらに慎重に削った。その成分が「失われた経筥《きょうばこ》」だけから浸出したとみなすのは危険だ。そこにトラップがあることが、ままある。

「五センチ……いやもっとある。まさか」

無量は直感した。やはり、この下にはまだ何か埋まっている。

バターを削《そ》ぐように土を剝《は》がしていく。一枚、二枚……三枚剝がしきろうとした時、ナイフの先がカツッと音を立てた。突然、その暗褐色の土の下から目にも鮮やかな緑青が現れた。あまりのまぶしさに無量は思わず目を細めた。

土の下から青い物体が顔を覗《のぞ》かせている。そこに埋まっていたのは、錆《さび》に覆われた金属遺物だ。

「なんか出たのか」

竹本も気づいてトレンチのへりから声をかけてくる。無量は膝立ちになったまま、彫像のように固まっていた。竹本は体ごと押し込めるように覗き込んで、ぎょっとした。

「おい！　そいつは銅じゃないか！　銅遺物じゃないのか⁉」

竹本が興奮して屋敷たちを呼び寄せる。無量はまだ呆《ほう》けている。まるで何かの救出に成功したかのような安堵《あんど》感だった。これだったのだ、自分を呼んでいたのは。掘り進めてよかった。あのまま埋めてしまわないでよかった。

屋敷たちが慌てて駆け寄ってきた。

「まだ何か埋まってたのか！　今度は何だ！」

「すいません、これ最速で記録とって取り上げてもいいすか。取り上げたら整理作業すっ飛ばして急いでX線撮ってもらってもいいすか」

「なんでそんなに急いで」

「文字、解読しないと」

無量は再びピットに体を突っ込み、猛然と作業を再開した。遺物表面の土を目にもとまらぬ速さで除き、周囲もきれいに整えて、すでに記録を取る作業に移っている。あまりに凄《すさ》まじいスピードに屋敷たちがびっくりしている。

「西原くん、君はこれがなんなのかわかるのか」

「宝生《ほうしょう》だ。やつの狙いはこっちだったんだ」

無量は手を止めずに言った。

「サイバライが本当に手に入れたかったのは、こっちだったんすよ！」

＊

財前家の侵入強盗未遂事件から一夜明け、どさくさにまぎれて動き出した忍が向かった先は、宇佐にある歴史博物館だった。腕を怪我して車は運転できないので、斗織のビッグスクーターの後ろにまたがって宇佐に向かった。斗織は一応、護衛役でもある。

「怪我痛いんじゃない？」

「痛み止め飲んでるから大丈夫」

「無理しないでよ？」

歴博の館長は話がわかるひとで、忍の怪我を説明し、事情を打ち明けるといたく心配してくれて、数日前の防犯カメラの映像も見せてくれた。

「この男だ」

間違いない。独特の風貌《ふうぼう》に背格好。すぐにわかった。

録画の中で、その男は忍と萌絵が館長の案内を受けている間に入館して、その足でまっすぐに六郷満山の展示コーナーに向かっている。修正鬼会の鬼面に見入った後で、長安寺の経塚から出土した銅板経のレプリカをずいぶん時間をかけて見ていた。

あいにく身元がわかるものは残しておらず、職員も何者か知らない。レンタサイクルでも使っていれば連絡先を残しているだろうが、サイクリングを楽しむような人物でもない。駐車場のカメラに乗ってきた車が映っていた。ゆうべ、財前家の近くに止めてあった不審車とよく似ている。

「これ以上は警察に頼むしかないか。大分県警に知り合いはいたっけな」

「永倉さんがこいつと会ったとこにも行ってみます?」

忍と斗織は宇佐神宮にやってきた。絵馬堂と能舞台がある池が、菱形池だ。池の周りの遊歩道を歩いて行くと赤い鳥居の一角がある。その先には柄杓《ひしゃく》などが置かれた簡単な覆屋があり、苔《こけ》むしたコンクリート床に畳一畳ほどの水溜枡《ます》らしきものが、三カ所。

それが御霊水の井戸だ。

上宮と呼ばれる本殿の真裏にある。今もこんこんと湧き続ける三つの霊泉にはすだれのような覆いがされている。そばには石灯籠《どうろう》も立っている。

「ここに八幡神が降りてきたみたいっすね」

と斗織が説明板を読んで言った。宇佐神宮の祭神は八幡神だ。全国に四万以上ある八幡社の総本宮だ。八幡神が最初に降臨したというこの場所は、始まりの聖地というわけだ。あたりには、深い神域の森らしい厳かな空気が漂っている。

「飲めない水汲《く》んで、なにに使うんだろう」

奥には八角形の影向石《ようごうぜき》がある。影向とは神が仮の姿で現れることを意味する。

八幡神と出会ったのは、大神比義という者だった。

「……大神、か」

忍が説明板の前で考えを巡らせていると、年配の参拝者がやってきた。手にはポリタンクを持っていて霊泉から水を汲み始めた。声をかけてみた。

「ああ、これかい？　神様にお供えするんだよ」

「お供え用ですか」

「うちの八幡様にね。宇佐神宮でのお祭りはすべてここの水を使うんだよ」

飲用ではないが、やはり信心と結びつく事柄に使われるようだ。

「お祀《まつ》りごとに使う水とのことですが、他にも用途などあるんでしょうか」

「そうやなあ。ああ、私が子供の頃、近所の鍛冶屋《かじや》がここの水を使いよったなあ」

「鍛冶屋さんですか」

「終戦直後くらいの話やけどな、刃物を打ってた鍛冶屋が、大寒なんかの節目に使うんや。鍛冶水っちいうてね。赤く焼けた鉄を冷やす水のことや」

桶《おけ》に水を張り、灼熱《しゃくねつ》の鋼や鉄をつけて冷却することを「おさめる」という。特別な日に使う鍛冶水をここから汲んでいくようだ。

「ここはお鍛冶場というくらいやけんね。八幡神は鍛冶の翁《おきな》の姿をしちょったけん、このへんの鍛冶屋にとっても特別な場所やったんよ」

忍はダメ元で博物館のカメラの画像を見てもらうことにした。このひとに見覚えがあるか、と。すると——。

「……たまに来よんなぁ。いつも黒い服着ちょん男前やろ」

「知ってるんですか！」

「礼儀正しいひとや。……それこそ、鍛冶屋やないんかなあ」

この時代にか？　と首をかしげると、

「装蹄師《そうてい》やっちょんっち言いよったわ」

あ！　と忍は小さく声を発した。競走馬や乗馬の蹄《ひづめ》を管理する職業のことだ。馬の繊細な足元を守るため、蹄を削ったり、蹄鉄を打って装着したりする。

「いまの競走馬はアルミの蹄鉄を使うが、乗馬では今も鉄を使うんで、自分で蹄鉄を打つ言うちょったわ。大事な大会の前にはここの霊水を使うんやと」

さすがに名前までは知らないようだが、小倉競馬場でも仕事をしているという。

「担当の馬が重賞レースに出走するっち言うけん、試しにその馬買《こ》うちみたら、見事に万馬券になったんよ」

「その馬の名前を教えてください」

忍は喰《く》い気味に言った。

「そのレースと馬の名前を教えてください！　お願いします！」

年配参拝者は、忍も競馬で勝ちたいのだと勘違いしたのだろう。すぐに調べて教えてもらえた。別れた後、忍と斗織は参道の食堂に入り、とり天うどんを食べるのもそっちのけで装蹄師を調べあげた。

「このひとだ！」

職業紹介のサイトに写真入りで記事が載っていた。名は、首藤寛美《しゅとうひろよし》。この道二十年の開業装蹄師だ。

記事によると、若い頃は中央競馬の栗東《りっとう》トレーニング・センターで競走馬の装蹄師をしていた。担当した競走馬にはG１レースの優勝馬もいたとのことだが、十年前に地元大分に戻り、乗馬クラブの装蹄師になっていた。今でも時々、競走馬の依頼があるようで大分と小倉を往復しているらしい。

写真は間違いなく昨夜の男だった。おまけに記事の中でも美声を褒められている。写真の首藤は爽《さわ》やかな笑顔で馬と並んでいる。昨夜の男と同じ人物とは思えないほどだ。

「こいつがサイバライなんすか？」

「たぶんね」

「こいつも金塊めあての宇龍谷の末裔《まつえい》？」

「めあてが金塊とも限らないが、僕の読みが正しければ、発掘現場に〈鬼爪《おんづめ》〉を残していったのはこの男だろう。遺物を持ち去ったのも」

「なんでわかるんよ」

それは、と説明しかけた忍のスマホに無量からメッセージが入った。ざっと読んだ忍は「やっぱりな」とスマホを置いた。

「出土場所の下から今度は銅板経が出たそうだ」

「どう……ばん……？」

「おそらく、この首藤という男の目的は、それだったんだろうな」

どういうこと？　と斗織が首をかしげて説明を求めた。左腕を吊《つ》っている忍は「つまり」と言って、右手を差し出し、

「遺物はこんなふうにミルフィーユ状に埋まってたんだ。一番下に銅板経。真ん中に〈ヤマの経筥《きょうばこ》〉。一番上に鬼の面」

手刀で層が積み重なるようなジェスチャーをしてみせた。

「盗まれた遺物の正体までわかったの？」

忍はうなずいた。実物を見たわけではないが。

「根拠は、まず鈴鬼の女こと大神の視点。彼女たちは発掘をずっと監視してた。鬼の面が出たと知って、その下にある〈ヤマの経筥〉を手に入れようとした」

「〈ヤマの経筥〉っつーのは、具体的に何？」

「たぶんお経を入れる金属製の箱だ。財前親子はそこに金塊が入ってると思っている。尤《もっと》も、櫻木鈴子《さくらぎすずこ》氏は中身はただの鬼会の道具だと言ってたけどね」

片手しか使えない忍は割《わ》り箸《ばし》をくわえて、無理矢理、割った。

「大神の男女は〈経筥〉を手に入れようとして、夜中、現場に忍び込んだ。が、すでにそこからなくなっていた。残されていたのは〈鬼爪〉。宝生か黒之坊《くろのぼう》のものだった」

「なんでわかるの？」

「荒鬼系は石匙《いしさじ》、鈴鬼系はスクレイパー。現場に残されていたのは石匙、つまり荒鬼系だ。如意輪寺における修正鬼会で五家の役割は決まっていて、荒鬼系は大神と宝生と黒之坊。つまり、彼らからみれば、犯人は宝生か黒之坊か、どちらかだったわけだ」

「黒之坊はうちだ。オレも疑われてたってこと？」

「真っ先に疑われたかもね」

そうでなくとも井上康二郎《いのうえこうじろう》は金塊欲しさに〈鬼爪〉を買ったとみなされている。

「その井上康二郎の孫が発掘に参加してたことまで把握してたなら、かえって白黒がつきやすい。君がその夜、動いてないとわかれば、消去法で自《おの》ずと絞り込める。犯人は宝生だとね」

「マジか。……見張られちょったんか、オレ？」

「次に首藤視点。彼の目的は〈ヤマの経筥〉の金塊じゃない。銅板経のほうだった。発掘現場で鬼の面が出たと何かで知り、夜忍び込んで、その下を掘ってみたら〈ヤマの経筥〉が出てきた。経筥というくらいだから中に銅板経が入ってると思い込んで、そのまま持ち去った」

「でも、銅板経は入ってなかった」

「そう。彼はちょっと混乱しただろうね。銅板経はどこに消えたのか。きっと慌てたはずだ。財前のもとに五家の古文書があるのも知ってて、そこに在処《ありか》が書いてあると思ったんだろう。僕たちが来て蔵を開けさせたのも見てたに違いない。今度は古文書を手に入れようとして夜中に忍びこんだ」

そして二階で忍たちと鉢合わせした。古文書を持ち去ろうとしてもみ合いになり、結局手ぶらで逃げた。

「そんなところかな」

「なんで目当てが銅板経のほうだってわかんの?」

「僕ともみあってる最中、首藤こと宝生は『おまえが先に掘ってたのか、大神』みたいなことを口走った。大神は大神で宝生に『おまえんとこにある〈ヤマの経筥〉をよこせ』みたいなことを伝えようとした。……正確には『サイバライに伝えろ』って田端さんに言ったんだが、五家の中で、災払鬼は宝生家だ」

「なるほどね……」

忍は不格好に割れた箸《はし》で、とり天うどんを食べ始めた。

「お互いに目的のものを相手が持ってってたと思ってるわけか」

「金塊の奪い合いだったら話はもっと簡単だったんだけどね」

「つか、大神と宝生の間にはなんかあったんじゃないの?」

斗織の指摘に、忍は軽く驚いた。

「黒之坊もおるのに、お互いにお互いのしわざやって名指ししたのは、なんかそうなる心当たりがあったからかもよ。なんかあったんじゃないの？」

確かに、と忍も箸を止めて考えた。

「過去に何かあったのかもしれないな。大神は荒鬼。宝生は災払鬼。大神は元鍛冶屋《かじや》で、首藤氏も鍛冶をしてる。今のところ、共通点といえば、そんなところだが」

まだ情報が足りない。そんな感じがする。

「宝生こと首藤氏のことを、もっと調べてみようか」

＊

無量は出土した銅板経にその日一日かかりきりとなった。

銅板経といえば、六郷満山の長安寺で出た銅板経が重要文化財に指定されるくらい、貴重な遺物であるため、そう簡単には作業が進まない。

また盗難にあっては元も子もないので、無量は奥の手とばかりに神社の社務所に泊まりこむことにした。社務所でも心許《こころもと》ないので、ついに寝袋を借りてきて、トレンチのそばで番をすると言い出した。そこまでするか、と屋敷には呆《あき》れられたが。

すると、頼もしい味方が現れた。学生たちだ。自分たちも一緒に番をすると言い出したのだ。無量はありがたく力を借りることにした。

一方、萌絵は大神こと大賀美和にコンタクトをとるべく、希美と一緒にあちこちあたって一日が終わった。明日《あした》も引き続き捜索だ。

そんな中、忍からは襲撃犯の身元がつかめたとの知らせが入った。

萌絵は意表をつかれた。

「装蹄師《そうてい》！　……てっきり声優か俳優かと」

とにかく大きな進展だ。忍は引き続き、サイバライこと首藤寛美の行方を捜すと言っている。萌絵も、大神こと大賀美和の捜索を続けることになった。


「ええっ！　西原くんは現場に泊まり込んでるんですか？」

夜になって宿に戻った萌絵にそう教えてくれたのは竹本だった。竹本も今日は銅板経発見から一日現場でつきあっていた。

「そりゃ大変だ。何か差し入れ買ってってってあげないと。蚊取り線香とか」

「また出かけるのかね。もう遅いぞ」

「はあ、ちょいと夜遊びに」

萌絵はこそこそと肩をすぼめた。

「あのー……夜のお店って、私みたいな小娘がひとりで行ってもいいもんですかね」

「ホストクラブかい？　いいんじゃないか」

「お兄さん方じゃなくてお姉さん方のほうなんですけど」

竹本は不思議そうな顔をしている。萌絵は「その手があったか」とひらめき、

「竹本先生、これから一緒に行きません？　北浜にある『チェリーブラッサム』って老舗《しにせ》のクラブなんですけど、私が編集者ってことで！」

事情を話すと竹本も乗り気になった。しかも「チェリーブラッサム」はかつての行きつけの店なので喜んでいる。「久しぶりに別府の夜を楽しむか」と付き添いを申し出てくれた。ふたりはさっそくタクシーを手配して夜の北浜に繰り出すことにした。

「そういえばサガラ青年からはその後、連絡はあったかね。大けがをしたと聞いたが」

タクシーの中で竹本が訊《たず》ねてきた。萌絵は「はい」と眉《まゆ》を下げ、

「怪我のほうは幸い入院するほどではなかったんですが、当分、腕は使えないので斗織くんのバイクで。今日は宇佐のほうに行ってます」

竹本はちょっと驚いた顔をした。

「どうかしました？」

「あ、いや、サイバラ青年に大神比義のことを聞かれたから、それかな？」

「大神比義って、確か宇佐神宮の八幡神を最初に祀《まつ》ったひとですよね。菱形池で八幡神と出会った」

「そうそう。八幡神というのは正体のよくわからない神様でね。謎が多いんだ」

「応神天皇だと言われてますけど、……そうじゃないんですか？」

「あれは後からくっつけたんじゃないかと思うよ。八幡神はもっと古い神だ。鍛冶の神様で金属や土器を司《つかさど》るとも言うから朝鮮半島から来た外来神だという説もあるが、私はもっと土俗的な神だったのではないかと思う」

歴史ミステリー作家だけあって、竹本は独自の見解を持っているようだった。

竹本はメモ帳を取り出すと、さらさら、と何か書いて萌絵に渡した。

「興味があったらこの神社に行ってみなさい。大神に関する言い伝えもあるから」

〝宇龍六所権現〟

とある。萌絵はハッとした。これはまさか！

詳しい話を聞きたかったが、ちょうどタクシーが目的地付近に着いたところだった。

なんだか通りが騒がしい。パトカーのランプがあたりを赤く照らして物々しい雰囲気だ。タクシーが近づけなかったので、そこで降りることにした。

「なにか騒ぎがあったようだな」

近づいていくと、騒ぎがあったのはまさにこれから向かおうとしていたビルだ。一階の奥の店を警察官が行ったり来たりしている。見れば、鈴子ママの店ではないか。

「なんか若いのが暴れたらしいんだよ。店の中で」

近くにいた野次馬を捕まえて聞いてみると、

救急車も来ている。萌絵は慌てて店に入ろうとして警官に止められた。

「鈴子ママは無事ですか！　犯人はいったいどんな……！」

萌絵は視界の端に見覚えのある顔を見つけた。野次馬に交ざって店のほうを見ている。あれは、と思った瞬間、萌絵は走り出していた。相手も萌絵に気づいたのだろう。路地裏へと逃げ出した。だが全力で逃げるには狭すぎて、萌絵の足に追いつかれてしまう。鬼ごっこのように萌絵が服をつかみ、もろとも転んでしまった。

「柊太《しゅうた》さんじゃないですか！　こんなとこで何してるんですか！」

希美の幼なじみの矢薙《やなぎ》柊太だった。尻餅《しりもち》をついてバツが悪そうな顔をしている。

「なにって……遊びにきたんだよ」

「ひとりでですか」

「ひとりやないとだめな遊びもあるやろ」

路地の奥には風俗店の看板がある。萌絵は急に気まずくなってしまった。

「希美さんから連絡きませんでした？　実は柊太さんに訊《き》こうと思ってたことが」

柊太はドキリとして顔をこわばらせた。

「な、なんですか」

「大賀美和というひとを捜してます。同じ剣道部だったと聞いてます。いまの連絡先をご存じじゃありませんか」

「知らんよ。もう何年も会ってない」

「じゃあ、どなたか知っていそうな方はいませんか。同級生とかでもいいんですけど」

柊太は「知らない」の一点張りだ。なんだか様子がおかしい。さすがの萌絵も違和感を抱いたその時だった。

「そこで何しよんのや」

ドキッとするような低音ボイスが後ろから聞こえてきた。反射的に振り返った萌絵は、呼吸が止まるかと思った。派手な電飾看板を背にして立っている黒服の男がいる。黒スーツに開襟シャツ、黒髪のツイストパーマに目元には目立つほくろがある。四十代らしき長身男性だ。

「イケボのマ……ちがっ。あなた、もしかして首藤《しゅとう》寛美《ひろよし》さんですか！」

ポケットに手を入れて立つ男は、怪訝《けげん》そうに首をかしげた。

「君は？」

「私は……えーと……その……」

忍を襲った犯人を目の前にして言葉に迷った。なぜここにいるのか。もしかしてこの騒ぎもこの男が起こしたのか？　事情がどうあれ、ここで逃がすわけにはいかない。引き留める言葉を探したが、かと言って「一緒に飲みませんか」でもない。しどろもどろになっていると、

「あんた、さっき店におったやろ」

え？　と萌絵は振り返った。

柊太だった。柊太はまっすぐ首藤に向かい、

「あんたがサイバライやったんか」

「……」

「あんたやろ。〈ヤマの経筥《きょうばこ》〉を発掘現場から盗んでいったのは」

萌絵は目の前の状況が理解できない。首藤は表情を変えずに柊太を見下ろし、

「誰や。おまえ」

「……おれは……」

「大神か？　おまえも大神の子分か」

ふたりのやりとりを聞きながら、萌絵はどちらに突っ込んでいいのか、皆目わからない。首藤は冷笑して、

「おまえらも経筥目当てか。どいつもこいつも金塊なんぞに欲かきおって」

「誰より先に盗んでった本人が何抜かしよん。おまえも同じ穴のむじなやろうが」

「あいにくやが、経筥の中に金塊なぞなかったぞ」

萌絵はその答えに「えっ」と声を詰まらせた。

あっさりと言ったが、それは遺物の中身のことではないか。

「なかったんですか。金塊が入ってたんじゃないんですか」

「そんなもん一粒もなかった。そうとも知らず財前め、すっかり疑心暗鬼になりよって。息子をカチコミさせて櫻木鈴子から金塊を強奪する気やったんやろ」

萌絵は「まさか」と焦り、

「なら店で暴れたのはあの剛流《たける》とかいうひとだったんですか！」

「財前は櫻木が経筥を掘り返した犯人やと思い込んじょん。大神と手を組んで山分けしたんやと。財前の馬鹿息子、経筥をよこせと仲間を連れてきて暴れよった。あの欲深の馬鹿どもが」

吐き捨てるように言う。萌絵はかちんと来て、

「財前さんにそうさせたきっかけはあなたでしょ、首藤さん。あなたが財前家に押し入ったせいでしょ！　相良《さがら》さんに怪我負わせといて、どの口がそんなこと言うんです」

首藤の冷たい目が萌絵を見た。萌絵はどきりとした。

「君は誰だ。なんで俺の名を知ってる」

「わ……わたしは発掘現場の関係者です。遺物を返してください」

「経筥を返してほしければ、五家の古文書と引き換えだ」

「古文書なんか手に入れても無駄やぞ、サイバライ！」

遮るように柊太が怒鳴った。

「おまえが探しとるのは銅板経やろ。銅板経なら、さっき見つかったそうや！」

なんやと？　と首藤が初めて動揺したような顔をみせた。

「どこにあった」

「発掘現場や。経筥の下に埋まっちょったそうや」

首藤は絶句した。まさか箱の下の土の中だったとは考えてもみなかったのだろう。しくじった、というように舌打ちをしたが、

「掘り出されたんか。それならそれで手間が省けた。なら、その銅板と引き換えや」

「あなたが手に入れたいのは銅板そのものじゃなくて、銅板に書かれてある文字なんじゃないんですか」

「そうや。そのとおりや」

「だったら難しいですよ。なぜなら銅板は表面に錆《さび》が出てしまっていて、解読するのは厳しい状態です。X線とかの解析装置がないと到底読めませんよ」

首藤は黙り込んでしまう。萌絵は押しの一手で、

「銅板経に刻んであるのは普通なら法華経のはずです。でもあなたが知りたいのは法華経じゃないでしょ。なにを知るために必要なんですか。本当の目的は！」

萌絵の目の前で何かが一閃《いっせん》した。首藤がベルトにさしていた脇差《わきざし》のようなものを抜き放ったのだ。切っ先を萌絵の方に向け、

「……なら解読できるまで待つ。解読文と引き換えや」

言いざま、萌絵に向かって斬りかかってくる。が、それはひるませるための威嚇で、萌絵には通用しない。かわして首藤を捕らえようと動きかけた萌絵だが、いきなり柊太にしがみつかれて身動きがとれなくなった。

「ちょ何してんの、放して！」

「行け、サイバライ！」

柊太の声に首藤はちょっと驚いたようだったが、行け！　と促され、首藤は走り出し

た。萌絵は柊太を引き剝《は》がそうともがくが、意地でも離さないつもりなのか力ずくで腰にしがみついて重石《おもし》になっている。

「待って！　首藤さん！」

萌絵の呼び止める声もむなしく、首藤の姿は路地の向こうへと消えてしまった。たまらず柊太に怒鳴った。

「なんであのひとを逃がしたんですか！」

柊太はだんまりを決め込んでいる。救急車のサイレンの音がしはじめた。北浜の歓楽街は集まってきた緊急車両の赤色灯に照らされて、不穏な色に染まっている。

＊

柊太を確保した、との萌絵の知らせを聞いて、無量は張り込んでいた発掘現場から飛んできた。

萌絵の部屋には柊太が置物のように正座している。おおまかな経緯はすでに伝わっていたが、無量はもちろん萌絵もさっぱり意味がわからなかった。

「……つまり、大賀美和さんに協力していたと？」

だんまりを貫いていた柊太だが、萌絵の尋問を受け続けて観念したのか、ようやくうなずいた。中学校で剣道部の先輩後輩だったとは聞いていたが、理由はそれだけではなかった。

「神楽《かぐら》保存会でずっと一緒やった。結婚式にも来てくれて嫁とも仲良くて」

冠婚葬祭には必ず顔を出すくらいには親しかった。その美和から相談を受けて協力をしていたという。萌絵と希美が岡田を訪ねてきた時に美和に報《しら》せたのも、柊太だった。

「まさか希美があの発掘に関わっちょったなんて知らんかったけん、荒鬼の面のこと話し出した時はめっちゃ焦った」

「じゃ、岩戸寺で私たちに向かって銃ぶっぱなしたのも」

「いやいや！　あれは本物やない。猿脅すための空砲や。音で脅かして先輩を逃がしただけや」

猿と同格に扱われて萌絵はちょっと心外だった。それで？　と無量が話の先を促し、

「美和さんは〈ヤマの経筥《きょうばこ》〉をもってくるようサイバライに伝えろって言ったんだよね。つか、あなたがたも経筥を手に入れたかったの？　なんで？」

「それは――中身のものを見られては困るから。だそうです」

「金塊がほしかったんじゃなくて？」

「ちがいます。よそ者に見られちゃいけんものが入ってるからです」

それが何かはもちろん、言わない。だから首藤を逃がした。萌絵たちに経筥を渡されては困ると思ったからだ。

「……とは言っても、うちの出土遺物なんですけど」

「わかっちょん。けど、美和先輩と鈴子さんは隠したかったんや」

経筥の中身には一体どんな秘密があったのか。それは柊太も知らないという。柊太は美和に協力はしているが、所詮《しょせん》、部外者だ。

鈴子は「鬼会の道具」だと言っていたが、金塊ではないとしたら、その道具のことだろうか。道具以外にも何か入っていたのだろうか。首藤はその目で確認したはずだが、そのことについては何も言ってはいなかった。

「柊太さんはなんで美和さんに協力したんですか」

「なんでっち言われても別に。いつも世話になっちょんけん。憧《あこが》れの先輩やし」

同じ地域に住む者の絆《きずな》というものがある。家族や親族だけが大事なのではない。同じ地区で子供の頃から一緒だった。ましてや神楽保存会で週一は顔を合わせる者同士だ。大賀家は先祖代々この地にいたわけではないが、地域の伝統芸能を盛り上げるのに熱心なのだという。そうでなくとも担い手は減り続けている。ただのサークル活動とは切実さが違う。

「別に理由はない。困ってるんやったら力になりたかった。ただそれだけや」

柊太がさっき事件現場にいたのは、実は櫻木鈴子に会うためだった。鈴子から美和に連絡があり、今夜首藤が店に来ると告げられたという。首藤の本当の目的は「ヘヤマの経筥」に入っていたはずの銅板経」で、そのありかを櫻木が知っていると踏んで、鈴子を問いつめるために店に来るようだ、自分ひとりで会うのは怖いから用心棒として立ち会ってくれないか、と鈴子から頼まれたが、急な知らせだったので美和が動けず、代わりに柊太が店に行ったというわけだ。

鈴子の言った通り、首藤は来た。

首藤と鈴子が深刻な顔で話し込む様子を、柊太は少し離れたテーブルから監視していた。時々言い争うような場面もあった。だが想定外のことが起きた。

そこに剛流たちが押しかけてきて暴れだしたのだ。しきりにキョーバコを返せ、と叫んでいた。柊太は店から逃げ出して、警察に通報したという。

「首藤氏と鈴子さんが会っていたのか。しかも銅板経のことでとは」

ともかく、と無量は言った。

「経筥《きょうばこ》は首藤氏のもとにあるというなら、俺たちのやることは、ひとつしかない。首藤氏とっ捕まえて、中身の揃ってる状態で経筥を耳そろえて返してもらうことだけだ」

「でも今の話だと、鈴子さんと美和さんが黙って引き渡すとは思えないけど」

柊太は妨害する気まんまんで耳を傾けている。

萌絵が無量を部屋の外に連れ出した。廊下に出ると小声になり、

「やっぱりあとは警察に任せて首藤氏の身柄を確保してもらうしかないと思う。下手に五家の人間に接触させるのはまずいよ」

「警察はあてにならない。だってあそこの刑事『見つけてもいない遺物なんて捜せませんから—』なんて言いやがったし」

「すねないの。言うこと聞いて。相手は侵入強盗なん——」

そこへ竹本が戻ってきた。一緒に鈴子の店の前まで行って、騒ぎのどさくさではぐれてしまったきりだった。

「すみません、竹本先生。先に戻ってきてしまって」

「いや、いいんだ。わしも鈴子くんを捜してた」

え？と無量は聞き返した。

「鈴子ママはどうしたんですか。お店にいなかったんですか」

「今夜は店に来てたそうだが、騒ぎのあと、誰も姿を見ていない。病院にはおらず、警察に連れていかれたわけでもない。自宅にも戻ってないようで、連絡がとれない。店のお姉ちゃんたちといっしょに捜してたんだ」

いまだ見つかっていないという。部屋に残っていた柊太にもそれを告げると表情を曇らせた。

「まさかサイバライに連れて行かれたんじゃ」

「けど連れてく理由がないんじゃない？だって首藤が捜してる銅板経はもう見つかってる。鈴子ママに首藤が連れていかれたんならともかく」

財前に店まで押しかけられて身を守るために姿をくらましたのだろうか。心配だったが、もう時間も遅い。捜す当てもないため、萌絵たちは朝を待って行動することにした。

＊

　一夜明けて、忍と斗織が訪れたのは、首藤の装蹄所《そうていしょ》のそばにある乗馬クラブだった。昨夜、別府の北浜に首藤が現れたことは萌絵たちから聞いていたが、その後の行方がわからないと知り、捜索をかねて身辺調査を続けることになった。

　乗馬クラブは湯布院《ゆふいん》町にある。秀麗な由布《ゆふ》岳の麓《ふもと》にある牧場は吹く風も爽《さわ》やかだ。本格的な馬術用の馬場もあり、プロの選手が人馬一体で練習している。クロスカントリー用のコースもあって、気軽に乗馬体験できると観光客に人気のスポットだった。

「首藤さんでしたら、しばらくこちらには来ないと思いますよ」

　馬の世話をしていた女性スタッフが、飼《か》い葉桶《ばおけ》を洗いながら、忍たちの問いに答えた。

「出張でしょうか」

「少しお休みをいただいてます。今は小倉が開催中なんですが、他の方に任せたようで。体調でも崩したんやろか」

　乗馬クラブのほうでもここ数日、姿を見ていないという。

「宇佐神宮に霊水を汲《く》みにいくようなことを言ってたのになあ。験《げん》担ぐひとなんですよ。大きいレースの時は馬の安全を期して、蹄鉄打つのに霊験あらたかな水を使うんだそうです」

「装蹄師さんでも珍しいんですか？　そういう人は」

ですねえ、と女性スタッフは放牧場のほうを見やった。サラブレッドが大きな体を横倒しにして、しきりに砂浴びをしている。

「首藤さんの場合は、事故があってからですかね」

「事故。競技中の、ですか」

「若い頃に中央競馬の装蹄師をしてたんですけど、G1レースで担当した馬が骨折をしてしまいましてね。……予後不良で殺処分になってしまったんです」

サラブレッドは五百キロ近い体重を繊細な細い足で支える。そのため怪我も多く、治る見込みのない大きな骨折をした場合はそのまま安楽死させるのだ。

「足元に不安があった子で、首藤さんもとても神経を使いながら毎回装蹄してたそうなんですが、それを乗り越えて勝ちを重ねて、とうとう天皇賞まで行ったんです。人気も高くて期待されていただけにショックが大きかったんでしょうね。ただ、そのときに蹄鉄に問題があったと馬主が騒ぎたてて」

「蹄鉄に……ですか」

「示談で解決したそうなんですが、それがトラウマでレースのたびにひどいプレッシャーを感じるようになって精神的にまいってしまったようなんです」

中央競馬の装蹄師をやめたのはそのためだったのだ。

「乗馬のほうに転向してからはだいぶ落ち着いたそうで、いつもにこやかにされてます。

ああ、今日はお弟子さんが作業場を開けてると思うんで詳しいことはそちらに」

忍と斗織は作業場のほうに向かった。弟子の名は佐久間《さくま》といい、去年、装蹄師の資格をとったばかりの若者だ。作業場には火炉《ほど》があり、造鉄の作業をしている。この残暑の中、火と向き合う作業は過酷だ。休憩を待って、忍は声をかけてみた。

「首藤さんなら今週いっぱい夏休みとってますよ」

身内に不幸があったといい、家にもしばらく戻らないという。忍は「馬を愛するブロガー」という態《てい》でほどよく乗馬に関する雑談をかわしながら、佐久間から話を聞き出した。

「ここで鍛鉄するんですね。……あの額に入っているものはなんですか？」

様々な蹄鉄見本の隣に、棒状のものがたくさん並んだ額がある。忍は三島神社にあった絵額を思い出した。すると、やはり、

「ああ、和釘《わくぎ》です」

「和釘を作ってらっしゃるんですか？」

「はい、首藤さんがここ数年取り組んでいる〝久留島釘〟の復元なんです」

忍はハッとした。森藩で作られていた良質の和釘のことだ。鍛冶屋《かじや》でもあった大神の子孫が作って販売し、江戸でも大好評だったという。

「首藤さんのご先祖さんが鍛冶屋だったそうで、最近では馬よりも昔の鍛鉄技術を復活させることに力を入れてますよ。神社仏閣の修繕なんかでも使われてます」

首藤が現場に残した〈鬼爪〉は宝生のものだった。宝生は明礬作りをしていたはずだが……。

「そのご先祖、どちらの方か、などは聞いてますか」

「元々は海賊だったそうです」

「海賊？」

「村上《むらかみ》水軍ってやつです。そこで船鍛冶をしていたんだとか。お殿様が九州に飛ばされた時についてきたそうなんですが、先祖代々、船釘を作ってたと。装蹄師になったのも本当は鍛冶がしたかったからとよく言ってますよ」

佐久間はスポーツドリンクをがぶのみしながら、笑った。忍は思いきって〈鬼爪〉のことを尋ねてみた。

「首藤さんはこのような黒曜石の細工を持っておられたりはしますか」

「……ああ、それ〝鬼の爪〟というものですよね」

佐久間はずばり言い当てた。

「なんで知ってるんですか」

「事務所の神棚に祀《まつ》っていたからです。馬の蹄《ひづめ》は爪なので、馬たちの蹄が鬼の爪のように丈夫になりますように、鬼が馬の足を守りますようにって、首藤さん願をかけてました。そんなに固くなったら削れなくなりますよって笑ったんですけどね。信心深い方なんで宇佐神宮の御札と一緒に毎日手を合わせてますよ」

忍と斗織は「やはり」と顔を見合わせた。あのサイバライの〈鬼爪〉の主は、首藤だったのだ。

佐久間によれば、首藤は来週には装蹄所に戻るという。

忍と斗織は放牧場で草を食《は》む馬たちを眺めながら、牧場カフェに落ちついて、これからどうするかを考えた。

「どこかに逃亡したとかでないなら、帰るのを待って経営を返してもらうよう説得することもできそうだが」

「いや、警察に突き出しましょうよ。忍さんに怪我させた張本人っすよ」

忍の耳には入っていない。無量が傷つけられたらキレるくせに、自分のことには無頓《むとん》着《ちゃく》なのだ。考えているのは別のことだった。

「久留島釘か……。先祖が来島から来た鍛冶職人ということは、宇龍谷の土砂崩れの後に来たということだ。彼は五家の子孫じゃなかったのか」

「やっぱ宝生じゃなかったんすよ。だって宝生は満州から帰ってないんでしょ。赤の他人が小判めあてで〈鬼爪〉を買い取ったとか、盗んだとか、そういう可能性もあるんでしょ」

うちみたいに、と言った時だけ斗織はやさぐれた顔をした。忍も胸中を察しつつ、

「だが首藤氏の目当ては銅板経だ。金塊の噂ならともかく、銅板経のことを首藤氏はどこで知ったんだろう」

大神は彼のことを「サイバライ」と呼んでいた。宝生が災払鬼の担当だったからだと思っていたが、五家ではない〈鬼爪〉の所有者をそう呼ぶのは、単純に、彼が持っていた宝生の〈鬼爪〉につけられた名称が「サイバライ」だからかもしれない。

「そういや、うちは財前のおじさんからよく『シズメ』って呼ばれちょった。屋号か何かかと思ったら、黒之坊の役が鎮鬼やったからか」

つまりシズメの〈鬼爪〉だ。斗織が持っているのは。

「金塊の権利者を、所有してる〈鬼爪〉の名で呼んでたんだろうな」

「じゃあ、財前はオスズ？　櫻木はメスズ？　大神だったらアラ？」

「あの三家は昔と今の持ち主の家が一致してるから、そう呼んでいないだけだろう。ただ、気になることがある。永倉さんが捕まえた田端さんの幼なじみ、柊太さんと言ったか。彼は首藤氏を見て『あんたがサイバライだったのか』って口走ったらしい」

「面識があったってことすか」

「ああ。その首藤氏は、僕ともみ合ったとき、僕に向かって『大神の子分か？』と訊いてきた。僕のことを柊太さんと間違えたのかもしれない。斗織が言ったように大神と首藤氏の間には特別な何かがありそうだ」

それに昨夜、首藤は鈴子とも会っている。

「大神と櫻木と首藤。この三者の因縁か。それはなんなんだろう」

ともかく首藤の居場所をつかむのが先決だが、出土遺物を持ってうろうろできるとも思えない。一般的に出土遺物は土から出して酸素に触れた途端に劣化が進む。ただ、銅製遺物は緑青（青サビ）が酸化をある程度、防いでくれているので、その点はまだ安心と言えるが……。

それでも早めに環境の整ったところに戻したい。首藤は返却と引き換えに、銅板経の解読を要求している。無量によれば錆《さび》がひどく、そう簡単に解読はできないとのことだったが、線刻した文字が完全に埋まったわけでもないようなので、数日中には可能だ。

「サイバライと取引か……」

さて、どうセッティングしたものか、と考えていた忍のスマホに通知が入った。

萌絵からのメッセージだった。

「………。鈴子さんが行方不明、だと？」

昨日の騒ぎからこっち、櫻木鈴子と連絡がとれていないことは萌絵から聞いていたが、いまだに行方がつかめていないという。

忍は直接萌絵に電話して詳しい状況を聞いた。店の者が何度も鈴子のスマホに電話をかけたが、電源が切れている状態だと繰り返すばかりで、ＬＩＮＥも既読にならない。自宅はもちろん立ち寄りそうな場所はすべて捜したが、どこにもいないという。むろん病院でも警察でもない。いま、萌絵たちが竹本といっしょに別府中を捜し回っているという。

『鈴子さんは昨日、首藤氏とも会っているので、心配で』

　忍に怪我を負わせるくらいには容赦ない男だ。鈴子の身の上に何かあったのだとしたら、取り返しがつかない。忍は頭をフル回転させて、対応を探った。

「永倉さん。大賀さんとは連絡はとれたの？」

『いえ、今はそれどころじゃなくて』

「なら大至急コンタクトをとってくれ。大賀さんの祖父母に」

　え？　と萌絵は意表をつかれた。

「美和さんでなくて、祖父母、ですか」

　忍は「ご存命ならね」と付け加えた。

「大賀さんの上の世代のひとなら、何か事情を知っているはずだ。彼らの思惑を知るには、先にそれを知るしかない。僕が行こう。直接会って話をするから、大賀家の人たちの連絡先を調べあげてくれ」

＊

　一方、無量たちは一晩無事に銅板経を守り切り、ようやく取り上げに漕《こ》ぎ着けた。

　その足で豊後大学の整理室に持ち込んだ。屋敷と無量が机の上の銅板経を囲んで実測作業をしていると、歴史博物館から坂田《さかた》という男性学芸員が知らせを受けて駆けつけた。

「やはり、銅板経のようですね」

坂田は重要文化財になった長安寺の銅板経も取り扱ったことがある。

「いつごろのものでしょうか」

「うーん……」

坂田は虫眼鏡《ルーペ》を近づけて、細密に毛彫りされた文字をたどっている。全体に錆に覆われていたが、線刻部分の凹凸はかろうじて残っていて、読める文字もある。

「奥書がないので正確には言えないのですが、おそらく長安寺や求菩提《くぼて》山の銅板経、金《きん》峯《ぷ》山《せん》の銅板経片と同じ十二世紀でしょうか。ただ様式が異なるのが気になります。もっと古いかもしれない。求菩提山のものなどは銅筥《どうばこ》に入った状態で保管されていたので、これも元々は、経筥などで保管されていたのでは」

〈ヤマの経筥〉とみられるものの緑青の痕跡《こんせき》から大きさを推測すると、確かにこれが収まりそうだ。

「じかに埋めたわりには、金峯山のような破片になるほど劣化していないので、埋まっていた年月はそこまで長くはなかったんじゃないでしょうか」

「埋めたのは江戸時代の初期頃だったようです。何が書かれているか、わかりますか」

「これは法華経の一部です」

坂田は即答した。

「正確には『妙法蓮華経《みょうほうれんげきょう》』。他にもあと三十数枚はあったのでは」

「念のため、その下も掘ってみましたが、敷石があっただけでした」

「そうですか。では他の場所にあるのかもしれません。これは法華経の一部で、如来寿《にょらいじゅ》量品《りょうぼん》という部分ですね。釈迦《しゃか》が阿弥陀如来《あみだにょらい》について語ってるものです」

法華経は二十八の章からなる。漢訳された三つの経文のひとつが「妙法蓮華経」という。十二世紀、末法思想の世に経塚があちらこちらに作られた時代、最もてはやされていた法華経は、紙だけでなく、石や瓦《かわら》など様々な形で残された。

「もともとはどこかの経塚に埋まってたということですか」

と屋敷が問うと、坂田は「埋まっていたとも限りません」と答え、

「求菩提山のものは岩屋に納めてあったといいます。経塚の代わりにしたんでしょう。国東半島にも岩屋がたくさんありますからね」

「六郷満山の、岩屋……」

はい、と坂田は言った。

「私の師匠である小野田保《おのだたもつ》先生は、十二世紀の天台宗と六郷山の関わりを研究されていたのですが、九州の経塚も研究しておりまして」

「小野田？　ああ、豊後大の先生ですよね。うちの発掘現場にも挨拶《あいさつ》に来た」

無量も覚えていた。小柄だが貫禄《かんろく》があって、挨拶が長かった豊大の名誉教授だ。銅板経が出土した時も駆けつけて、取り上げの協議に加わっていた。

「はい、その小野田先生です。先生は経塚への埋納以外にも国東塔などへの石塔納経など、多様な形があったと説いておられます。その中に岩屋納経というものもあったと」

「岩屋ですか」

「天然の石塔のようなものですし、国東には岩屋が無数にあるので、そこに未発見の銅板経もあるのでは、と常々言ってましたねえ」

無量は口に拳《こぶし》をあてて考え込んだ。

「残りの三十何枚かも、どっかに残ってる可能性とかはあるんでしょうか」

「ない、とは言えないね。むしろ、どこかにはあるだろうね」

「岩屋で見つかった求菩提山の銅板経は、確か国宝になってるんすよね」

「そっちは見つかったのも十六世紀だけどね。今もある可能性はゼロではない。状態にもよるが、銅板経はとても貴重だから」

隣で屋敷がいたく興奮している。国宝級・重文級の可能性も出てきたためだ。

もう少し精査する必要があるので、整理作業にかけたあと、X線等で解析する手はずとなった。坂田が帰った後で、屋敷が言った。

「これも狙われてるんだろ？　セキュリティーをしっかりしないとな」

「犯人は、この銅板経の正体を知ってるんすかね。何が書かれてたか、しきりに知りたがってたらしいけど」

「そうだなあ。裏に仏像なんかが描かれてるものもあるしね。法華経の内容自体は、普通に図書館で調べればわかる」

無量には首藤の狙いがよくわからない。何のために銅板経を手に入れたいのか。目的がわからないうちは、うかつに情報を与えるのも安易に答えるのもまずい気がする。

「つか、そいつ何なの？　装蹄師《そうてい》が『馬の耳に念仏』とか言いたくてやらかしたんなら、張り倒す！」

キレ気味の無量を屋敷がなだめた。そんな無量を我に返らせるように、スマホがブルッと震えた。取り出すと、忍からメッセージが入っている。大賀美和の祖母の連絡先がわかった、とある。これから斗織と一緒に訪問してみると。

「国見町《くにみ》か……。国東半島の先端だな」

そんな無量のもとに今度は萌絵から電話がかかってきた。萌絵は行方不明の鈴子を捜索していたはずだ。鈴子が見つかったのか、と思ったら、

『西原くん、大変！　テレビつけて！　テレビ！』

は？　と思い、無量は屋敷に聞いた。資料室にビデオ再生用のテレビがある。言われた通り、つけてみると地元のニュース番組をやっている。事故現場か何かの生中継をしているようだ。リポーターによると、別府市内のコンビニ前で刺傷事件が起きたと言っている。無量はスマホに向かって、

「生中継のこと？　男のひとが刺されたとか言ってるけど」

萌絵が金切り声で叫んだ。

『そのひと、首藤さんなの。刺されたのはサイバライの首藤さんなんだってば……！』

第六章　カイシャクの野望

　まさか二日続けて病院に駆けつける羽目になるとは思わなかった。

　首藤《しゅとう》の搬送された病院がわかったのは、意外にも竹本《たけもと》が教えてくれたからだった。ちょうど事件発生の少し後に現場を通りかかって、首藤が搬送されていくところを目撃したという。救急隊が搬送病院を伝えているのを耳にして萌絵《もえ》に知らせてくれたのだ。

　萌絵と無量《むりょう》が駆けつけると、竹本は一階のロビーで待っていた。

　すでに外来診療は終わっていて、長椅子の並んだフロアは閑散としている。

「ここの院長は古い顔見知りだから、ついといで」

　さすが竹本、別府は庭と言い切るだけのことはある。聞けば、入院したこともあるらしく、病棟にいる顔見知りの看護師を言いくるめて、首藤の容態と病室を聞き出していた。

「意識もあって命に別状はないらしいが、脇腹を刺されて重傷らしい。いま、警察官が事情を聞いてる」

「つか、竹木先生。なんで気づいたんすか、刺された男が首藤だって」

「昨日、現場の野次馬の中に見たからな。あの男が永倉《ながくら》さんの……というか、永倉さんが追っていった兄ちゃんを追って動いたのを」

だてにミステリー作家はしていない。確かに首藤の風貌《ふうぼう》は一度見たら忘れないくらいには印象深いものがあるし、萌絵から人相を聞いてもいたが。

「誰にやられたんでしょう……。まさか、鈴子《すずこ》さんが」

萌絵が恐れているのは、鈴子ママが思いあまって刺したのではないかということだ。

「昨日店に来た首藤に何か脅されたのかも。それでひと思いにブスッて」

「でも、逃げた犯人は男だってテレビで言ってたよ」

次に頭に浮かんだのは柊太《しゅうた》だ。まさか柊太が美和《みわ》に頼まれてやったのか？

「いやいやいや、経営《きょうぼこ》返せって迫ってた相手を刺しちゃ駄目でしょ。死んだら返してもらえなくなる」

「逆だよ。殺して手に入れるつもりだったんじゃ」

不穏な会話をしていたせいで、通りかかった患者や患者の家族が不審そうにこちらを見ている。慌てて声を潜めた。

「警察が帰ってくぞ」

物陰から窺《うかが》っていた竹本が知らせた。事情聴取が終わったのだ。無量たちは迷ったが、ここまで来てすごすご帰るわけにもいかない。竹本が看護師の目を引きつけている間に、ふたりは首藤の病室に忍び込んだ。

病床が足りなかったのか、個室だったのは幸いだった。そっと入ってきた萌絵たちの姿に、ベッドの上の首藤が気がついた。水色の病院着姿だ。点滴をしているくらいで酸素マスクなどはしていなかったが、顔色が悪く、全体に憔悴《しょうすい》して見えた。

「大丈夫ですか、首藤さん。とんだことになったみたいで」

おそるおそる声をかけると、首藤は少しあきれた顔をした。

「昨日の君か。こんなところまで追いかけてくるとは。……一緒にいるのは？」

「あんたが経筥《きょうばこ》持ってった発掘現場の発掘員っす。西原《さいばら》と言います」

サイバラ？　と首藤は驚いた。彼もまた名前の奇妙な符合を感じたのだろう。

「なんしにきた。俺を警察に突き出しにきたんか」

「うっ、まじイケボ。あんたが噂のサイバライっすか。ほんとに迷惑してるんすよ。現場に残した〈鬼爪《おんづめ》〉は宝生《ほうしょう》のやつですよね」

首藤は絶句してしまった。発掘調査をしているだけの人間が、なんでそこまで知っているのか。その調査力に舌を巻いている。

「君たちはいったい……」

萌絵が名刺を差し出して、忍《しのぶ》のことも含め、ここまでの経緯をあらかた語った。斗織《とおり》というシズメの〈鬼爪〉の持ち主が発掘現場にいたことまでは首藤も知らなかったのか。ようやく納得して、降参したように頭を垂れた。

「そうだったのか……土の下に隠れてた物体がなくなったのに気づくとは、さすがその道のプロだな。相良《さがら》という男のことは、すまない。大神《おおが》の子分と勘違いした。部外者に手を出すつもりはなかった……」

詫《わ》びるために体をかがめると傷口に響くのか、首藤は左の脇腹を押さえている。

それを見て、無量は複雑そうに顔をしかめ、

「遺物盗んで忍に怪我させて、バチがあたったって言いたいとこスけど、……大丈夫っすか。刺されどころがまずかったら、死んでますよ。あんた」

無量も腹を刺された経験があるので、かなり危ない状況だったことはわかる。しかも首藤は忍にけがをさせた男だ。顔を見たら真っ先に殴り返してやろうと思っていたのに、先にけが人になって、しかも頭を下げられてしまっては拳をひっこめるしかなかった。

「つか、誰にやられたんすか。通り魔なんかじゃないすよね。顔見知りですか」

「カイシャクだ」

首藤は憔悴した目で、低くつぶやいた。

「カイシャクにやられた」

無量にはなんのことだかわからない。萌絵は思い出し、

「確かそれって……鬼の介錯をする人のことですか」

修正鬼会の話だ。一般には「鬼役の支度（鬼からげ）を介助する者」を指すが、鬼役が寺の外に出て本物の鬼になってしまった時に首をはねるための役ではないか、と岡田《おかだ》は言っていた。首藤は自分の状況を、災払鬼に見立てて自嘲《じちよう》したのかと思ったが、

「たとえやない。経筥も銅板経も見つかって、俺が用なしになったんやろう」

「ちょっと待って。なんですか、それ。用なしって、まさか共犯者が？」

「宇龍谷のカイシャク」

首藤は青白い頬をこわばらせ、硬い表情で言った。

「五鬼を殺す権利を握る者だ」

＊

忍と斗織がやってきたのは、国東半島の最東端。国東市国見地区にある老人ホームだった。

姫島行きのフェリーが出る伊美《いみ》港があり、伊美別宮社という古社もあることで知られている。集落からは少し離れた、静かな場所にホームはあった。青い海が見渡せるだけで特別豪華なものは何もない建物は、シンプルながら落ち着いたたたずまいだ。エントランスからは海が望める。

忍はそのひとと対面したとき、はっとした。櫻木《さくらぎ》鈴子に面立ちがよく似ていたからだ。鈴子のほうは現役の経営者だけあってか、身につける着物も高価で、結い上げた髪も化粧も隙がなく、目つきも鋭かったが、そのひとは自然体で、少しふくよかな体つきにゆったりとしたワンピースをまとっている。

大賀《おおが》雅子《まさこ》は美和の祖母だ。夫を十年前に亡くし、今はのんびり老人ホームでのひとり暮らしを楽しんでいる。

「義理の両親や主人の介護で苦労したもんですけんね。子や孫には苦労かけたくなくて、さっさと自宅を売ってここに移ったんです。子らに残す財産は減ったけど、余生くらいは好きにさせてもらおうっち思って」

日中はまだまだ暑いが、日が落ちてくると吹く風も涼しくなってきた。秋の気配がやってきた晩夏の庭は、さわさわと優しく木がざわめき、遠くから波の音が聞こえる。お気に入りらしい木製ベンチで、雅子は語った。

「年取ったら都会がいいちゅうひともおるけど、私はやっぱり、静かなとこが好き。毎日のんびり海を見て過ごすのが夢やったけん。……向こうに島影が見えるやろ。あれが姫島。その先に横たわるのは、もう山口県」

「こんなに近いんですか。すぐそこですね」

忍が感動していると、雅子は小さな目を細めて笑った。

「湖みたいなもんですわ。国東は、特にこのあたりは、鉄道もなく不便で時代から取り残されたようなところですけど、静かなのは本当に静か。それに時代から取り残されたからこそ、残ったものたちが、ここにはあるような気がするんですよ」

突然の面会は断られるかと思ったが、雅子は快く受け入れてくれた。

念のため、職員には名刺を差し出して身元を明かしていたが、品のいい好青年と金髪ヤンキーという組み合わせが奇妙に見えたか、職員からは怪しがられた。立ち会うと言われたが、雅子が拒んだ。家族以外で若い男子が訪れることなど滅多にないためか、心なしか、表情も華やいでいる。

「私に訊《き》きたいことっちいうのは、なに？」

雅子のあまりに穏やかな様子を見て、忍はここに来たことを少し後悔した。自分が用意してきた質問はあまり喜んでもらえる類《たぐい》のものではないとわかっていたからだ。

「大神と櫻木と……サイバライのことを聞かせていただけないかと思い、伺いました」

雅子の表情は変わらなかった。穏やかな笑みをたたえている。言おうとしていることが伝わっているのか、少しばかり心配になったが、

「お訊《たず》ねになっちょんのは、四百年前の罪のことですか。それとも少し前の罪のことですか」

忍と斗織は固まった。「罪」という言葉を使ったことに、ただならぬものを感じたのだ。忍は少し考えを巡らせてから、

「では少し前のほうから」

雅子はゆっくりとうなずいて、語り出した。

「私の旧姓は櫻木といいます。櫻木雅子。大神に嫁いでもう六十年になります」

「櫻木。では、あなたは鈴子さんの……」

姉です、と雅子は答えた。どうりでよく似ているわけだ。

「そして姑《しゅうとめ》は、宝生からの嫁でした」

五家はかつて互いを監視するため、他の四家から嫁を迎えていたというが、雅子もそのひとりだったのだ。

「宝生が満州に移り住み、その後、音信不通になったのはご存じ？」

「はい。終戦後も連絡がとれなかった、と鈴子さんから」

「一族の者は戻ってこなかったのですけれど、なぜか、サイバライの〈鬼爪〉だけが大分に戻ってきたのです」

宝生の〈鬼爪〉のことだ。首藤が所有していた、発掘現場の遺留品。

「進駐軍がいた終戦直後の別府で〝金塊が手に入る鬼の爪〟などという怪しい売り文句で、売り買いされていたのです。それもかなりの高額で」

話を聞きつけた櫻木家と大賀（大神）家が、その回収に走り回った。大賀家は当時まだ辻間にいたので、ことさら、警戒していたという。

「ある夜、三島神社に男たちがやってきました。そして土を掘り返し始めたのです。夜ごとに来ては、あちこちを。明らかにそれは〈ヤマの経筥〉めあての男たちでした」

「金塊狙い、ですか」

「大神と櫻木はこれを見過ごしにできず、三日目の夜、男たちを――斧《おの》で殺しました」

忍と斗織の表情がこわばった。

殺害、だと？

「それは……ほんとうなんですか」

「亡骸《なきがら》となった男の懐にあったのが、サイバライの――宝生の〈鬼爪〉やったんです」

雅子の穏やかな語り口が、かえって生々しい。

朝になって集落の者に見つかった男たちの亡骸のそばには「災払鬼」と書かれた半紙と血まみれの斧が置かれていた。それを見て村の人々は「神社を荒らす不心得者が鬼に退治された」と噂した。警察が捜査したものの、とうとう犯人は見つからなかった。

終戦直後の別府では人死など日常茶飯事。新聞の片隅に載っただけで、大きな事件にもならなかったという。

「サイバライの〈鬼爪〉は大神が回収したんですね。その後はどうなったんです」

「……共犯者がこれを引き継ぐことになりました」

忍は少し黙り、

「もしかして、それが〝首藤〟ですか」

はい、と雅子は答えた。

「首藤は、男たちの殺害に加わったひとりでした」

大神から「手伝ってくれれば、金塊の権利者にさせてやる」と持ちかけられ、請け負ったという。

「首藤と大神、ともに森藩の扶持《ふち》鍛冶でした。大神は地元、首藤は伊予から、ともに互いの技術を学びあい、生かし合って、久留島釘《くぎ》を作り上げたのです。ただ、お殿様は宇佐神宮ともゆかり深い大神を取り立てるようになって、徐々に首藤は格下に扱われるようになっていったとか」

明治に入ってからは実業家として成功した大神のもとで、陰ながら働いた。大神の信頼は厚く、首藤の借金を肩代わりしたこともあったという。

「大神にとっては身内のようなもんでしたから、首藤にサイバライを引き継がせたんです」

大神と櫻木と首藤。

つまり、彼らは「金塊めあての男たち」を殺害した罪で結びついていたのだ。

財前《ざいぜん》はそれを知りながら、自分の手を汚さず、見て見ぬふりをした。それどころか、弱みを握ったように何かと強く出てきて、大神たちを悩ませたという。殺人者と傍観者。

しかし、そこにはやはり「実際に人を殺した者」への恐れから来る緊張関係があった。

財前親子が大神と櫻木を真っ先に疑ったのも、そのせいだろう。

「黒之坊は？」

いっこうに名が出てこないことが気になって、斗織が訊ねた。

「鎮鬼の黒之坊はどこいっちゃったんすか」

「黒之坊はすでにおらんかったんです。戦前に商売を始めると言って博多《はかた》に出たまま、連絡がとれんようになっしまった」

斗織が持つシズメの〈鬼爪〉も、やはり、市中で売り買いされていたのだろうか。

井上康二郎《いのうえこうじろう》は〈鬼爪〉の由来を調べる中で、財前と知り合ったようだった。

「しかし、鈴子さんは〈経筥《きょうばこ》〉の中身は金塊ではないと言ってました。実際、首藤氏も金塊はなかったと」

雅子がちょっと不思議そうな顔をした。忍は事件の経緯をまだ話していなかったことに気づき、知る限りのことを語った。

「……そうですか。それで美和たちが騒いでいたんですね」

「美和さんもこちらに見えたんですか？」

「サイバライのことを訊ねていきました。ただそれ以上は、私には心配をかけたくなかったんか、何も。……金塊が本当にあるかどうかは、実のところ、誰もわかっちょらんやったんです。ただ一部の家にそう伝えられていただけで」

同じ五家でも、金塊を信じる者もいれば、信じない者もいた。

「櫻木の伝承では、経筥には如意輪寺で鬼になった荒鬼役の得物が入っていると伝わっていました。鬼が村人を殺した刀が」

萌絵が話していた伝説のことだ。忍は違和感を覚え、

「待ってください。宇龍谷は地震で埋まったのですよね？　鬼を出してしまったから、離散したのではなかったのでは」

「地震に埋まった後の話です。五家が山香に移ったことは聞きましたか」

「はい。確か、馬上金山で金を掘ったと」

「その山香で、事件は起きたのです」

忍もはっとした。

雅子は夕方の風に吹かれながら、遠いまなざしをした。徐々に薄暗くなってきた水平線の向こうに浮かぶ、蜃気楼《しんきろう》のような陸影を見やった。

「谷を追われて田畑を失った五家を救ったのは、法来坊源心《ほうらいぼうげんしん》という修験者でした。有望な金脈があるから一緒に掘ろうと言われ、五家は坑道の近くに住み着いたんです」

法来坊の言葉通り、大鉱脈に当たり、五家は大儲《おおもう》けしたかにみえた。だが分け前の多くは法来坊が独り占めして、五家の者は人足同然の扱いに不満を募らせていた。

三年目の冬のこと。五家は山賀に小さな寺を建て、如意輪寺と修正鬼会を復活させることになった。その頃には雇う人足も増えて、久しぶりに賑《にぎ》やかな鬼会を開くことができたという。

「その鬼会の最中のこと。荒鬼が突如暴れ出して、お堂を飛び出したんです」

「まさか……」

「そう。お堂を飛び出した荒鬼が向かった先は、法来坊のもと。そしてそのまま――」

ごくり、と斗織が喉《のど》を鳴らした。

忍も神妙な顔をして、

「殺害したんですね」

雅子は遠い目をしている。海の向こうを見つめている。

「それが、如意輪寺伝説の真相」

四百年前の罪のあらましを知って、忍はしばらく言葉を紡ぐことができなかった。

荒鬼が暴走して法来坊を殺害し、残された五家は金塊を手に入れた。

むろんその暴走は本物の鬼になったためではない。人足たちは恐ろしさのあまりに逃げ出して、二度と寄りつかなかったという。

「……………。その事件を目撃した人足たちが言い広めたのが、如意輪寺の伝説だったんですね。なら、財前家にあった、あの国東塔は……」

あれは法来坊の供養塔もしくは墓だったのか。財前が金山のあったあの地から離れず留《とど》まったのは、墓守のため？

恐ろしいですね、と雅子は言った。

「人間を鬼に変えるもの、それは不平感です。手に入ると思っていたものが手に入らん時、自分にはそうなる権利があるのにそうならん時、ひとは鬼になるんです」

それは単なる欲望以上にひとを駆り立てる。欲望など持ちあわせていなかった善男善女でさえ、そうなる権利が自分にあると自覚した時点で、鬼と化す種を宿すのだ。

権利や平等という考えは、平和を生むと、世間一般には思われているが、本当のところは、取り扱いの危うい思想なのかもしれない。忍はそう思った。

「荒鬼面は忌まわしい邪面とされ、そのとき使った不動刀は経筥に封印されました」

僧侶《そうりよ》殺しは末代まで祟《たた》られる、ともいう。

み穢《けが》れた鬼面も刀も、人の目に触れてはならない。土に埋めたものは、五家の罪がしこんだ血塗られた道具だからだ。殺された僧侶への供養でもあり、忌まわしいものを遠ざけようとする心の作用がそうさせた。

「そうか。鈴子さんたちはそれを知っていたから、美和さんと一緒に経筥を手に入れて、隠そうとしたのかもしれない……」

忍は納得したが、その一方で疑問が残る。

「では、あの銅板経はなんだったんだろう」

それまで淡々としていた雅子が、突然、はっとしたように目を見開いた。

「いま、銅板経、とおっしゃいましたか」

「はい。経筥の下に銅板経が一枚埋まっていたと。しかも、サイバライの男の狙いは、どうやらその銅板経だったようなんです」

雅子の様子が明らかに先ほどと違っている。しわの寄った白い手を震わせて、動揺しながら、

「なぜ……。あれは岩屋の中に埋まっちょんのじゃあ」

「あの銅板経がなんなのか、ご存じなんですか」

雅子は打ち明けるのをしばらくためらっていたが、意を決したように、

「……たぶん、それは宇龍六所権現に納められていた銅板経です。如意輪寺にあったもんを、平安時代にえらいお坊様が鬼の岩屋に納めた、と。ですが、その岩屋は慶長豊後

地震で如意輪寺とともに埋まってしまったはず。どうして」

　落ち着いてください、と忍が横から雅子の震える手を握った。

「サイバライの男は、そこに何が書いてあったかを知りたがっていました。その理由はわかりますか」

「銅板経は三十三枚あるはず。見つかったのは一枚だけですか」

「そう聞いてます」

「なぜ一枚だけなのか、なぜ先祖がそれを経筥といっしょに埋めたのかはわかりません。ひとついえるのは、その銅板経は如意輪寺があった証《あかし》になるいうこと。埋まった岩屋から銅板経を持ち出せた者がいたということ」

　雅子は伝説を目の当たりにしたかのように興奮を隠せず、

「一枚が見つかったということは、残りの銅板経は今もどこかに埋まっているということ。如意輪寺銅板経は本当にあったんや……」

　忍と斗織も、その興奮ぶりから、現場で見つかったのがただの銅板経ではないことを嗅《か》ぎ取った。

「いったい、なんなんです？　如意輪寺の銅板経とは」

　雅子は決然と顔をあげ、ふたりに向かってこう告げた。

「如意輪寺銅板経とは、八幡神の化身と言われた仁聞菩薩《にんもんぼさつ》が自ら銅板に書き上げた、六郷満山一の聖宝物です」

＊

「五鬼を殺す権利を持つ人間……だと？」

無量に訊《き》かれて、首藤は神妙そうにうなずいた。

病室で向き合った無量と萌絵は、ベッドに横たわる首藤のやけに真率なまなざしに、事件の裏にいた黒幕らしき存在を知ることになった。

「俺が銅板経のことを知ったのは、カイシャクに出会ってからのことや」

その男はSNSを通じて最初に連絡をとってきた。首藤は装蹄所《そうてい》のインスタグラムのアカウントを持っていて、時々乗馬クラブの馬たちの写真などを載せていたのだが、そこにDMを送ってきたフォロワーがいたのだ。

男は「カイシャク」と名乗った。

「どこで調べたのか。俺のもとにサイバライの〈鬼爪〉があることを、やつは知っていた。五家のこともよく知っていて、自分の先祖も宇龍谷の出身などと言っていた」

カイシャクとはSNS上だけのつながりだったが、とても友好的な好人物に思われた。担当した馬たちを熱心に応援してくれて、定期的ににんじんやりんごを箱いっぱい送ってくれたり、大会やレースのたびに横断幕などを作ってくれたりもした。

「そのカイシャクから連絡が来たのは、二週間くらい前のことだ。君たちの発掘のことを知らせてきた」

　ベッド脇に立つ萌絵が「発掘が始まる前にですか」と聞き返した。三島神社での発掘調査を何かで把握したのだろう。

「あそこに埋まっている君たちの金塊が持っていかれる。阻止しないと博物館に持っていかれるぞ。見つけられる前に、先に掘り返そうと言われた」

　ツイストパーマの前髪に隠れた瞳《ひとみ》は、後悔をにじませている。

「〈鬼爪〉にまつわる金塊伝説は、祖父から伝え聞かされていたが、俺は興味がないと断った。するとカイシャクから、終戦の頃、うちの祖父がそれを守るために人を殺したと聞かされた」

　家では優しかった祖父にそんな過去があったとは思いも寄らなかったので、首藤はいたくショックを受けた。カイシャクはさらに言ったのだ。

　――実は、あそこには金塊よりも大事なものが埋まっている。銅板経というものだ。自分たちの不名誉な秘密に関わるものだから、学者たちから世間に公表される前に取り戻したい。手伝ってくれ、と。

「祖父がそうまでして守ろうとしたものをよそ者に暴かれてなるかと思った。カイシャクにはよくしてもらった恩もあったし、祖父の名誉を守るためにも手伝うことにしたんや」

　話を聞いていた無量は、ますます口をへの字に曲げて、しかめっ面になった。

「……そのカイシャクってやつ、よっぽど口がうまかったんすね。プロの詐欺師レベルっすよ」

「そのカイシャクといっしょに発掘現場を掘ったんですか」

首藤は首を横に振った。

「指示だけしてきた。面識はない」

「じゃあ、首藤さんを刺した犯人が」

「そうかもしれんし、そうでないかもしれん」

「なら〈ヤマの経筥《きょうばこ》〉はいま、どこにあるんですか」

「カイシャクのもとだ」

首藤の手元にはすでにないという。

「指示された通り、暘谷《ようこく》駅のロッカーに入れて、鍵《かぎ》は指定してきた場所に置いてきた」

その場所も巧妙だ。龍下山《りゅうげざん》成仏寺にある奥の院の石祠《いしぼこら》に入れておけ、と指示を受けたという。

「成仏寺といえば、確か六郷満山のお寺のひとつですよね。今も修正鬼会をしてる」

昔、龍を封じ込めたという伝説がある岩屋の前には石祠や石仏が散在する。観光客でにぎわう寺でもないが、時々、参拝客はいる。そういう寺だ。

「六郷山のお寺を使うなんて……。やっぱり土地鑑のある人っぽいですね。そのひとの目的は、一体なんなんですか。その銅板経には何があるっていうんですか」

首藤は暗いまなざしになり、乾いた唇をゆがませて言った。

「あれは如意輪寺の銅板経や」

無量と萌絵は耳を疑った。

「出土した銅板経も如意輪寺のものだったと……？」

「本来は三十三枚ある。平安時代、如意輪寺近くにある鬼の岩屋に、宇佐神宮の弥勒寺の高僧が納めた国宝級の銅板経だそうや」

そういうものが存在していたことは、国東半島の僧侶たちの間で噂のように聞こえてはいたが、如意輪寺が実在したかも定かでなかったので、その銅板経が本当に存在するのか、誰も確かめることはできずにいたのだという。だが、その銅板経が一枚でも出てくれば、如意輪寺が存在した証にも、残りの銅板経も確実に存在している証拠にもなる。

「西原といったか。君が見つけた銅板経は、六郷満山の創始者である仁聞菩薩が残したという如意輪寺銅板経の一部だ。カイシャクの本当の目的は、その銅板経をすべて手に入れること。そのために五家を利用したんや」

＊

首藤の病室を後にした無量と萌絵を待っていたのは、竹本だった。

犯人はまだ捕まっていないが、とりあえず病院内ならば安全だろうと判断した。もう日も暮れたので、旅館に戻ることにした。

「如意輪寺銅板経だと？　それがあの現場から出てきた銅板経だったのか！」

帰りの車の中で無量が打ち明けると、竹本はひどく驚いた。

「先生、なんか知ってんすか？」

「それはもしかして大友《おおとも》家に伝わる文書に出てきたやつではないか？」

助手席の無量が振り返り、運転する萌絵もルームミラー越しに竹本を見た。

「大友って、戦国武将の大友ですか」

「戦国時代、法来坊源心という僧侶《そうりょ》が、大友家の奉行人にあてた書状が奈多《なだ》八幡宮《はちまんぐう》に残っていてな。その中に如意輪寺銅板経のことが記してあった」

「ほうらいぼう……って何者なんです」

「大友に仕えて御陣祈禱《きとう》を執り行っていた経衆のひとりだった。国東の岩屋にこもって戦勝祈願の行にいそしんでいる時にそれを見つけたとか。かつて六郷満山を創り上げた仁聞菩薩が残したとのいわれのある、幻の銅板経にちがいない、と悟り、一枚だけ持ち出して陣中に持ち込んだとあった」

無量と萌絵は、竹本の知識と記憶力にびっくりした。歴史家も尻尾《しっぽ》を巻いて逃げ出すほどだ。

「いや、小説の題材にしようと思って、昔、調べたことがあったんだよ」

「まさか、それが発掘現場に埋まってた銅板経だっていうんですか！」

首藤の話と照らし合わせると、そういう結論に行き当たる。

「でも、なんでそんなすごいもんがあんなところに」

「わからんが、大友宗麟《そうりん》がすっかりキリスト教にのめりこんでしまったため、僧による戦勝祈願も禁止されたんで、せっかくの大発見も宙に浮いたんだろうな。奈多《なだ》八幡宮に文書があったのも、宗麟の正室が奈多八幡宮の大宮司の娘だったためだ」

国東半島の付け根、杵築にある海に面した古社だ。宇佐神宮ともゆかり深い。奈多夫人と呼ばれたそのひとは、最後まで大友家のキリスト教への改宗に反対し、最後は離縁されてしまった。キリスト教に苛烈《かれつ》な敵対心を持ったがゆえに、宣教師からは「悪魔イザベル」とまで呼ばれたほどだ。

だが、残りの三十二枚がどうなったかまでは記録には残っていない。

「それが実際に存在しているとなると、大変なことだぞ。求菩提《くぼて》山の銅板経でさえ国宝になったのに、それが六郷満山の創始者・仁聞菩薩直々の手によるものとなったら、六郷満山屈指の仏教遺物まちがいなしだ」

竹本が興奮したのも無理はない。

仁聞菩薩は六郷満山のほとんどの寺が開基として名をあげる僧侶だ。記録には一切名が見えないので、実在してはおらず、伝説上の人物とする説が大勢を占めている。宇佐神宮の八幡神の化身と言われ、八幡神が六郷山に峯《みね》入りして修行した姿であるとも言われている。二十八の寺を建て、宇佐神宮という権威のもと、ヤマに集まったあまたの僧侶をまとめあげて、その頂点に立った。国東半島のあちこちに奇跡に彩られた伝説を残した聖僧だ。

「弘法大師のように語り継がれるうちに神秘性を帯びて、現実と架空の境がなくなり、超人扱いされるのは、宗教界ではままあることだ。だが、宇佐神宮の弥勒寺にいた法蓮ならともかく、仁聞菩薩そのものだとしたら大激震だぞ。それが見つかれば、仁聞菩薩が実在したことの証明になるかもしれん。大変な遺物だぞ！」

竹本の言葉を聞いているうちに、無量と萌絵もゾクッした。

無量が掘り当てたのは、その「大変な遺物」の一枚だったということか。

「六郷満山の成立は奈良時代。仁聞菩薩を横に置いたとしても、奈良時代の年号でも入っていれば、少なくとも最古の銅板経となる可能性は高い」

無量は呆然《ぼうぜん》とした。

それがこの発掘の本当の意味なのか。


「無量！」

旅館に戻ると、忍と斗織が待ちかねていた。少し前に国東から帰ってきたところだった。無量も首藤から聞いた「カイシャク」という男のことを伝えようとしたのだが、遮るように忍が訴えた。

「大変だ。さっき、財前氏の奥さんから知らせがあって輝男《てるお》氏が病院に運ばれたと！」

無量も萌絵も耳を疑った。今度はなにがあったのか、と。

「クレーンで持ち上げた石材が滑り落ちてきて、押しつぶされたらしい。ベルトが切れていたと」

無量は思わず顔をこわばらせて、萌絵を見た。萌絵も同じことを考えたのだろう。偶然とは思えない。サッと青ざめて、

「……カイシャク。まさかそれもカイシャクのしわざなんじゃ」

「カイシャク？　なんのこと？」

萌絵は忍に首藤から聞き出した一連の話を語って伝えた。忍と斗織も「第六の男」の存在はまったく想定していなかったので、動揺をあらわにした。

「五鬼を殺す権利を持つ者、だと……？」

修正鬼会で、本物の鬼になってしまった鬼役を殺したのが「カイシャク」だったと萌絵が告げると、忍も悪い予感がしたのだろう。

「サイバライの首藤が刺されて、女鈴鬼の櫻木が行方不明で、男鈴鬼の財前が事故……もしかして、それら全部カイシャクのしわざだというのか？」

「まさかカイシャクが、五家を全員葬ろうとしてる？」

無量たちは想像して背筋が寒くなった。連続殺人でもしでかそうというのか。

「鈴子さんはまだ見つかってないの？」

「首藤さんによると、昨日、鈴子ママの店に行ったのは鈴子さんに呼び出されたからなんだって。『経筥』を返すように迫られたって」

「呼び出されたって……鈴子さんは首藤と面識があったのか？」

「祖父母の代からつながってたらしい」

殺人の共犯者という、罪で結ばれた運命共同体だ。鈴子は遺留品が荒鬼系の〈鬼爪〉だと知って、すぐに誰の仕業かわかったのだろう。

「でも首藤も鈴子ママがいまどこにいるかは知らないと」

「身柄をとられたってことか。もしくは、すでに……」

最悪の事態が頭に浮かんで、無量たちはますます青くなってしまった。

本物の鬼と化した鬼役を殺すのがカイシャク。

萌絵は岡田の言葉を思い返し、恐ろしい考えに行き着いた。

「ひとを殺した鬼の首は、はねなければならない。五家の罪を今こそ、清算させるつもり、そういうこと？」

「それだけじゃない。五家がいなくなれば、権利者が消える」

忍は冷淡に呟《つぶや》いた。

「カイシャクを名乗る男は〈ヤマの経筥《きょうばこ》〉を手に入れた。その上で、五鬼を全員葬って、金塊だけでなく如意輪寺銅板経の残り全部を手に入れるつもりかもしれない」

一体、カイシャクとは何者なのだ。

「狙いは五家か。残るは大神と黒之坊」

「オ……オレ？　オレも狙われるの？」

斗織が持っていることをカイシャクが把握していればの話だが、いま自宅に戻るのは危険なので、大事をとって祖母にも連絡し、斗織は無量たちと一緒に旅館に泊まることになった。

問題は大神だ。大神は四百年前の「殺し」にも、七十年前の「殺し」にも関わっている。罪の清算という意味なら、確実に狙われる。

「美和さんが危ない。すぐに連絡したほうがいい」

柊太の連絡先は昨日聞き出しておいた。柊太から美和に伝えてもらうしかない。

萌絵がどうにか連絡をとろうとしていると、旅館に押しかけてきた者がいる。田端希美《たばたのぞみ》だ。見れば、柊太も一緒ではないか。

「永倉さん、大変です！」

柊太とともに転がるように飛び込んできた希美に驚いて、萌絵だけでなく無量たちもロビーにおりてきた。希美は柊太をせかすようにして何度も肩をぐいぐい押している。

柊太はランニングシャツにゴム草履をつっかけただけで、スマホしか持っていない。出かける支度など全くしていないその姿が、非常事態を告げていた。

「美和先輩を助けてください！」

口を開くなり、そう言った。忍も昨夜の話は聞いている。何があった、と問うと、

「美和先輩のもとにカイシャクと名乗る者から連絡がきて」

やはり、と無量たちは思った。

「〈鬼爪〉を返納するよう、迫られたそうなんです。美和先輩が拒んだら、ならば一週間以内に銅板経の残りを探して、もってこいと。さもないと櫻木さんの命がないと」

無量たちは息をのんだ。思わず互いの顔を見て、悪い予感が的中したと感じた。

「どうやら、そいつのもとに櫻木さんは捕まってるらしいんです。美和先輩は櫻木さんを助けると言って出ていったきり、昨日から帰ってきてません。連絡もつかないんです。先輩だけでどうにかできるとは思えません、手を貸してください！」

どうか、と土下座してしまう柊太を見て、無量たちは選択を迫られた。

「どうする、忍」

忍は険しい表情になって逡巡《しゅんじゅん》する。背に腹は代えられなかった。

カイシャクの正体がつかめない今、選択肢は限られている。

鈴子の安否はわからず、それを助けにいった美和からも連絡がない。カイシャクが美和には手を出さないのは、大神に利用価値があると考えたからにちがいない。

「探すしかない」

忍はそう結論を下した。

「如意輪寺の銅板経を探そう。カイシャクに持ち去られる前に」

「手がかりはあんの？」

後ろで聞いていた斗織が言った。

「如意輪寺がどこにあったかもわかってないんでしょ？　その岩屋も地震で埋まったっ

て。探せない確率のほうが全然高いんじゃない？」

「けどカイシャクがこれだけの行動に出たってことは、何か根拠があるのかも」

と萌絵が言った。その根拠とは「手がかりを美和が握っているかもしれない」というものだ。たしかに、と忍は言い、

「その可能性は高い。こっちはこっちでありったけのところから情報を集めるしかない。幸い大神の雅子さんもいる。出土した銅板経もこっちの手の内にある。それに」

「竹本先生もいるよ」

と無量が言った。この界隈《かいわい》の歴史に詳しいし、銅板経のことを調べたことがあるとも言っていた。史料にも明るい、頼もしい生き字引だ。

「要はカイシャクに先を越されなけりゃいいんでしょ？」

無量は発掘屋の本能がうずくのか、右手を「結んで開いて」している。〈鬼の手《オーガ・ハンド》〉もどうやら息を吹き返してきたところだ。自分が行く、と申し出た。

「いいか、無量。目的はカイシャクを妨害することだ。やつが銅板経を見つける前に捕まえることだ。宝探しよりもそっちが優先だ」

「わかってるって」

「なら、私は鈴子さんの居場所を捜します」

と萌絵が言った。人質の解放が先決だ。希美と柊太も「鈴子救出チーム」に加わることになった。無量と斗織は屋敷《やしき》の許可を得て、三島神社の発掘調査から一旦《いったん》離れ、銅板

経を探すため、明日《あした》から動くことになった。司令塔はむろん、忍だ。

「鈴子さんと美和さんの身の安全が優先だ。みんなも、くれぐれも気をつけて」

＊

竹本によると、如意輪寺があった宇龍谷は山崩れで埋まってしまって、すでにない。その唯一の手がかりと思われるものがひとつだけある。

名は「宇龍六所権現」という。

山深いところにある小さな社だ。だが「六所権現」というところに重要な鍵《かぎ》がある。というのは、六郷満山の寺は神仏習合を推し進めた宇佐神宮の影響を受けて、そのほとんどに鎮守の社が併設されている。中でも大部分を占めるのが「六所権現」だ。祭神は、宇佐八幡の親族神と言われる六柱。

この「宇龍六所権現」こそ如意輪寺の鎮守神ではないか、というのが竹本の推論だった。つまり、そのすぐそばに如意輪寺があったという証拠でもある。

若い頃にフィールドワークもしたことがあるという竹本が近くまでガイドを申し出てくれた。ただし、修験者の入る山だけあってだいぶ険しいから「装備はしっかりやれ」と釘《くぎ》を刺された。無量たちは登山靴とヘルメットを用意した。

場所は杵築市と豊後高田市との境付近になる。例の馬上金山は、鋸山《のこぎりやま》をはさんで、反対側だ。

国東半島の付け根を横断する県道から、山へと入っていく。あっという間に道が細くなってきて、行き止まりになった。

「このあたりまでだな」

と竹本が車を停めた。降りてきた無量と斗織も半信半疑だ。

「本当にこんなところに谷があったんすか」

目の前には山の斜面が覆い被《かぶ》さるようにあるだけだ。このどっしりとした山の下に集落があったとは、とても想像がつかない。ごくり、と斗織もつばを飲み下した。

「これだけの土砂に埋まったんや。ひとたまりもなかったやろな……」

「この細い道をあがっていったところにある。足下が悪いから気をつけろよ」

竹本は忍と一緒に車で待機して指示を出すことになった。道といえないこともない、というくらいの獣道だ。本当にこの先にそんな神社があるのだろうか、と心配になったが、ともかく行ってみるしかない。無量と斗織は山に入った。

見送った忍は、険しい顔をしている。

「ここが宇龍谷唯一の痕跡《こんせき》であることは、カイシャクもとうに把握してるでしょうね」

「まあ、わしでもわかるくらいだからね。簡単に見つけられる場所にあるなら、とうに見つけてるんじゃないだろうかね」

岩肌の見える山の頂のあたりを見つめている。

「実は、竹本さん。ひとつ気になってることがあります」

「なんだね」

「五家のひとつ——財前に伝わる古文書を読みました」

するとと、運転席のシートにもたれかかっていた竹本が思わず身を起こした。

「そんなもんがあったのかい」

「はい。室町時代に書かれた如意輪寺の修正鬼会の式次第などが載ってましたが、一巻だけ江戸時代初期のものだったんです。その中にあった記述が気になりました。荒鬼と災払鬼と鎮鬼、三鬼が松明《たいまつ》を持って講堂の中を廻《まわ》る〝鬼走り〟の場面。不思議な動作があったんです。〝橋渡り〟という」

竹本は興味津々な様子で身を乗り出してきた。

「橋渡り？」

「調べてみたところ、室町時代の式次第にはありませんでした。他の寺の修正鬼会も調べましたが、やはりなかった。如意輪寺の、しかも江戸の本にしかないんです」

「どういう動作だ？」

「〝鬼橋ワタレ、ホッケンキョーヨ〟と連呼しながら橋を渡る動作をするんです」

竹本は驚いた。忍は財前からメモも禁じられたので記憶だけが頼りだ。

「ホーホケキョに似てるからウグイスの鳴き真似かと思ったんですけど、よく考えたらホケキョも元々は法華経のこと。この〝橋渡り〟のかけ声も法華経のことではと」

忍が言おうとしている意味を、竹本は先に読み取ったようだった。

「まさか如意輪寺の修正鬼会の中に銅板経のことが描きこまれていると？」

「しかもその紙背（紙の裏）には裏書がありました」

忍は秘密を打ち明けるように声を低くして、

「法来坊源心と読めました」

竹本も衝撃を受けた。銅板経を見つけた僧侶《そうりょ》の名ではないか。

「源心が書き残していたものだったのか」

「本人の筆《て》によるものかは断定できませんが、源心が銅板経を見つけたのは慶長の地震の前です。もし源心が如意輪寺の岩屋で見つけた銅板経をすべて持ち出していて、どこかに隠していたのだとしたら？　地震で如意輪寺は埋まったが、銅板経は埋まっていなかったのだとしたら？」

忍は財前の家で源心の墓のようなものをその目で確認している。

「源心は馬上金山に移った五家が執り行った最後の修正鬼会で、荒鬼に殺された僧侶です。最後の修正鬼会は、江戸本に書かれたこの内容で執り行った可能性もあります――」

竹本はそれが意味するところを理解して、まずいぞ、と言った。

「もし、その行が、大神に伝わっていたとしたら……」

一方、無量と斗織は細い山道をひたすらあがり続けていた。鬱蒼《うっそう》として山林の向こうに石鳥居が見えてきた。その先は岩肌がむき出しになった崖《がけ》がそびえたっている。くぼんだところが小さな岩屋のようになっていて、そこに朽ちかけのお堂が建っている。参拝者はほとんどいないのか、あまり手入れされているようには見えなかった。

「これが宇龍六所権現……」

額はかろうじて、そう読める。斗織が格子戸の奥を覗《のぞ》いたが、暗くてよくわからない。他に宇龍谷があった痕跡が何かあるというわけでもない。お堂の周りには雑草に埋もれた小さな石仏や石祠《いしぼこら》が散在するだけだ。

「たぶんこのへんが寺の敷地で一番高いところだったんだ。ギリギリ被害を免れたんだろうな」

「じゃ、如意輪寺はこの下に」

「寺とセットだって聞いたから、このちょっと下に埋まってるんだと思う。少し前に群馬の渋川《しぶかわ》で泥流に埋まった村の遺物を掘り当てた。ここも掘れば出てきそうだが」

ここもいわば災害遺構だ。幻の寺、幻の集落が埋まっている。地震による山崩れでこの神社だけが、残った。やはりここが宇龍谷だったのだ。

無量はいまは木々が鬱蒼と生い茂るだけの景色を眺め、かつてここに五家が住んでいた頃の里山の風景を思い描いてみた。

「無量さん、こっちなんかあるっす」

斗織に呼ばれて崖のほうにやってくると、岩肌に亀裂が入ったような空洞がある。懐中電灯で照らしてみると、中は狭いが、思いのほか深い。

「オレ、ガキの頃じーちゃんに六郷満山の寺、あちこち連れて行かれたんやけど、本堂の後ろが崖で洞窟《どうくつ》みたいになっちょんとこ結構あって。崖のくぼみにお堂建てたり、石仏祀《まつ》ったりしちょった。これも如意輪寺の岩屋のひとつやと思う」

「ひょっとして、これが鬼の岩屋……？」

大賀美和がサイバライに伝えろ、と言っていた。「〈ヤマの経筥《きょうばこ》〉を鬼の岩屋にもってこい」と。その岩屋とは、ここのことだったのではないか？

「調べてみるか……」

中に入ってみることにした。入口が狭く、内部の空間は底が深くなっている。無量は岩を伝って、岩屋の底に降りた。山崩れで、岩屋の中にも土砂が入ってだいぶ埋まってしまったと見える。足下が岩場ではなく、土になっているのがその証拠だ。

やがて無量は気づいた。中央部分だけ、土のしまりがゆるくなっている。腰の道具差しから手ガリを取って、土を軽く削ってみた。斗織が開口部からのぞき込んで声をかけてきた。

「なんか見つかったっすかー？」

「いや。遺物はないが、誰かが掘った痕《あと》がある。そう古くはなさそうだ」

「それってやっぱ……」

「銅板経めあてに、誰かが掘ったにちがいない」

カイシャクかもしれないし、別の人間かもしれない。だが、もし銅板経が取り出されたのであれば、その体積分、地表面にへこみができるのではないか、と無量は考えた。だが、その痕跡は見当たらない。ここにはなかった証拠だ。

岩屋から出て、忍に報告した。

『……そうか。やはり、なかったか』

「まだ他にも岩屋があるかもしれないから、もう少し調べてみる」

『ああ、法来坊は地震の前にすでに銅板経を岩屋から持ち出してた線が濃くなってきた。どこか別の場所に隠した可能性が高い。それよりその周りに橋のようなものはないか』

橋？　と無量は周りを見回した。こんな山の上に橋などあるはずもない。

『石でできた橋だ。このあたりでは、無明橋《むみょう》というらしいが』

無量はますます首を傾げ「なんだそれ」と訊《き》くと、斗織が横から、

「六郷満山の修験場にかかってる石の橋のことでしょ。岩山のてっぺんにかかってる」

岩山の頂上部分にかかっている天空の橋ともいうべき石橋のことだ。人ひとりがやっと渡れるかという小さい橋だが、欄干がなく、足を滑らせれば真っ逆さまという非常に危険な場所に渡してある。修行のための橋なのだ。

心なしか、斗織の表情がこわばっている。無量は気にはなったが、

「この先かもしれない。進んでみよう」

さらに奥へと踏み入った。

＊

一方、萌絵たちはカイシャクに身柄を拘束されたとおぼしき櫻木鈴子を救出すべく、朝から動き回っている。

鈴子の店の従業員たちに話を聞いて回ったり、常連客に当たったりもした。あちらこちら飛び回ってもなかなか手がかりが摑《つか》めない。やはり顔見知りの犯行ではなく、拉致《らち》のような形だったのだろうか。

鈴子には子や孫はいない。駅に近いマンションでずいぶん長く一人暮らしをしているという。常連客とのつきあいは広かったが、なかなかプライベートを知る者が見つからなかった。捜索は難航を極めたが、とうとう鈴子とは四十年来の友人だという老舗《しにせ》バーのママを探し出すことができた。名は夕子《ゆうこ》という。

別府の北浜で店を持つ者同士、時代の変遷をともにくぐりぬけてきた戦友のような間柄で、お互いのプライベートのことも知っている数少ない友人だった。

「鈴ちゃんがさらわれた？」

ベリーショートの白髪を真っ赤に染めた夕子は、身につけているものもサイケデリックで、鈴子とは正反対の攻めた装いだったが、別府北浜の女の心意気がにじみ出ていて、ひよっこ萌絵たちはひたすら圧倒されていた。

「へえ……。いい歳してなかなかやるじゃない。きっとオトコよ、オトコ」

「そ、そういうんじゃないと思うんですけれど」

「鈴ちゃんはねえ、ああみえて、三回結婚してるんよ」

夕子は細いたばこを吸いながら言った。

「一回目は二十歳の頃、二回目は二十五、三回目は三十三……。でも今でいうところのだめんずホイホイってやつでね。どれもろくなオトコじゃなかったの」

萌絵は鈴子と面識はなかったが、柊太は何度か美和と会いにきたことがあったらしい。老舗クラブのオーナーらしく上品で、どこか威厳も感じられる今の鈴子からは想像できない、と柊太は言った。

「二十歳でダンスホールのボーイと駆け落ちして福岡にいったんやけど、浮気されて捨てられて。別府に戻って二十五で雇われママになって常連と不倫して、奥さんにバレて別れる別れないの修羅場になって……。その後もオトコがとぎれなかったけど、三十三の時、お店のお客さんで大学の教員してる男性と知り合って、三回目の結婚をしたんよ」

「大学の先生ですか」

「そう。畑違いでしょ。ゆくゆくは教授になるかってひとだったから、それにふさわしい妻になろうとして、鈴ちゃんもいったんは水商売から足を洗ったんよ」

教員の妻にふさわしくなるため、と言い、店をやめて家に入った。子供もひとり、もうけた。だが、六歳で急な病にかかり、命を落とした。

「それから塞《ふさ》ぎ込んじゃってね。お姑《しゅうとめ》さんからはおまえのせいだみたいに言われて、旦那《だんな》も家庭を顧みるタイプでなかったから全然かばってもらえなくて、耐えきれなくなっちゃって家飛び出しちゃったのよ」

数年間の別居の後、離婚が成立したという。

「それで懲りたんよね。鈴ちゃんはお母さんの店を継いで、この道一筋になったわけ」

まさに別府の女の一代記を聞いているようだった。

「住む世界が違うひとと夫婦になっても、やっぱりうまくいかないんよって言ってね。その後もいいひとはいたと思うけど、親密って感じにはもうならなかったわねえ」

「三人目の旦那さんは大学で何をしてらしたんですか」

「うーん……。確か、歴史の研究をしてるとか」

萌絵も柊太も希美も、耳が、びくん、と大きくなった。聞き捨てならなかった。

「歴史といいますと、たとえば、どういう」

「うーん、そんなん忘れちゃったわ。歴史なんかぜんぜんわかんないし」

「日本ですか海外ですか。発掘ですか？　それとも古文書とか読む感じ？」

ああ、と夕子ママはなにかを思いだし、

「デートではよくお寺に行ってたわね。はやりの映画とかでもなく神社仏閣なんて、お年寄りじゃないんだからってよくからかったもんよ」

「お寺。どのあたりの？」

「国東のほうの、ほら、六郷満山とかいうじゃない」

萌絵たちがますますグイッと身を乗り出したので、夕子は身をそらした。

「なんで六郷満山なんですか」

「知らないわよぅ。結構あちこち行ってたわよ、東京のほうにも講演会だのなんだの、大学の先生なのに、やたらお寺に知り合いが多くて、よく京都の比叡《ひえい》山にも」

「どこの大学のなんて方ですか！」

萌絵は最後まで聞かず、猛然と迫った。

「苗字だけでもいいんで、教えてください！」

＊

その日は結局、天候が悪化したため、無量たちも引き揚げざるをえなくなった。

翌日再び、無量と斗織は宇龍谷のあった山に挑んでいった。風が強く、雨は降り続け、足下はぬかるんで、コンディションの悪い中、山中に分け入った無量たちは、宇龍六所権現のさらに奥を目指して歩いていく。ほぼ獣道だが、ところどころに石塔が道しるべのようにたたずんでいて、そこがかつての修験の道らしきものだと伝えてくる。

竹本によれば、このあたりは六郷満山の「中山」にあたる地域で、峯入《みねい》りした行者がめぐる道もあるという。が、すでに失われたコースであるらしく、滅多にひとも歩かないのか、荒れ放題になっている。

「斗織、大丈夫か？」

口数が少ない。雨で体が冷えて体調が悪いのかと思い、下山を考えていた時だ。

「……じーちゃん、誰かに殺されたんかな」

いきなり不穏なことを言い出したので、無量はぎょっとした。

「シズメの〈鬼爪〉を狙ってる誰かに殺されたんやないかな。岩場で突き落とされたとかやったんじゃないかな」

「いくらなんでもそんな」

「カイシャクは五家を殺すつもりなんやろ。もしかして、じーちゃんが死んだのも」

考えすぎだ、と無量は言った。

「こういう天気の時に山に入ると気持ちがネガティブになるんだよ。そのせいだよ」

「でも俺、なんでじーちゃんが山で死んだのか、理由がわかんないんだよ！　いっしょにいたのに！　おぼえてないんよ」

六郷満山のヤマにいるということ自体に斗織はおびえている。祖父が死んだのも国東半島の岩山だった。あの日もこんな暗い雨が降っていた。

岩が突き出た尾根付近まであがってきた。

靄《もや》がかかった岩山は幻想的で、仙人でも住んでいそうな景色だ。国東半島では岩山のことを「耶馬《やば》」と呼ぶ。修験者が歩いた難所のことだ。ここもそのひとつだろうか。

「おい、あそこ」

無量が指さした。靄の向こうにうっすらとアーチ状の構造物らしきものがある。明らかに人の手で作られたものだ。岩の稜線《りょうせん》の途切れたところに、ちんまりとした石橋がかかっている。双眼鏡で確認した。生い茂った樹木の隙間にようやく確認できた。あれのことか？　無量は下で待機している忍たちに急いで伝えた。

忍と竹本は「本当にあったのか」と驚き、確信を深めた。

「無量、それが〝鬼橋〟かもしれない！　近くまでいけるか？」

頑張ってみる、と無量は言った。及び腰の斗織を叱咤《しった》して、鎖もない急峻《きゅうしゅん》な岩場をよじのぼり、一時間ほどかけて、さきほど見えていた小さな石橋のそばまでようやくたどりつくことができた。

「うッ……」

無量は、思わずひるんだ。

両側が鋭く切り立った絶壁になっている岩山の尾根道、その先に橋はかかっている。手すりなどない。石材をアーチ状に組み合わせた石橋は、太鼓橋を思わせる。だがボロボロの橋だ。石材の隙間から草が伸び放題になっていて、ほとんど埋もれている。その下は切り立った崖《がけ》だ。落ちればひとたまりもない。

「こんなところにも無明橋があるなんて……」

斗織はすっかり青ざめている。

無明橋は他にも数ヵ所ある。修正鬼会を行う天念寺にも「天念寺耶馬」と呼ばれる岩山の修験場があり、険しい岩山と岩山の間にアーチ状の石橋がかかっている。周りは断《だん》崖《がい》絶壁で手すりもないため、一般登山者の渡橋は禁じられているほどの場所だ。

ここの無明橋も同様だ。真下は断崖絶壁、天念寺のものより造りが粗雑で頼りない。あちらはきれいな煉瓦《れんが》橋のようになっているが、ここのものは明らかに修繕もされていないのか、石は欠け、そこここにヒビが入り、見るからに合わせ目もずれていて、うっかり体重をかけたら、このまま崩れてしまいそうだ。

「ちょ、やばいぞこれ」

橋の手前にずいぶん古い手書きの木製看板が立っている。消えかかった字は「老朽化につき危険！　渡るべからず」と書いてあるらしい。

橋の向こう側の岩山は、まるで槍《やり》の穂先のように天を突いていて、この橋を渡らないと、下から近づくのは極めて難しそうだ。だが、目の前の古い石橋はどうにも渡るのをためらってしまう。見るからにあぶなっかしい。

無量の後ろで、斗織が立ちすくんでいる。青白い顔をしている。

「大丈夫か、斗織。気分悪いのか？」

「無明橋ってさ……欲の深いやつが渡ると落ちるんだよ」

斗織は恐怖に顔をこわばらせ、近づこうともしない。腰が引けて膝《ひざ》が震えて、歩き出すこともできないようだった。

「斗織？」

「あの橋は渡る人間を試してるんだ……欲深いやつは、落ちる」

無量が困惑していると、スマホから忍の声が聞こえた。周囲の様子を訊《たず》ねている。画像を送ると「やばさ」が伝わったのか、忍も黙ってしまった。

『無量、無理しなくていい。もうそこまでにして戻ってこい』

いや、と無量は言った。

「渡った先の岩山に、祠《ほこら》らしきものがあるのが見える。あそこに手がかりがあるかも」

『いや、無理するな。雨で濡《ぬ》れてるし、風にあおられでもしたら危険だ』

だが、無量はここであきらめようとは思わなかった。

向こうの岩山から何か訴えてくるものがある。

こっちにこい、こっちにこい、と。

靄の向こうから呼びかけられているような気がして、無量はその声を無視することができなくなっていた。その正体が知りたいと思った。

「やめよう、無量さん」

斗織が無量の腕をつかんで止めた。斗織は顔を歪《ゆが》めて、

「これは罠《わな》だ……」

「罠だと？」

「あの橋は渡っちゃだめだ……渡ったら落ちる……」

「斗織？　どうしたんだ、おまえ。さっきからなんか変だぞ」

「じーちゃんが、落ちた……」

無量がぎょっとして斗織の顔を見た。斗織の目の焦点があっていない。青ざめた顔は恐怖で硬くこわばっている。

「思い……出した……」

目の前の無明橋が脳の奥に封印していた記憶と重なった瞬間、記憶の扉が開いてしまったのだろう。斗織はおびえてカタカタと震え始めている。

「じーちゃんは無明橋から落ちたんだ。いっしょに耶馬を歩いてて……崖のてっぺんの無明橋を渡ろうとして……落ちた。強い風にあおられてバランス崩して……目の前で」

谷底に落ちた祖父の無残な姿が、脳裏によみがえったのか、斗織は恐怖に耐えきれず、顔を覆ってしまった。

「だめだ、渡っちゃだめだ！　じーちゃんは落ちた！　無明橋から落ちた！」

「おい、斗織！　しっかりしろ！」

「金塊なんか目当てに〈鬼爪〉手に入れたりするから……だから落ちたんだ！　欲をもって渡るやつは落ちる。欲張りな人間は落ちるようにできてる！」

斗織は涙を流して必死の形相で無量にしがみついた。

「渡っちゃだめだ！　この橋は渡れない。渡ったら落ちる！　絶対に落ちて死ぬ！」

第七章　無明橋を渡れ

無量《むりょう》は呆然《ぼうぜん》としていた。

すがりついて泣いて叫ぶ斗織《とおり》が子供のように見えた。目の前で無明橋から落ちた祖父の事故は目に焼き付いていたに違いない。その映像から逃れようとして蓋《ふた》をしてしまった斗織は、記憶がよみがえった途端、当時の斗織に戻ってしまったようだった。

無量はじっと受け止めて、斗織の背中をあやすようにポンポンと叩《たた》くと、両肩に手を置いて顔をのぞき込んだ。

「……つらかったな、斗織。大丈夫。その記憶、ちゃんと塗り替えてやる」

――鬼橋は、鬼だけが渡れる橋。

無量がおもむろに始めたのはロープワークだ。昨日、山の状況を見てロッククライミングの用意をしてきた。無量は岩角を確保の支点にして体をロープでつないだ。自分の身の安全のためでもあるが、斗織を安心させるための行動でもある。

最低限の安全確保はした。それでも橋が崩れて宙づりにでもなったら、命の保証はない。無量は自分に言い聞かせるように、ひとりごちた。

「〈鬼の手〉って呼ばれてるやつが、渡れないわけないだろ」

無明橋に向かう。

橋の向こうから呼んでいる。自分を呼ぶ者がいる。右手がその声に応《こた》えている。

声の主は、仁聞菩薩《にんもんぼさつ》か。それとも、鬼か。

斗織はすくみ上がったまま、声もなく見つめている。

無量は石橋に足をかけた。体重を乗せてぐらつきがないか確かめる。橋の下は深い谷底だ。風が強い。突風にあおられそうになったのを見て、斗織が思わず目を覆った。

無量は落ちなかった。橋にへばりつくようにして耐えている。足を踏ん張って低い姿勢を保ったまま一歩、また一歩、石橋を渡っていく。ガラ、と足下で音がして、石のかけらが谷底に落ちていった。ひやり、としたが、大本の石材には影響ないと確認すると、無量は慎重に歩を進め、向こう側へとなんとか渡りきった。

振り返った無量が、斗織に向かってガッツポーズを決めたのを見て、斗織はほっとしたのか、力が抜け、尻餅《しりもち》をつくように座り込んでしまった。

無量はスマホで忍《しのぶ》に指示を仰いだ。

「渡り終えたよ。次はどうすればいい？」

麓《ふもと》で待機していた忍と竹本《たけもと》も、無量の無事を聞いて胸をなで下ろした。如意輪寺の修正鬼会の「橋渡り」がこの無明橋を指すのだとしたら、その先に銅板経を隠した場所があるはずだ。

「岩屋はないのか？」

『目の前のやつかな。石祠がある。でも銅板経が入る大きさじゃない』

橋渡りをした先にあると予想していた忍は意表をつかれた。そこではない？ まだ先があるのか？ だが古文書には何も書いていなかった。それとも、そもそもこの歌詞は銅板経とは無関係だったのか？

「……〃おーんぼーしわーたれー、ホッケンキョーよ〃」

運転席にいた竹本が、突然、節回しをつけて橋渡りの文句を唱え始めたので、忍は驚いた。

「竹本先生？」

「〃もーひとーつわーたれー、ホッケンキョーよ〃」

竹本が口ずさんでいるのは、古文書にはなかった歌詞だ。

忍は耳を疑った。これは橋渡りの先の歌詞？ どうして竹本が知っているのか。

もひとつ、と聞いて、山にいる無量はあたりを見回した。石祠から崖《がけ》にかけてはガレ場が広がり、その先に続いている。無量は一旦《いったん》ロープをカラビナから外し、奥へと進んだ。槍の穂先に似た岩にへばりつくようにして伝いおりていくと、賽《さい》の河原のような荒涼とした岩場が待ち受けており、大小の岩塊を乗り越えた無量は、岩陰に隠された古びた石橋を見つけた。最初の橋よりさらに頼りなく、すすきがぼうぼう生えている。橋の下は谷底というほど深くはないが、やはり崖と崖の間に架けられている。

「……第二の鬼橋か」

無量は開き直ったように小さな無明橋に挑んだ。ここまで来ると、もう怖さは感じなかった。石材の隙間から生えたススキをかきわけるようにして、渡りきった。

「先生、ふたつめ渡ったよ。次は」

『〝おーんにーわくーぐれー、ホッケンキョーよ〟』

竹本の口からまたしても続きが出てくる。無量はあたりをみまわし、

「鬼庭……？　庭ってなんだ？」

三方向が岩場になっていて庭というほど広いスペースは見当たらない。岩によじのぼったりしてテラス状の場所を探していると、忍がスマホから声をかけてきた。

『無量、庭じゃない。岩だ。岩をくぐれと歌ってるみたいだ。くぐれるような場所はないか？』

右手にあるジャガイモのような形をした岩の下部に、隙間を見つけた。だいぶ狭くて、細身の人間でなければくぐれそうにないが、他にそれらしきものは見当たらない。ヘルメットにとりつけたヘッドランプで照らすと、奥にはいくらか空間があるようだ。無量は腹ばいになると、岩の下をくぐった。先は思いのほか広い。岩の隙間をくぐりぬけると、洞窟《どうくつ》のような場所に出た。驚いた無量はスマホに話しかけ、

「ねえ、なんか大きな岩屋に入ったみたいなんだけど……忍？　忍ちゃん？」

圏外だ。とうとう電波も届かなくなった。無量はヘッドランプであたりを照らして、

岩屋の中を確かめる。足下に石塔がたくさんある。壁を照らして驚いた。これは！

「磨崖仏《まがいぶつ》……か」

岩壁いっぱいに仏の姿が刻まれている。不動明王と薬師如来、阿弥陀如来《あみだにょらい》……たくさんの仏たちに周りをぐるりと取り囲まれていて、無量はゾクッと震えた。よくみれば彩色も残っている。緻密《ちみつ》で荘厳な曼荼羅《まんだら》の中に入り込んだような圧倒的な造形だ。無量は敦煌《とんこう》の石窟《せっくつ》を思い浮かべた。誰も寄りつけない岩窟《がんくつ》にこんな見事なものがあろうとは。

「ここはいったい……」

無量の視界に入ったのは、阿弥陀仏の懐にあるくぼみだ。ささやかな岩屋になっていて石祠《いしぼこら》が安置してある。無量は近づいていって一度合掌すると、祠《ほこら》の扉を開けた。

息をのんだ。

「……銅箱……か」

美しい銅箱が納められている。表面には流麗な仏の絵が線刻されている。無量にはそれが何か、中身を見なくても察することができてしまった。思わず仏たちを見上げ、

「俺を呼んでたのは……あなたがただったんですね」

阿弥陀仏が切れ長の瞳《ひとみ》で伏し目がちにして無量を見下ろしている。石祠の扉をそっと閉じた。我知らず体の底から震えがこみ上げてくるのを感じた。大変な場所を見つけてしまった。右手どころか全身が燃えるように熱い。この場に染みついたとてつもない人間の一念――祈念のせいだ。

戦慄《せんりつ》したように立ち尽くしていると、突然、後ろから声をかけられた。

「……銅板経はあったの？」

心臓がはねた。振り返ると、入口に人影がある。

「あんたは……」

「荒鬼」

マウンテンジャケットをまとう背の高い女だった。クールな前髪なしボブのサイドから垂れた髪が片目を覆い、もう片方の鋭いまなざしを強調している。無量とは初対面だったが、「荒鬼」という一言で、たちまち正体が知れた。

「大神《おおが》？　あんたが大賀《おおが》美和《みわ》さん？」

「あなたは誰？　災払鬼？　それとも鎮鬼？」

そう絞り込んだ理由を無量が訊《たず》ねると、美和はこう答えた。

「ここにたどり着けるのは、荒鬼か災払か鎮鬼だけやけん」

「………。修正鬼会の歌のことっすか」

竹本が歌っていた如意輪寺の修正鬼会にしかない「橋渡り」の詞《ことば》だ。その詞の通りに進んで、無量はここにたどり着けた。

「そう。あれは荒鬼と災払鬼と鎮鬼の家にだけ、伝わっているはずの詞」

「つまり、大神と宝生《ほうしょう》と黒之坊」

こくり、と美和はうなずいた。

「宝生、やないな。首藤《しゅとう》はサイバライを戦後に引き継いだ家。橋渡りの詞まで伝わっちょんわけやないけん。では黒之坊？　あなたはシズメなん？」

「ちがうっす。鬼は鬼でもサイバラの鬼っす」

煙《けむ》に巻かれた美和は首をかしげた。無量はあえて説明せず、

「柊太《しゅうた》さんが美和さんのこと心配して、俺に頼んできたんすよ。カイシャクにゆすられて銅板経を探しにきたんですか。たったひとりでこんなとこまで？」

「宇龍谷の鬼やもの。庭のようなもんやわ」

「鈴子《すずこ》ママを助けるためにっすか。人質にとられてるんすよね。カイシャクに」

美和は苦しそうな顔になった。

「仁聞菩薩の銅板経はそこにあるの？　その石祠の中なの？」

「あったらどうするんです。持って帰るんですか」

「持って帰らんかったら、鈴子さんが殺されてしまう」

そこをどいて、と美和は強く迫った。

「頼むから邪魔をしないで」

「そんなもんはないっす」

無量も強気で言い放った。

「ここにはないっすよ」

「以前、寛美《ひろよし》さんと訪れた六所権現の岩屋に銅板経はなかった。ここが本当の鬼の岩屋

なんでしょう？」

　これには無量も驚いた。そういえば、美和は岩戸寺でサイバライに「経筥《きょうばこ》を鬼の岩屋に持ってこい」と伝えるよう言ったという。昨日斗織と訪れた宇龍六所権現の岩屋には、掘り返した痕跡《こんせき》もあった。あそこを掘り返したのは美和と首藤だったのか？

「美和さんと首藤氏はどういう関係なんすか」

「古鍛冶《こかじ》の研究仲間や。一緒に國正《くにまさ》の刀を復元するために研究してたの」

「國正《らい》の……刀？　面打師の道具のことっすか」

「来國正や。幻の國正の刀を復元するために、研究してるの」

　意外な角度から球を投げられて、無量はちょっと受け止め損ねた。

　来國正？　國正の刀？

「来派の刀工や。鎌倉時代に仏師とともにこの国東半島にやってきたと言われてる」

　刀工の一派だ。鎌倉中期から南北朝時代にかけて山城《やましろ》国で栄えた刀工集団、来派と呼ばれている。一門の刀工は様々な名刀を生み出しただけではなく、西日本の各地に広がっていき、一部がこの国東半島にまでやってきた。

「中でも國正は国東一の名工とうたわれながら、滅多にその作品が残っていないので、幻の名工と呼ばれたの。その國正が如意輪寺の修正鬼会のために打ったのが、宇龍の不動刀」

　発掘現場から失われた〈ヤマの経筥〉の中に入っていたのは、刀工・来國正が打ったという、幻の短刀だったというのだ。

状態にもよるが、もし見つかれば大変な価値になるという。

「じゃ、美和さんが経筥を手に入れようとしてたのも、その國正の刀を」

「国東にやってきた来一派は、地元鍛冶の大神と交流して、互いに技術を磨き合い、国東刀という独特の手法を編み出した。いまはもうほとんど残っていない国東刀を復元するのが、私たちの目的。だけど」

史料のほとんど残っていない国東刀は復元が難しく、久留島釘《くぎ》を復元して神社仏閣に提供することを優先したい首藤とは意見が合わなくなり、仲違《なかたが》いしてしまったのだ。

「だから寛美さんが〈ヤマの経筥〉を持ってったと知った時は、よく理解できなかった。国東刀より久留島釘を優先したくせに、なんで今更？　私から国東刀を横取りする気？　私に売りつけようとでもいうの？　それとも所詮《しょせん》、金塊がほしかっただけ？」

「首藤さんはカイシャクにそそのかされて掘ったって言ってましたよ。誰なんすか、カイシャクってのは」

「わからない」

美和にも、裏で手を引いているとみえるカイシャクが誰なのかは心当たりがなかった。

「首藤さんが、そのカイシャクってやつに刺されたことは知ってます？」

「寛美さんが⁉」

美和は全く知らなかった。口封じのために消されかけたのかもしれない、というと、

ますます動揺し、絶句してしまった。いよいよ危険だと思ったのか、

「……そこをどいて。カイシャクは鈴子さんにも手を出すかもしれない。そこに経筥はあるんでしょう？　早く持っていかんと！」

無量は両腕を広げて、石祠の前に立ちはだかった。

「鈴子さんのことは必ず柊太さんたちが助けます。ここから持ち出すのはだめだ」

「そんなこと言ってる場合じゃないでしょ。本当に殺されるかもしれんのよ！　早《は》よどいて！」

「どきません！」

かたくなに動かない無量を見て、美和が懐から短刀を抜いた。人差し指と中指を立てる剣印を顔の前で結んで、低い声で呪文を唱え始めた。

「オン・チイタナヤ・マナタタマヤ・ウンキリソワカ……神通力持ったる太刀なれば、有せば、折りせば、切りまし」

無量は息をのんだ。それは相手を折伏《しゃくぶく》するための呪文だったのか、美和が刀を振りかぶって襲いかかってくる。無量はぎりぎりでかわしたが、美和の動きが速い。袈裟懸《けさが》けに振り下ろしながら迫ってくる。よけ続け、とうとう足がついてこなくなり、無量は地面に倒れ込んでしまった。美和が無量に馬乗りになって、首根っこをつかんで地面に押さえつける。無量は激しくもがいたが、美和の腕力が強い。鍛冶場で槌《つち》を振るって刀を鍛えている腕だ。まさに鬼だ。荒鬼のような力だ。

助けを求めて大きな声をあげたが、斗織は無明橋を渡ってこれない。祖父のトラウマがある斗織にはあの橋は渡れない。そうこうするうちに後ろ手に縄で縛られてしまう。

「だめっすよ、美和さん！　もってっちゃ！」

美和は石祠《いしぼこら》に手をかけている。勝手に持っていかれたら世紀の発見も台無しになる。

「だめだって！」

「無量さん！」

岩屋の入口から高い声があがった。美和が振り返るのと、黒い塊が飛んでくるのが同時だった。飛んできたのは懐中電灯だ。まともに美和の頭部に当たり、ひるんだところに人影が飛びかかってくる。

斗織ではないか。

美和は不意を衝《つ》かれて短刀を抜く暇もなかった。けんか慣れしている斗織はとっくみあいになったら強い。たちまち美和をねじ伏せてしまった。

「だいじょうぶっすか！　無量さん」

「斗織……おまえ、無明橋渡ってきたのか」

祖父が目の前で落ちたトラウマから「何かを渡る」ことが怖くて、バイクの一本橋も体操の平均台も駄目だった斗織だ。

「無量さんが渡っていった後、向こう側の岩の陰にこのひとが隠れてたの見つけて、やばいと思って」

恐怖で身がすくんでいたが、無量を助けたい一心でロープもなしに無明橋を渡ってきたという。無我夢中で、人に見せられないほど無様な格好だったが、自分が渡らなければ無量が危険な目に遭う。自分が渡らねば、と思ったのだ。

斗織に押さえ込まれた美和は必死に抵抗している。気を抜くと、背筋力《はいきん》で跳ね飛ばされそうになり、ふたりがかりで押さえ込んだ。物凄《ものすご》い力だ。さすが荒鬼だ。

「あんたたち、鈴子さんがどうなってもええの!?」

「いや、よくないスけど！」

「鈴子さんの居場所なら、永倉《ながくら》さんがさっき突き止めたみたいす！」

斗織の言葉に、ふたりはハッとした。スマホのグループＬＩＮＥに萌絵《もえ》から連絡が入っていた。無量も美和も次の瞬間「どこに!?」と声をそろえた。

「カイシャクの家らしいっす。突入してもいいかって言ってるけど、相良《さがら》さんに止められたみたいです。作戦があるって言って」

「どんな作戦？」

「でもそのためには、美和さんに協力してもらわないとって」

地面に這《は》いつくばっていた美和が「私？」と言った。斗織はうなずき、

「カイシャクに『銅板経の捜索にはあと二、三日かかるって』連絡してもらえますか。その間に一気に災払いするって言ってます」

無量と美和は顔を見合わせた。

災払いをする、とは？

＊

「そうか、美和さんも無事確保できたか」

麓《ふもと》にいた忍は無量からの報告を受けて「よくやった、お疲れ様」とねぎらった。

忍は美和がこの場所に来ることも読めていたらしい。銅板経の発見よりもむしろ、美和が銅板経を発見するのに先んじて彼女を説得し、協力を取り付けることが作戦目標だったのだ。

『なんで、美和さんがここを探し当てるってわかったの？』

という無量の疑問に対して、忍の答えは簡潔だった。

「美和さんが荒鬼だからだよ」

如意輪寺の荒鬼・災払鬼・鎮鬼には「橋渡り」の作法がそれぞれの家に伝わっている。その詞のうちに法来坊が「如意輪寺銅板経（仁聞の銅板経）」を再び奉納した場所が詠み込まれているとしたら、それが伝わっているのは荒鬼の大神、災払鬼の宝生、鎮鬼の黒之坊だけだ。

〝鬼橋渡れ、法華経よ〟

〝もうひとつ渡れ、法華経よ〟
〝鬼岩くぐれ、法華経よ〟

美和が「橋渡り」の詞の秘密に気づいたなら、きっと無量と同じ場所を目指すだろうと考えたのだ。予想通り、美和は現れた。

無量たちの説得を受けて、美和は協力を約束してくれた。あとは三人が下山してくるのを待つだけだ。

空も雨がやんで明るくなってきた。岩山の頂のあたりも靄《もや》が晴れてきたらしく、稜線《りょうせん》がくっきりと見えるようになってきた。

さて、と忍はスマホをポケットにしまって、運転席に座る竹本に向き直った。

「……無量たちも無事戻ってくるみたいなので、そろそろ教えてもらえますか、竹本先生。あなたの正体を」

竹本は磨崖仏《まがいぶつ》の不動明王のように半眼になって、口を引き締めている。

忍はその横顔をじっと凝視している。

＊

その二日後のことだった。

三島神社の発掘現場では、貴重な銅板経一枚の出土を祝って、ささやかな祝賀会を開くことになった。

希美《のぞみ》が幹事となり、社務所を貸してもらえることになって、発掘に参加している学生はもちろん豊後大学や埋蔵文化財センターなどの関係者にも声をかけることになった。準備は発掘作業終了後に行われるので、学生たちもおおわらわだ。

「唐揚げ到着しましたー」

「はーい、大皿に盛ってくださーい。先生方の席にはビールお願いしまーす」

一方、掃除が始まったのは、本殿の隣にある神楽殿だ。絵馬堂も兼ねていて、久留島釘《くぎ》の額もここにある。氏子で郷土史家の勝田《かった》たちも駆けつけて照明のセッティングをしてくれて、消防団も手伝ってくれた。

そこに小型トラックもやってきた。運転しているのは柊太だった。

「お待たせ。一式持ってきたぞ。楽屋はどこや」

「こっちこっち。誰か、手が空いてる人、こっちの箱運んでー」

そうこうしているうちに日が暮れてきて、暗くなってきた境内には明かりがともった。初詣《はつもうで》に使われる篝火《かがりび》も焚《た》かれ、三島神社はなかなかにムード満点だ。

「先生方ついたぞー」

屋敷《やしき》に案内されて、主賓である関係者たちが次々とやってくる。豊後大の小野田《おのだ》名誉教授を筆頭に、埋蔵文化財センターの人々や歴博の高橋《たかはし》館長も招かれた。

「小野田先生、初めまして。わたくし、東京から参りました亀石《かめいし》発掘派遣事務所の相良《さがら》と申します」

忍が挨拶《あいさつ》をしたのは大分県の「若者のための夏休み発掘調査」で顧問を務める豊後大学の小野田名誉教授だ。

「祝賀会とはまだちょっと気が早いんじゃないのかね」

小野田は苦言を呈したが、忍は「申し訳ありません」と殊勝に応じ、

「銅板経を掘り当てた当事務所の発掘員・西原《さいばら》が、このような貴重な機会を与えてくださった小野田先生をはじめとする関係者の皆さんに感謝の意を示したいと申しまして」

「君のところの発掘員は西原というのかね」

「はい。うちのエース発掘員で、日本全国で発掘をしてるエキスパートです」

「もしかして西原無量くんのことかね。西原瑛一朗《えいいちろう》氏のお孫さんの」

小野田はなぜ早く言わなかったと驚いて、

「瑛一朗氏には若い頃世話になったんだよ。そうと知っていれば」

「知っていれば？」

忍の突っ込みには答えず、小野田は案内されて行ってしまった。

戸を取っ払った社務所の座敷には、折りたたみの座卓が並べられ、料理や酒が並んで、祝賀会というよりも、ちょっとした村祭りのような様相を呈している。

「えー……それではお時間になりましたので、祝賀会を始めたいと思います」

簡易マイクを手にとったのは、忍だ。

「僭越《せんえつ》ながら、わたくし、カメケンの相良が司会進行を務めさせていただきます。まずは屋敷《やしき》先生、ご挨拶を」

作業着からスーツ姿に着替えてきた屋敷が、かわってマイクを取った。

「本日はご多忙の中、お集まりいただきまして、誠にありがとうございます。このたび開催されました『若者のための夏休み発掘調査』におきまして、非常に素晴らしい成果がございました。遺跡荒らしに遭うという苦難を乗り越え、大変貴重な遺物を発見することができたのも、先生方のご指導とご尽力の賜物《たまもの》と感謝しておる次第です」

もう全部終了したかのような言い方だ。スピーチ上手な屋敷が祝賀ムードを盛り上げ、さらに主賓たちの挨拶が続き、歓談の時間と相成った。

大人たちには酒が振る舞われ、ほどよく場が暖まってきたところを見計らって、忍が再びマイクをとった。

「皆様、どうぞ神楽殿の前にお集まりください。関係者の皆様へ感謝の気持ちといたしまして、ここは大分の若者らしく、お祝いの伝統芸能を披露いたしたいと思います。どうぞ関係者の皆様、前のお席へ」

神楽殿の前に並べたパイプ椅子に、関係者たちが次々と座った。

「まず最初にご披露いたしますのは地元・豊岡の辻間楽です。拍手でお迎えください」

地元の子供たちが胸に太鼓、背中にハネと呼ばれる旗指物、腰には腰簑《こしみの》をつけて、お囃子《はやし》に合わせて勇壮に舞う。日出藩主の参勤交代における航海の安全を祈って舞われたという。勝田が呼んでくれた特別ゲストに、一同は大いに盛り上がった。

「続きまして、今回の発掘調査で指導役をされている田端《たばた》助教の出身地、国東市から古川八幡神楽《かぐら》保存会の皆様による神楽です。演目は『薦枕《こもまくら》』」

忍は流暢《りゅうちょう》に説明する。

「薦枕とは、宇佐神宮のご神体──『御験《みしるし》』のこと。八幡神の宿る依代《よりしろ》とされております。薦で作った枕を敷いて眠った女が八幡神より託宣を下されて、悪しきものを排除するという内容となっております。現在ではこちらの神楽にのみ残る、古式ゆかしい演目となっております。その昔は、演者の杖《つえ》が倒れる方角で豊作吉凶を占ったともいいます。それではお楽しみください」

拍手の中、そろそろと出てきたのは、巫女《みこ》を思わせる美しい装束に身を包んだ柊太だ。女面をかけ、手には杖を握っている。

「〝大貞や　三角の池の真薦草　なにを縁《えにし》に　天胎《はら》み生むらん〟」

お囃子に合わせて足踏みし、舞う姿には不思議な色気があり、憂いを帯びた謡いもどこか陰を帯びていて、なんとも麗しい。ふだんの少し頼りない柊太とはまるで別人のようだ。

杖は、八幡神からの託宣を受ける身であることの暗喩《あんゆ》だ。

その昔、宇佐神宮は神からの託宣を受ける女禰宜《ねぎ》が「御験（ご神体）」そのものだった。その口から発せられる託宣は、皇位にまで影響を与えた。政治的影響力は絶大だったが、あまりに政治利用が過ぎることが徒《あだ》となり、女禰宜による託宣は廃止され、「生きる人間が御神体」という状況をなくして、かわりに「薦枕」と呼ばれる物をご神体としたのだ。その「薦枕」も、天皇家が天皇霊を引き継ぐための装置としての「坂枕」に類似して、古来の信仰の形を色濃く残している。

あたりはすっかり暗くなり、篝火がパチパチと音を立てて燃えている。

柊太の迫真の舞に、皆が見入っている。

薦枕で眠った女官が、託宣を得る場面。笛が高く鳴り、柊太の神楽舞は静から動に転じる。八幡神からの託宣の衝撃を表す舞は、勢いを増してきた。

「〝いざ百王守護するは、凶賊を降伏《こうぶく》すべきなり〟」

柊太は杖の先を突き出しながら早足でぐるぐると舞台を回る。

「〝凶なるはどなたか。凶なるはどなたか。どなたかこなたかどなたかこなたか〟」

中央で止まり、杖で強く床を突いた。

「〝こなたなーりー〟」

柊太の杖が倒れ、その先端が向いた先には、中央の席に座る小野田名誉教授がいる。

まるでそれが八幡神の託宣であるかのように。

舞は終わった。満場の拍手が起こったが、小野田は釈然としない表情だ。この祝賀会自体に違和感を覚えつつあるようで、不審感が顔に表れている。

「続きまして披露いたしますのは、大変珍しい鬼舞です」

忍は高らかにアナウンスした。

「およそ四百年前に途絶えた六郷満山のお寺に伝わる修正鬼会の鬼舞を、このたび、ほんの一部のみですが、復活させることに成功しました。演じるのは、如意輪寺修正鬼会保存会の皆さんです」

「如意輪寺だと？」

小野田教授が思わず腰を浮かせて抗議した。

「いい加減なことを言うな、そんな寺は六郷満山には！」

「お静かに」

後ろから声をかけてきたのは、黒服の男だ。ツイストパーマをかけている、アラフォーとみられる男は、小野田の真後ろに座っていて、耳元にささやいた。

「四百年ぶりに行う鬼舞です。お静かにごらんください」

出てきたのは三匹の鬼だ。

全身赤や黒や白で統一した長袖《ながそで》上衣とパッチに身を固め、手には松明《たいまつ》を握っている。体中を荒縄で縛り、赤い鬼は斧《おの》を、黒い鬼は刀を、白い鬼は槌《つち》を握っている。

頭には鬼の面をかぶっている。オニヤッシャと呼ばれる髪がわりのリュウノヒゲをつけ、どかどかと入ってくる。

赤い鬼は災払鬼。黒い鬼は荒鬼、白い鬼は鎮鬼だ。三鬼のそろい踏みだ。

黒い荒鬼を演じるのは大神の美和だ。白い鎮鬼は、斗織。そして赤い災払鬼は——。

無量だ。

真っ赤な装束で上下を固め、〝うー〟と呼ばれる荒縄で体中に十二の結び目をつけ、大きな赤い鬼の面を帽子のように頭に乗っけて、松明に法力をこめる所作をする。お囃子に合わせて三人は松明を寄せ合い、大きく足を振り上げた。

「〝おーんばーしわーたれ、ほっけんきょーよ〟」

大きな声で歌いながら、右手の松明と左手の得物を大きく振る。

三人が舞い始めたのは、まさに「橋渡り」の場面だった。

「〝もーひとーつわーたれ、ほっけんきょーよ〟」

観客席にいた忍や屋敷たちも一緒になって声を張り上げた。

「〝おーんにーわくーぐれ、ほっけんきょーよ〟」

大きく足を振り上げて、全身で橋を渡る動作をする。動くたびに背中につけた鈴が鳴る。橋を渡りきると神楽殿の中をぐるぐると激しく「鬼走り」する。松明を鴨居にたたきつけるようにして、また全力で謡い始める。

「〝おーんばーしわーたれー、ほっけんきょーよ〟」

「〝もーひとーつわーたれー、ほっけんきょーよ〟」

「〝おーんにーわくーぐれー、ほっけんきょーよ〟」

何度も何度もひたすら繰り返す。神楽の舞とは全く違い、野卑で洗練のかけらもない。

だが、だからこそ力強い。全力で声をあげ、全力で足を踏み、そのたびに床板が大きく鳴る。勇壮というよりどこまでも荒々しい。三鬼の熱気あふれる舞に、見ていた学生たちも興奮したのか、一緒になってかけ声をあげはじめた。

関係者席からも感嘆の声が上がったが、小野田ひとりは声もなく見つめている。

動作を繰り返すごとに境内にあがる声はどんどん大きくなっていき、無量たちもまるでなにかに取り憑《つ》かれたように足を踏みならし、腕を勢いよくふりあげる。

そして何度目かの「橋渡り」の後で、観客席にいる忍が叫んだ。

「〝わたったー〟！」

その声が合図だったかのように、三鬼が一斉に神楽殿から飛び出した。

境内にいた人々を追い回す。学生たちが悲鳴をあげて逃げる。鬼に追われて松明で叩《たた》かれる。黒い荒鬼が襲いかかったのは、関係者席だ。驚いた人々が椅子を蹴《け》って立ち上がり、逃げ出した。が、それは厄払いのお約束で叩かれた者は笑っている。

荒鬼が追いかけたのは、小野田だ。ひとりを執拗《しつよう》に集中攻撃するので、これはたまらんとばかりに小野田が逃げ出し、鳥居の外へと飛び出した。だが荒鬼は追いかけるのをやめない。

「おい、鳥居から出るな！　本当の鬼になるぞ！」

屋敷が叫んだが、制止も聞かず、荒鬼は神社から飛び出して小野田を追いかける。荒鬼の手には不動刀がある。刀を振り上げて追いかける。それはまるで四百年前の再現だった。法来坊を追いかけて殺した荒鬼の姿そのものだった。

小野田はとうとう用水路にかかる橋の上で転んでひっくり返ってしまった。荒鬼は容赦なく叩き据える。松明の藁《わら》がバラバラになり、崩れてしまってもやめない。

後から追いかけてきた忍と柊太たちがようやく荒鬼の美和を後ろから抱えるようにして止めたが、美和はやめようとしない。まるで本当に鬼になってしまったかのように、鬼気迫る表情で、制止を振り払って何度も何度も叩き続ける。

「やめてください！　美和さん！　本当に殺す気ですか！」

「死ねばいい！」

怒りに駆られた美和が叫んだ。

「私たち五家を愚弄《ぐろう》した、死ね！」

そこに追いついたのは希美だ。手には大きなあんパンを持っている。それを美和の口に横から突っ込んだ。これには美和がびっくりして、思わず固まってしまった。

あんパンをくわえたまま、美和は毒気を抜かれたように希美を見た。希美はハサミを取り出し、

「神通力持ったる太刀なれば有せば折せば切りまし。オン・チイタナヤ・マナタタマヤ・ウンキリソワカ」

と唱えると、美和の体を縛る荒縄をぶちぶち切った。美和はようやく正気に戻ったのか、憑き物が落ちたかのように素に戻った。忍は希美の手際のよさに驚きながら、

「今の呪文はなんですか？」

「鬼後咒《きごじゅ》。岩戸寺の修正鬼会でこれ唱えて縄切ると、鬼はお坊さんに戻るの。ほんとはオクワエって餅《もち》をくわえさせるんだけど、なかったから、あんパン」

後から無量と斗織も追いついた。

「大丈夫っすか」

「なんとかね」

「これは何のまねだ。おまえたち」

橋の欄干にもたれかかった小野田は怒り心頭に発している。

「悪ふざけにもほどがある。事と次第によっては君たちを暴行罪で訴えるぞ」

「出るところに出て困るのは、あなたのほうなのではありませんか。小野田さん」

忍は冷淡に言い返した。

「五家のひとたちを利用して、あなたが手に入れようとしたのは、考古学者としての功績ですか。名誉ですか。それとも」

「なにが言いたい」

「『仁聞菩薩が残した最古の銅板経の発見者』という肩書きですか」

小野田は目を剝《む》いた。なにもかもお見通しだ、というように忍は言った。

「あなたがカイシャクですね」

「なんのことだね」

「とぼけなさんな」

と無量が帽子のようにかぶっていた大きな面を頭から外した。

「うちの事務所の超優秀な武闘派所員がもう調べあげちゃったんすよ」

暗い道の向こうからやってきたのは、萌絵に付き添われた櫻木《さくらぎ》鈴子だった。小野田は、はっとしたようにそちらを見た。

「鈴子……。どうしてここにいる」

「あなたと私のたくらみは、どうやらこの方々にはお見通しだったようです」

その言葉に驚いたのは、美和だ。どういうことだ。鈴子はカイシャクの人質になっていたのではないのか。

「鈴子さん、それはどういうことですか。私たちをだましたんですか」

鈴子の結髪がほつれて、落ちた後れ毛が肩に垂れている。いつも隙のない出《い》で立ちだった鈴子らしからぬ姿だった。

「ごめんなさいね。如意輪寺銅板経を見つけるためには、荒鬼の皆さんにしか伝わっていない、あの『橋渡り』の文句が必要やったんです」

無量たちをあの「仏の岩屋」に導いた詞のことだ。

鈴鬼である櫻木には伝わっていなかった。財前の古文書にも一部しかなく、黒之坊と宝生はすでになく、大神にだけ伝わっているはずだったが、姉の雅子も教えてくれなかった。門外不出の歌詞で修正鬼会以外では他家に披露するのも許されていなかったのだ。

「じゃあ、人質にされたっちいうのは自作自演やったたってこと？　あんまりや！　あんたを助けるために、こっちは必死やったんよ？」

「時間がなかったの」

鈴子は哀れむように小野田を見下ろし、

「このひと……ガンになっしまったんよ」

無量たちは息を止めた。

時間がない、というのは、まさか、

「余命半年って言われっしまってなあ。なんとか、生きちょんうちに如意輪寺の……仁聞菩薩の銅板経を見せてあげたかったんよ」

「本当なんですか」

忍が問うと、欄干にもたれた小野田は仁王のようにいからせていた肩を、ため息とともに下げてしまった。明かされてしまっては仕方がない、というように眉《まゆ》も下げ、

「鈴子の言うとおりや。肝臓ガンや。寛解の可能性ゼロとは言わんが、その見込みはほとんどないらしい」

「けど、まだこんなに走る元気もあるじゃないすか。あんなふてぶてしい物言いだってできるのに」

「腎臓《じんぞう》への転移が見つかった。あんまりよろしくないようや」

街灯に照らされた小さな橋の上で、小野田は弱々しい笑みを浮かべた。

「今度の発掘を計画したのも、銅板経の手がかりを見つけるためや。最後の機会やと思って急遽《きゅうきょ》決めた」

「言い出したのは私です。このひとも初めは反対しよった。私が強引に進めたんよ」

鈴子の言葉に、美和も絶句してしまったのか、呆然《ぼうぜん》としてしまっている。

「だいぶまわりくどいことになってしまったが、こうでもしなければ発掘許可がおりず、前に進めることができなかった。それで結局見つかったんか？　銅板経の本体は」

無量と美和は顔を見合わせた。銅箱らしきものは見つけたが……。

「たぶん、それじゃないかってもんは見つけましたが、確認はまだ」

「なんで確認せんかった」

「下手に開けて内容物の劣化が急に進んだらまずいと思ったからっすよ。あの状況じゃ簡単には岩屋の外に持ち出せないのはわかってたし、それに確認したらもっと面倒なことになってたでしょ。勝手に持ち出されたりしたら発見状況が証明できなくなるでしょ。そしたら遺物の由来も証明できなくなるでしょ。それだけはしたくなかったから」

無量がふてくされたように見えたのか、小野田はため息をついて、

「……正しい。発掘屋として正しい判断や。それでいい。死ぬ前に一目見てみたい、なんちゅうのは、単なる年寄りの世迷い言《よまいごと》よ。無視していい」

「ちゃんと調査すれば持ってこれます。まあ、ちょっと大勢でワイワイいけるところじゃないけど、正しい手順で調査すれば。つか、マジですごいとこだったんすよ！　岩屋中

に仏様の磨崖仏《まがいぶつ》があって……まるで敦煌の莫高窟《ばっこうくつ》みたいな！」

無量はムキになって訴えた。

「今すぐ調査しましょう！　俺が明日《あした》にでも行って、ちゃんと記録もとってきます。持ち出しには苦労するかもしんないけど、今ならまだ間に合うでしょ！　だから！」

「もういいよ」

小野田は苦笑いした。

「往生を前にして見苦しいところをさらししまった。相良くんちいうたかな。君の言うとおりや。肩書きがほしかったんや。仁聞菩薩の銅板経っちいう、世紀の遺物の発見者という肩書きが。……あの世への手土産にな」

「先生」

「この手で見つけたかったが、老いには勝てんかったな」

と言うと、急にぐったりとした小野田に驚いた萌絵が介抱した。無茶がたたって血圧が下がったようだ。萌絵はスマホを取り出し、救急車を呼んだ。

「カイシャク――いや小野田先生」

無量たちの背後から、深みのある声が聞こえた。振り返ると、杖《つえ》をついた首藤がいる。まだ退院許可は出ていなかったが、無理を押して駆けつけた。小野田は気づき、

「すまんかったな、首藤くん」

「いえ、こうされても仕方がないことをしました。私が悪かったんです」

どういうこと？　と萌絵と無量が首をかしげると、答えたのは鈴子だった。

「刺した犯人も、このひとや。私が首藤さんに脅されたのを知って」

あの夜、鈴子の店に呼ばれた首藤は、鈴子から〈ヤマの経筥《きょうばこ》〉の中身を返すよう迫られていた。だが首藤はかたくなにこれを拒んだので、諍《いさか》いになったという。

「中身ってなんですか」

「来國正の刀や」

あっと声を発したのは美和だった。

やはり、〈ヤマの経筥〉の中には國正が打った不動刀があったのだ。

「俺が経筥から取り出して、手に入れていた。鈴子さんから、あれはいけない。返してくれと言われましたが、希少な国東刀で、國正の刀を復元するために必要だから、返すことはできないと突っぱねました。返さないなら、俺が犯人であると通報すると言われたので、売り言葉に買い言葉で、言い返したんです。通報したら、五家のことも終戦後の殺人事件のことも、実名でネットに広めると」

これを知った小野田が激怒して、首藤を刺した。口封じのつもりだった。

鈴子たち五家の人間を、中傷から守るために。

「頭に血がのぼっちょったんや。本当にすまなかった」

「……こっちこそです。五家の皆さんの気持ちを考えれば、言ってはならないことでした。申し訳ありませんでした」

頭を下げた首藤の視線が美和にも向けられた。

「おまえに譲るつもりやったんや」

「寛美さん……」

救急車のサイレンが遠くから聞こえてくる。小野田はぼんやりと笑い、

「……まあ、さいごに如意輪寺の修正鬼会も、見れたしな。これぞ冥土《めいど》のみやげや。凶のバチは受けけんとな」

すみません！　と後ろで聞いていた柊太が頭を下げた。

「さっきの『薦枕』のことでしたら、あれはわざとやったんです。偽の託宣ですけん、信じんといてください」

「偽の託宣か……。まるで道鏡みたいやな」

小野田は好々爺《こうこうや》のように笑った。

「これでやっと、わしも無明橋を渡れる……」

まもなく救急車が到着して、付き添いを申し出た鈴子と一緒に小野田は病院に搬送されていった。

赤色灯が国道のほうへと遠ざかっていくと、夜の田んぼには鈴虫の声が戻ってきた。見送った一同はそれぞれの胸に去来するものをかみしめるように、しばらく鈴虫の声を聞いていた。

「祭りは終了、かな……」

夜の闇に沈む集落で、三島神社の境内だけがこうこうと明るい。

赤い災払鬼に扮《ふん》した無量を見て、萌絵がにやっと笑った。

「似合うじゃん、赤鬼」

赤いパッチに赤上衣、体中を麻縄で縛って草履を履いた無量は、宝生が演じるはずだったものを代わりに演じたのだ。急に気恥ずかしくなってきた。

「我ながらダサすぎて震える……」

「あれ？　今までで一番イケてるよ。祭りの男は三割増しだよ」

「さっきまではオレも過去イチかっこよく思えてたんすけどねー」

白い鎮鬼を演じた斗織も、祭りが終わった途端、肉襦袢《にくじゅばん》をまとっているような己の姿に羞恥心《しゅうちしん》を覚えたのか、顔を赤らめた。先ほどの鬼舞のため、昨日から美和に猛特訓を受けてきたふたりだ。美和は鬼コーチだった。

「〝富みまて、富みまて、富結んで、富に結べる也〟……か」

希美が言った。それは鬼会の最後に唱える松明《たいまつ》結儀頌という祈願文句だった。

屋敷が手を叩《たた》いて「さあ戻るぞ」と言った。

「後片付けを終えるまでが祭りだからな」

無量と斗織の体に巻いた荒縄を、希美が切って、鬼たちは発掘屋に戻る。

小脇に抱えた大きな鬼面は、博物館から借りてきたレプリカだ。荒鬼の面は出土遺物だし、宝生も黒之坊も行方知れずなので、到底復元とはいえない。それでも四百年ぶりの三鬼そろった「橋渡り」を見た鈴子たちは心が震えただろう。

「……〝西原くんは災払鬼〟か」

無量は右手を見た。

悪い気分ではなかった。


後片付けがほぼ終わって、無量たちは萌絵の運転する車で別府に戻ってきた。

竹本と待ち合わせたのは、別府の夜景が見下ろせることで知られる公園だ。

ひとりワンカップを片手にベンチに腰掛け、のろしのような湯煙が何本も沸き立つ別府の夜を眺めている。

「鬼退治は無事終わったようだな」

「鬼じゃないす。カイシャク退治」

忍が竹本に顚末《てんまつ》を語った。行方不明になっている間、鈴子がいたのは、臼杵《うすき》にある小野田の家だった。竹本は鈴子と小野田の関係を聞くと、感慨深そうにうなずいた。

「……男女の仲にもいろいろあるからな。夫婦になるとだめになるが、ただの恋仲ならば、長く続くという関係もある。鈴子さんところは、そういうものだったんだろう」

小野田は当初は〈ヤマの経筥〉に銅板経が入っていることを期待していたが、あいにくその中にはなかった。ただ〈ヤマの経筥〉はもともと銅板経を入れていたもので、その箱を得物入れに転用したのだろう。経筥を手に入れるのは、銅板経セットをパーフェクトにするために必須《ひっす》条件でもあったのだ。

鈴子にとって問題は経営の中身だった。先祖の罪の証拠である不動刀は、門外不出。それを表に出さないために経営を入手しようとした。誤算は、首藤が来國正の刀復元を目指していたことだ。荒鬼の不動刀が國正作、ということを首藤は美和から聞いていたので返すことを拒んだ。それで言い争いになり、挙げ句、首藤は小野田に刺されたというわけだ。ただ小野田はすでに老いた病の身、男盛りの首藤を刺し殺すまでの力がなかった。

「……残していく女のために敵を刺す、か。男のロマンってやつだね」

「そんないいもんじゃないすよ。ま、首藤氏も自業自得ですけど」

首藤といえば、宝生のサイバライだ。本当なら、災払鬼は首藤が務めるところだ。

「あー……。けどあのひとがやったら、あの麻縄巻きの赤パッチもかっこよく着こなしちゃうんだろうな」

めっちゃ見たかった、と萌絵は欲望に忠実だ。無量はむっとした。

「それはともかくとして、なんでサイバライの〈鬼爪〉は日本に戻ってきたんでしょうね。だって宝生の人たちは満州から戻ってこれなかったんですよね」

萌絵はずっと不思議に思っていた。そういえば、と無量も顎《あご》に手をかけ、

「〝ホッケンキョーヨ〟の文句、古文書には最初の一文しかなかったんすよね。竹本先生は、その先の詞をどこで知ったんすか」

　ワンカップを手にしたまま、竹本は別府の夜の景色を眺めている。そんな竹本の胸中を思いやるように、忍はじっと見ている。竹本先生、と声をかけ、

「話してもいいですか？」

「……。かまわんよ」

　忍は会釈すると、竹本の代理人のように語り始めた。

「実は、無量。サイバライの〈鬼爪〉を日本に持って帰ってきたのは、……この竹本先生なんだ」

　無量と萌絵は意表をつかれて、すぐに言葉が出てこなかった。

「どういうこと？」

「竹本先生は、宝生家の生き残りなんだ」

　ふたりは絶句してしまった。

　竹本は安い清酒を一口飲んで、別府の街を見つめている。

「……満州からの引揚げでね。家族で乗り込んだ貨物列車がソ連軍に襲われたんだ」

　竹本はまだ小学生だった。混乱の中で大勢の日本人が死んだ。竹本の両親も幼い子とともに死んだ。竹本は妹たちをつれて逃げたが、その妹たちも過酷な逃避行の途中で死んだ。結局、引揚船までたどり着けたのは、竹本ひとりだった。

「どうにかたったひとりで別府にたどり着いたんだがね……。身よりもなく、そのまま北浜の浮浪児になって生き延びたんだ。闇市でかっぱらいもしたし、子供だけでタタキ

〈強盗〉もした。ある日、闇市のヤクザに捕まって半殺しにされてね、命惜しさにあのサイバライの〈鬼爪〉をやってしまったんだ」

無量たちは言葉もなく聞いている。竹本は懐かしんでいるのか、悔やんでいるのか、あの頃の混乱しきった別府に思いをはせるように、街明かりを見つめている。

「小判を埋めた場所が書いてある。辻間の神社だって聞いてる。これをやるから命だけは勘弁してくれ！……そう言ってな」

ヤクザに渡った〈鬼爪〉は話に尾ひれがつきながら何度も売り買いされて、最後にはとんでもない額がついたらしい。おそらく解読できなかった者が他の誰かに売り、また解読できなかった者が他の誰かに売り……を繰り返し、人々の欲につけこんで雪だるまのように膨らんだのだろう。噂は広まって別府の新聞にまで載った。

「それで……最後に買ったやつが掘り返して」

「大神たちに殺された。そういうこっちゃな」

竹本は指ではさんだワンカップをあおった。

「親の形見だった。生活に困ったら、これを使いなさい。小判が手に入るから。親心で持たせてくれた〈鬼爪〉をヤクザに渡してしまうとは……」

そのせいで三人も死んだ。自分が手放さなければ、その人たちも死なないで済んだかもしれない。

ずっと、そんなことを考えて悔やんでいた。

「孤児院に入れられて、まあなんとか大人になったが、孤児が身を立てるのは難しくてね。板金の親方んとこに住み込みで働いて、なんとか貯めた片道の船賃で大阪に出た」

日雇い労働者から新聞社の雑用係になり、さらに小説家として身を立てるまでには二十年ほどかかったが、人気作家になってからはたびたび別府に戻ってきて〈鬼爪〉を探していたという。

「鈴子ママが櫻木の娘とはわかったが、自分が宝生とは言い出せなかった。サイバライの資格は、とうになかったしね」

無量はじっと黙って聞いていたが、

「本当のサイバライは——竹本先生だったんすね」

あの歌詞の続きを知っていたのも。災払鬼の宝生だったからだ。

「あの橋渡りの歌……。実はそれまですっかり忘れてたんだよ。相良くんが古文書の話をするまでは。〝鬼橋渡れ、法華経よ〟〝鬼岩くぐれ、法華経よ〟……満州の開拓地でも、節分には家族で小さな修正鬼会をしたもんだ」

食うにも困る貧しい暮らしのなかで、鬼に扮した父親が、災払鬼に扮して舞った。耕しても耕しても作物の育たない痩《や》せた土地で、茅《かや》の松明を掲げて舞った。子供たちはその真似をした。満州での修正鬼会だった。

「学校で『なんでおまえのとこは鬼に豆を投げないのか』と聞かれて、『うちの鬼は福を呼ぶ鬼だから。災いを払う鬼だから』と言ったら『そんな鬼はいない』と笑われたが、一番年寄りの先生だけは笑わなかった。『そういう鬼もいる。もし鬼にならなければならない時がきたら、君はそういう鬼になりなさい』と」

暴力で人を屈服させる鬼ではなく、災いを払い人に福を呼ぶ鬼になれ、と。

「親父が一心不乱に災払鬼となって舞う姿が忘れられん。親父はあのとき、何を払おうとしていたのだろうなあ……」

働いても働いても、豊かになれない徒労感だろうか。

お国があおった夢や希望に満ちた言葉に乗せられて海を渡ったことへの後悔だろうか。

それとも、遠く離れてもう戻れない故郷への、未練だろうか。

「無量たちが舞った『橋渡り』の振り付けを、美和さんに教えてくれたのは、実は竹本先生だったんだよ」

目に焼き付いていた父の災払鬼。その振り付けを真似した竹本は覚えていた。

あの舞はまさに、満州で竹本の父が舞った如意輪寺の災払鬼のものだったのだ。

「……そうだったんすね」

無量はあらためて自分が舞った「橋渡り」の鬼舞をかみしめた。

竹本は無量を見て、笑った。

「なかなかうまかったぞ、サイバラ青年。君は筋がいい。いいサイバライになれそうや」

そう言って、竹本はまた別府の夜景を眺めた。かつて引揚者も孤児も復員兵も戦争未亡人も進駐軍も街娼《がいしょう》もヤクザもごった煮になった街だ。行き場のない人々を引き受けた。

思想も振る舞いも型にはめられていた人々が終戦を境に一気に解放されて、ほとばしるように剝《む》き出しの本音をぶつけあい、かばいあい、だしぬきあって、過密で濃密な混沌《こんとん》のるつぼで、誰もがたくましく生き抜いていった。

今はそんな過去も遠くなり、湯煙の向こうににじんでいる。

「〃おーんばーしわーたれ、ホッケンキョーよ〃」

竹本が街に向かって大きな声で歌い始めた。無量も一緒に、

「〃もーひとーつわーたれ、ホッケンキョーよ〃」

萌絵と忍も声を張り上げ、

「〃おーんにーわくーぐれ、ホッケンキョーよ〃」

四人は大きな声で歌った。腹の底から。

今は遠くなったあの時代に届け、と言わんばかりに。

鶴見岳の稜線《りょうせん》に流れ出た火屑《くず》のような家々の明かりが、漆黒の別府湾を宝石のように縁取っている。

まるで松明《たいまつ》から散った火の粉のように、黒い大地を彩る。

穏やかな別府湾を美しい月が照らしている。

終　章　鬼の棲む風景

こうして、ひとまず事件は解決を見た。

その後、〈ヤマの経筥《きょうばこ》〉は発掘調査チームに返された。もちろん、その中身もだ。経筥の中に納められていたのは、不動刀と斧《おの》、槌《つち》。いずれも修正鬼会で使う三鬼の得物で、言い伝えにあったような金塊は一粒も入っていなかった。

この経筥は分析の結果、さらに地下から発見された銅板経と同時代、同職人の手によるものと判明した。表側に仏の線刻画が描かれた非常に質の高いもので、箱自体の価値もすこぶる高いようだ。小野田《おのだ》が見たとおり、もともと銅板経を納めていた経筥を転用したものらしい。

不動刀からは「國正《くにまさ》」の銘が見つかった。作風からやはり豊後の来派《らい》刀工・國正の作と判明し、幻と言われた國正が見つかったことで、刀剣を取り扱う古物商の間では一躍盛り上がることになるが、それはもう少し後の話だ。

首藤《しゅとう》は自らが被害者となった刺傷事件については「示談が成立した」との理由で被害届を取り下げた後、「三島遺跡を荒らした犯人」として警察に出頭した。ただし、遺物窃盗については被害届がそもそも出ておらず、調査チームが「紛失した遺物は返された」として事件にはせずに片付けたため、お咎《とが》めなしとなった。ただ罪を認めて反省している首藤はそれでは心苦しかったのか、発掘調査の若手育成企画に協力金を納めることで、罪の清算とした。

それから一ヶ月後、豊後大学では屋敷《やしき》准教授を中心とする宇龍谷・如意輪寺遺跡調査チームが発足することになった。幻の寺と幻の集落を解明することが目的の、長期にわたるプロジェクトのスタートだ。

調査資金は、小野田が私財をつぎ込んだ。自らの死後、遺産はほぼ全額、調査チームの活動にあてることを遺言し、発足から半年後に逝去した。

国東半島で「最古の銅板経」が発見されたとの報道がなされたのは、奇《く》しくも、その翌日のことだ。

もちろん、遺物の発見から発表までの間には、整理分析の期間がある。要するに、小野田は亡くなる前に、この喜ばしい知らせを聞くことができたし、銅板経をその目で見ることもできた。

発見された三十二枚の銅板経は、三島遺跡で見つかった銅板経一枚と同セットとなる作品で、本来は三十三枚だったことも判明した。発見された場所は、宇龍六所権現から宇龍耶馬《やば》と呼ばれる岩山をさらにあがったところにある、未発見の岩屋だった。

美しい磨崖仏《まがいぶつ》が残るその岩屋の手前には、浄土への架け橋のような古く小さな無明橋がかかっていた。

＊

時間は八月の終わりに戻る。

無量《むりょう》たちの三島神社での発掘は、その後はまったくトラブルもなく作業が進み、無事終わりが見えてきた。

はじめは不慣れだった学生たちも見違えるほど手際がよくなり、発掘調査のいろはを身につけて充実した二週間となったようだ。

斗織《とおり》などはすっかり無量と意気投合し、今では作業パートナーを立派に務めるまでになった。出会った当初はとっつきにくく表情も乏しかったが、今ではよく話しかけてくるし、笑顔も見せるようになった。自慢のビッグスクーターで無量の送り迎えまでするほどだ。

「おお、美和《みわ》さんじゃないですか」

作業終了の前日、発掘現場に美和と柊太《しゅうた》が挨拶《あいさつ》に来た。みやげは大量の唐揚げだ。学生たちは大喜びだ。大分県民のメンバーは日替わり唐揚げコーナーにまったく飽きる気配もないが、さすがに無量はだんだん虚《うつ》ろな目になって手が出なくなってしまった。

「その節は五家の者たちが大変ご迷惑をおかけしました」

それぞれに落とし前をつけて、ようやく報告にあがれるようになったという。

「小野田さんは別府のがんセンターに入院しました。ただ鈴子《すずこ》さんによると、治療を切り上げて、どこか静かなホスピスのほうに移ることも検討してるそうです」

「……そうですか」

「本来なら事件を公表して罰を受けて然《しか》るべきところを……。皆さんのお許しをいただけたこと、その寛大なおこころに感謝して、いたく恐縮しておりました」

「まあ、なんていうか、首藤さんをそそのかした小野田さんも鈴子さんも……確かにしでかしたことは悪いことだし、罪は罪なんですけど」

無量は鼻の頭をかいて、あさってのほうを見た。

「美和さんの〝鬼のタコ殴り〟みたら、なんかすっきりしたというか」

荒鬼に扮《ふん》した美和がキレて小野田を松明で滅多打ちした、あの時のことだ。皆の怒りを代弁したかのような百叩《たた》きの刑だった。美和はさすがに「病人相手にやりすぎた」と反省しきりだが、とはいえ、荒鬼からあれほど激しく打擲《ちょうちゃく》されれば、小野田の中の煩悩も消滅したに違いない。

「むしろ、首藤さんこそ、小野田さんにもっと厳しくしてもいいのに」

「あのひとも、なんやかんやで優しいけん」

美和は首藤の人となりをよく知っているようだった。首藤はそそのかされた自分も悪かったと反省しているという。

「ふたりで話し合って来國正の刀の復元は、やはり公にみえる形で進めることにしました。五家の過去含め、いずれは明かさないといけませんね。終戦後のことも」

どうですかね、と無量は海のほうを見やった。

「……懺悔《ざんげ》するためにあれもこれも全部公表しなくてもいいと思うんすよ。俺がこんなこと言うのはアレですけど。美和さんたちがやったことじゃないし、人だけでなく、家にだって他人にいえない過去はあるということだと」

もちろん、発掘調査は別だ。出てきたものを出なかったとは言えないし、出なかったものを出たとは言えない。

「ただ忘れなければいいんじゃないでしょうか。先人の罪を忘れないで頭を下げて供養していく心が大事というか。繰り返さないよう、胸に刻むというか」

法来坊の供養塔もそのために建てたものだろう。

結局、金塊はどこからも出てこなかった。とうに山分けして使い切ってしまったのか、法来坊殺しは金塊のためではなかったのか。そもそも殺してはいなかったのか。ただひとつ確かなのは、法来坊が「鬼の岩屋」で見つけ「仏の岩屋」に奉納した如意輪寺銅板経のうちの一枚を、五家が手に入れたということだけだ。三島神社下への一連の埋納は、経塚と一緒で、五家は本当はあの場所に如意輪寺を再建しようとしていたのかもしれない。

隠匿のため、というよりも、如意輪寺再建の志のあらわれだったのだろう。末法の世

に仏法を残そうとした平安時代の人々のように、
供養塔といえば、と無量は思い出し、

「財前《ざいぜん》さんのほうはどうなったんすか。石材が崩れて怪我したって」

「ああ、あれな」

と横から斗織が口をはさんできた。

「あれ小野田さんのしわざじゃなかったって。ふつうに事故やったらしいよ」

「まじか」

まったくの偶然だったと聞いて、無量は逆に怖くなってしまった。

「タイミングやば」

「金塊に目がくらむわ俺ら脅すわ、罰《バチ》が当たったんでしょ。法来坊に怒られたんやろな。おまえらええ加減にせえって」

天罰が効いたのか、財前輝男はその後、忍からの説得を受け入れて、財前家文書の解読を研究機関に委託することにしたという。とても貴重な資料なので、今後の宇龍谷研究だけでなく六郷満山の研究にも大いに役立つはずだ。

「〝國正〟の面もこの機会にすべて調べてもらうことにしました。私が鈴子さんから荒鬼面を確認するために借りていた女鈴鬼の面も」

「そういえば、面打師のほうも〝國正〟でしたね。あれは同名の別人ですか」

面の制作年代は文禄年間で、刀工のほうの〝國正〟は鎌倉時代の人物と思われるため、全くの別人だろう。だが面打師としての腕は超一流だったとみられる。

「言い伝えの通りだとすれば、大神《おおが》の先祖を本物の荒鬼にしたという逸話も、実は本当だったかもしれませんね……」

そんな話をしているところに柊太もやってきた。萌絵《もえ》に挨拶できなくて残念そうだ。もう一度お詫《わ》びがしたかったらしい。

「実は、相良《さがら》さんからうちの神楽《かぐら》の『薦枕』がとても珍しい演目だと言われて、無形文化財に登録できないかって。今度文化庁のひとが調査に来ることになったんです」

無量の知らない間に忍《しのぶ》が話を進めていたらしい。

「なんか……それ聞いたら色々目が覚めたというか。うちのなんてどこにでもある田舎神楽やろ、なんて思ってたのは大間違いで。ほんとは文化財になるかどうかも関係なくて、うちの神楽はうちにしかなくて、それを舞えるのはすごいことで。外に出ていかんでも、俺にしかできんもんは地元にあったやんて。いろいろふっきれた気分です」

国東半島の里は、山と山に挟まれて、もともと隣の谷との行き来がしにくい。そんな地形がそれぞれの谷を閉ざしている。

だが、閉ざされているのは必ずしも悪いことばかりではない。外とつながれば容易に変わっていってしまうものが、ここではそのままの形で残されている。それはもう、ここにしかない形のものだ。唯一無二なのだ。

「相良さんにも言われました。ひとは減ってくかもしれないし、それはゆるく滅びていくということなのかもしれないけれど、そういうものたちを残してつないでいくことは、その土地にいま生きてるひとだけができるって」

柊太の舞った『薦枕』にいたく感動したらしい忍が、そう言って背中を押してくれた。

「外に出てくだけが凄《すご》いんじゃない。やっとわかったんですよ」

柊太の目には力がある。その証拠に柊太はもう、希美《のぞみ》を前にしても引け目を感じたりしない。自分が「選べなかった人間」だとは思わない。

「俺は国東で、生きていきます」

うん、と無量はうなずいた。柊太はすがすがしい顔をしていた。

美和と柊太は帰っていった。これからもそれぞれの場所で、誇りをもって、自分の道と向き合っていくのだろう。

「自分の道、か……」

無量は空を仰いだ。

秋の気配を帯び始めた空は、いつもより高く感じる。

＊

夏休みを使い果たしてしまったため、忍と萌絵は泣く泣く東京に戻っていった。

特に忍はせっかく別府の共同浴場めぐりを楽しみにしていたのに、怪我で温泉に入浴できなくなってしまって肩を落としていた。これぱかりは首藤を恨んでいた。無量は首藤に「お詫びに大量の入浴剤を送るよう」伝えておいたので、当分は自宅で楽しんでもらうしかない。

「ああ……、この温泉に浸《つ》かれるのも、あとちょっとかあ」

無量はすっかり、ふたば荘の温泉が気に入ってしまっていた。このシンプルな岩風呂《いわぶろ》でしみじみ疲れを癒《い》やす時間は、最高だったからだ。

「別府に引っ越してくればいいじゃないすか。一緒に掘りましょうよ」

と言ったのは、金髪をくるりんぱして湯につかる斗織だ。

「そうしたいなあ。そうしよっかなあ。温泉最高だもんなあ。……そういえば、五家のうちで最後までわかんなかったのは黒之坊《くろのぼう》だけだったな」

「そっすねー」

「おまえのおじーさんは結局どうやって〈鬼爪〉手に入れたんだろ」

実は、と斗織が湯船のへりに肘《ひじ》をのせて、

「こないだじーちゃんのアルバム調べてたら若い頃の写真がでてきたんすよ」

「若い頃？ っていつ？」

「高校生くらいかなあ。それがなんと首から〈鬼爪〉提げてるんすよ」

無量は驚いた。そんな若い頃から持っていたとは思わなかった。大人になってから、なんなら退職して研究を始めてから手に入れたものだとすっかり思い込んでいたからだ。

風呂から上がった無量は脱衣所で、斗織からスマホに納めたアルバムの写真を見せてもらった。ランニングシャツに学帽姿の康二郎《こうじろう》が、とてもいい笑顔で友人と写っている。日付は昭和二十八年とある。

「ほんとだ。おまえのおじーさん、ほんとはやっぱり黒之坊の子孫だったんじゃね？」

「そうなのかなあ」

部屋に戻る廊下で、ばったり竹本《たけもと》と出くわした。

「よう、サイバラ青年。あさって帰るんだって？」

「そうなんすよ。ここに住み着きたいくらいだったんですけどね」

竹本は小説が書き上がるまで居座るつもりらしい。作家というやつはなんてお気楽な商売なんだ、と無量はちょっとねたましい。

「そういえば、先日、首藤くんと会ったよ」

竹本は自分が宝生《ほうしょう》の生き残りだったことを首藤に打ち明けたのだという。サイバライの〈鬼爪〉はまだ豊後大に保管してあって、竹本は屋敷を通じて七十年ぶりに対面を果たしてきたという。

「じゃあ、引き取ったんですか」

「いや。首藤くんに返すことにした」

首藤が現場にあの〈鬼爪〉を残したのは自らの判断だった。自分が持っていったのだと残りの四家に表明するためだったという。それは「抗議があるなら自分に言え」という意味でもあったし、「よそ者に持っていかれたわけではないから安心しろ」と五家に伝えるためでもあった。

「私も老い先短いし、彼は国東刀だけでなく、いつかは如意輪寺を再建したいとも言っていた。サイバライを背負う覚悟があるなら、託したいと思ったんだ」

竹本にとっては終戦後の混乱期に自分が手放したせいで人死を招いた〈鬼爪〉だ。

だが、ある意味、命を救われた。命拾いした。確かに守られたのだ。

「おお、そうだ。イノウエ青年、君にちょっと面白い読み物を貸してやろう」

竹本が斗織に手渡したのは、四六判の古い雑誌だ。表紙には「別府史談」とある。地元の郷土史研究家による論文集だった。

「なかなか興味深かったぞ。時間のある時にでも読んでみてくれ」

と斗織の胸に押しつけて、去っていく。なぜ自分に？　と斗織は首をかしげている。

無量と部屋に戻って、さっそく開いてみた。

「じーさんが書いたやつだ」

寄稿者のひとりに井上《いのうえ》康二郎の名前がある。

だが、文章は研究論文というよりもエッセイだ。タイトルは「鬼の爪の思い出」。

無量と斗織は思わず顔を見合わせた。――鬼の爪？

無量に促されて、斗織は文章を朗読しはじめた。

そこに記されていたのは、康二郎の子供時代の話だった。康二郎は宇佐の生まれで、戦時中の宇佐の話が書かれている。

宇佐には海軍航空隊があった。

艦上爆撃機、艦上攻撃機。その二種類の搭乗員を養成するための練習部隊だった。康二郎が物心ついたときには、家の屋根のすぐ上を最新鋭の飛行機が飛び交っていた。

その勇姿に心を奪われた康二郎にとって、彼らは憧《あこが》れの的だった。宇佐沖で爆撃訓練を終えて戻ってくる飛行機の翼が夕日に輝くのを見て心躍った。千名以上の隊員を擁する「宇佐空」は、地域の経済にもおおいに貢献して、出入りする業者や隊員たちをもてなす飲食店が繁盛し、宇佐は活況を呈していたという。

そんな康二郎は、どうしても「九六艦爆」を間近で見たくて基地に忍び込もうとしては怒られた。だが繰り返すうちに隊員数名と仲良くなった。

そのひとりが、黒橋泰吉《くろはしたいきち》という隊員だった。

その大きな体軀《たいく》から「鬼吉《おんきち》」などと呼ばれていた。

黒橋は福岡の出身だったが、曾祖父《そうそふ》までは杵築に住んでいたという。そんな縁から、家にも遊びにくるような仲となり、黒橋は康二郎を弟のようにかわいがった。康二郎は自分もいつか飛行機乗りになると心に決め、憧れの黒橋を兄のように慕った。

真珠湾《しんじゅ》攻撃を皮切りに、アメリカとの戦争が始まると、多くの搭乗員が次々と戦地に飛び立っていた。ラジオや新聞では、南方での激戦が伝えられるようになっていた。

黒橋にも出撃命令が下った。

出撃の数日前、黒橋は井上家にも挨拶《あいさつ》に来た。堂々とした振る舞いに家の者は皆、感銘を受けたというが、どこか寂しそうだったのを康二郎は覚えている。帰り際、縁側へと康二郎を呼んで、奇妙な石のかけらを渡したという。

「……もしかして、それが〈鬼爪〉」

鎮鬼の〈鬼爪〉だった。黒橋は黒之坊の子孫だったのだ。

「〝私に鬼の爪を渡した黒橋少尉は『この爪は御守だ。鬼の爪がおまえを守ってくれるだろう』と言いました。私は子供心にも受け取れなかった。『これは鬼吉あんちゃんを守るものだから置いていったらだめだ』と言いましたが、鬼吉あんちゃんは言ったのです。『俺は心の中に鬼がいる。だから、なくても大丈夫だ』と〟」

俺はおまえたちを幸せにするために出撃するんだ。

俺自身が、日本を守る鬼の爪なのだ、と。

「〝鬼吉あんちゃんは言いました。『これは昔、国東半島の宇龍というところにいた鬼の爪で、他に四つある。五鬼すべての爪を集めれば、宇龍の宝物が手に入る。おまえはそれを手に入れてお国のために貢献する男となれ』と〟」

それが遺言になった。

黒橋少尉は、二度と宇佐には戻らなかった。

〈鬼爪〉だけが康二郎の手に残ったのだ。

「……形見だったのか。航空隊のひとの」

だが、黒橋の戦死後も戦況は悪化した。昭和二十年には「宇佐空」にも特別攻撃隊が結成され、宇佐神宮にちなんだ「八幡」の名を冠する「八幡護皇隊」「八幡神忠隊」「八幡振武隊」「八幡至誠隊」などの名がついた特攻隊機が飛び立っていって、一五四人が戦死した。

やがて米軍機による空襲が始まり、大勢の市民を巻き添えにして宇佐航空隊は壊滅した。康二郎の家も米軍機が撒《ま》いていった時限爆弾で吹き飛ばされ、荷物をとりに戻った母とその背にいた幼い弟が亡くなった。

「〝私はそのとき、門の前で荷物をリヤカーに積み終えたところでしたから、ほんのわずかな差だったのです。きっと〈鬼爪〉に守られたのです。鬼吉あんちゃんを守るはずだった〈鬼爪〉に〟」

終戦後、康二郎は〈鬼爪〉を返すために黒橋の家族を捜したが、とうとう見つかることはなかった。博多の家は空襲で焼けていた。

回顧録はそこで終わっていたが、無量たちには康二郎がなぜ宇龍の五家のことを調べていたのか、その理由がわかった気がしたのだ。むろん、目的は小判などではない。

「鬼吉あんちゃんへの想い、だったのかな……」

全文を読み終えた後で、斗織は言った。

「鬼吉あんちゃんの家族が、黒之坊の家宝みたいな〈鬼爪〉を御守に持たせたのも、武運長久っつーか『息子が無事帰ってくるように』ってみんなで祈ってたからだろうし。

そんな大事な御守を譲り受けて感謝してるし申し訳なかったし、何よりあんちゃんが大好きだったから伝えようとしたんじゃないかな。鬼の生まれた場所のことを」

無量も窓の外を見やった。夜の石畳を照らすオレンジ色の街灯が、湯気ににじんでいる。

「心の中に鬼がいる……か」

鬼とは悪いものばかりではない。黒橋は修正鬼会をその目で見たことはなくとも、きっとわかっていたのだろう。そして信じたにちがいない。

自分の中にいる力強く優しい鬼のことを。

鎮めて護《まも》る鬼のことを。

＊

大分での最後の休日、無量は斗織のビッグスクーターの後ろに乗せてもらって、国東半島を訪れることにした。まだ一度も六郷満山の寺をお参りしていなかったのが心残りだったのだ。

修正鬼会の天念寺を訪れ、こぢんまりしたお堂に癒《い》やされて、隣の資料館にあるシアターで実際の修正鬼会を見た。鬼の目うどんで腹を満たし、長安寺で銅板経を見た後で、六郷満山の中心・両子《ふたご》寺を目指した。修験者たちによる峯《みねい》入りルートの終点にある大きな寺だ。六郷満山では一番大きいという石の仁王像の足を撫《な》でて、大きな杉に囲まれた石段をあがる。

ようやく参拝できて、気持ちも落ち着いた。

峯入りのルートは、いまはロングトレイルコースになっている。

斗織におすすめのコースがあると言われ、少しだけ歩くことにした。駐車場からは二十分ほどの距離で、比較的短いが、そこは六郷満山の岩山。岩稜《がんりょう》にへばりつくような少々難易度の高いガレ場もあって、気軽なウォーキング気分とはほど遠い。

「ここか、大不動岩屋」

山中の緑の中に、巨大な岩屋がぽっかりと口を開けている。

汗を拭《ぬぐ》いながら、岩屋の中にたどり着くと日陰のせいもあっていくらかひんやりとしている。そこからの絶景が素晴らしい。

「日本じゃないみたいだな」

とんがった岩山が天を突くようにそびえ立ち、六郷満山の深さを感じさせる。

緑の毛布をかぶったような「耶馬」と呼ばれる岩山には光が差し込み、遠い山並みがかすんで見える。蟬の声に混じって時々鳥の声も響いて、修験者になった気分だ。

「このへんの岩屋は縄文遺跡になってるとこも多いんすよ。やけん、あの〈鬼爪〉も宇龍谷の〈鬼の岩屋〉から出土した石器だったんやないかなあ」

たぶんそうだろう。唯一残った宇龍六所権現に納められていたにちがいない。それを五家で分けた。形見分けのように。

斗織は遠い目をして稜線を眺めている。祖父が死んだ国東の耶馬だ。来るのは久しぶりだという。無意識に避けていた。この大不動岩屋にも昔、祖父と訪れていた。

「じーちゃんとここででっかいおにぎり食べたなあ。今の今まで忘れちょったけど」

ようやく思い出として噛《か》みしめられるようになったらしい。斗織は微笑み、

「これも無明橋を渡れたおかげかな」

「おまえのじーちゃんもきっと喜んでるよ。よくやったって」

無量と斗織は、頭上からのしかかってくる岩の天井に身をかがめ、奥に進んで小さな石塔を拝んだ。ふと見ると、修正鬼会でも使われる飾りの斧《おの》が立てかけてある。無量は鬼舞をした時に手にした災払鬼の得物を思い出した。

「鬼たちもこんなとこに住んでたんやろうなぁ」

風に吹かれて、斗織が言った。

無量も岩壁に手をあてて、身を乗り出すように眺望を満喫した。

「鬼のすみかとしては最高だな」

災払鬼となって「橋渡り」を舞った時の気持ちが、ふいによみがえってきた。大きな声で激しく踊っているうちに、なんだか自分自身が本当の鬼になったような気がしてきた。松明《たいまつ》の熱と飛び散る火の粉、めくるめくような高揚感と法悦感に体中が沸き立って、自分がこの世のものではないものになった心地がした。

――あ。俺いま「鬼」になってる。

確かにそう感じたのだ。右手を見たら、鬼が笑っていた。

「……俺もちゃんと、鬼の爪、研いでいかないとな」

無量が呟《つぶや》くと、斗織が混ぜっ返すように笑った。

「馬の爪やなくて？」

「蹄《ひづめ》じゃないっつーの」

この地で出会った宇龍の鬼たちを思い浮かべて、無量はいつのまにか、目の前の山並みを自分のふるさとのように感じていた。

鬼とは仏の化身かもしれず。

だとしたら、この右手もいずれは〈仏の手〉になる日が来るのだろうか。

「鬼のふるさとか……」

秋の気配を纏《まと》い始めた深山の風に吹かれて、無量と斗織は鬼の棲《す》む風景を眺めている。

不思議とそれは光に包まれて、まぶしかった。

主要参考文献

『国東六郷満山霊場めぐり　宇佐神宮と三十三霊場巡拝の旅』渡辺克己　双林社出版部
『大分県文化財調査報告書　第三十八輯　六郷満山関係文化財総合調査概要（二）
―国見町・国東町・武蔵町・安岐町の部―』大分県教育委員会
『ふるさと日出の歴史』ふるさと日出の歴史編集委員会　編　日出町教育委員会
『遺物が語る大分の歴史』大分県立埋蔵文化財センター
『シリーズ〈実像に迫る〉０１５　聖なる霊場・六郷満山』
大分県立歴史博物館　編　戎光祥出版
『宇佐学マンガシリーズ④　宇佐海軍航空隊史　かつて戦場だったふるさとの物語』
大分県宇佐市　編　瀬井恵介マンガ　梓書院
『占領下の新聞　別府からみた戦後ニッポン』白土康代　弦書房

作中の発掘方法や手順等につきましては実際の発掘調査と異なる場合がございます。
考証等内容に関するすべての文責は著者にございます。
執筆に際し、数々のご示唆を賜った皆様に厚く御礼申し上げます。

本書は、文庫書き下ろしです。
この作品はフィクションです。実在の人物、団体等とは一切関係ありません。

遺《い》跡《せき》発《はつ》掘《くつ》師《し》は笑《わら》わない

災払鬼《さいばらいおに》の爪《つめ》

桑原水菜《くわばらみずな》

令和５年　４月25日　初版発行
令和５年　９月15日　４版発行

発行者●山下直久

発行●株式会社KADOKAWA
〒102-8177　東京都千代田区富士見2-13-3
電話　0570-002-301（ナビダイヤル）

角川文庫 23630

印刷所●株式会社KADOKAWA
製本所●株式会社KADOKAWA

表紙画●和田三造

●お問い合わせ
https://www.kadokawa.co.jp/（「お問い合わせ」へお進みください）
※内容によっては、お答えできない場合があります。
※サポートは日本国内のみとさせていただきます。
※Japanese text only

ISBN 978-4-04-113302-6　C0193

◆◇◇

角川文庫発刊に際して

角川源義

第二次世界大戦の敗北は、軍事力の敗北であった以上に、私たちの若い文化力の敗退であった。私たちの文化が戦争に対して如何に無力であり、単なるあだ花に過ぎなかったかを、私たちは身を以て体験し痛感した。西洋近代文化の摂取にとって、明治以後八十年の歳月は決して短かすぎたとは言えない。にもかかわらず、近代文化の伝統を確立し、自由な批判と柔軟な良識に富む文化層として自らを形成することに私たちは失敗して来た。そしてこれは、各層への文化の普及滲透を任務とする出版人の責任でもあった。

一九四五年以来、私たちは再び振出しに戻り、第一歩から踏み出すことを余儀なくされた。これは大きな不幸ではあるが、反面、これまでの混沌・未熟・歪曲の中にあった我が国の文化に秩序と確たる基礎を齎らすためには絶好の機会でもある。角川書店は、このような祖国の文化的危機にあたり、微力をも顧みず再建の礎石たるべき抱負と決意とをもって出発したが、ここに創立以来の念願を果すべく角川文庫を発刊する。これまで刊行されたあらゆる全集叢書文庫類の長所と短所とを検討し、古今東西の不朽の典籍を、良心的編集のもとに、廉価に、そして書架にふさわしい美本として、多くのひとびとに提供しようとする。しかし私たちは徒らに百科全書的な知識のジレッタントを作ることを目的とせず、あくまで祖国の文化に秩序と再建への道を示し、この文庫を角川書店の栄ある事業として、今後永久に継続発展せしめ、学芸と教養との殿堂として大成せんことを期したい。多くの読書子の愛情ある忠言と支持とによって、この希望と抱負とを完遂せしめられんことを願う。

一九四九年五月三日